슬기로운 감옥생활 2

슬기로운 감옥생활2 ①

초판 인쇄 2023년 9월 11일
초판 발행 2023년 9월 15일

지은이 JS
펴낸이 김태헌
펴낸곳 문학홀릭

주소 경기도 고양시 일산서구 대산로 53
출판등록 2021년 3월 11일 제2021-000062호
전화 031-911-3416
팩스 031-911-3417

슬기로운 감옥생활2

JS 장편 소설

슬기로운
감옥생활 2

슬기로운
감옥생활

C o n t e n t s

차례

슬기로운 감옥생활

01

진정한 사랑

창밖으로 푸른 물결이 넘실대는 게 보였다. 멀리 수평선 위로 고깃배들이 떠 있어 자세히 바라보고 있으면 눈이 가물거렸다. 봄날의 아지랑이인가. 하여튼 무엇이든지 자세히 바라보고 있으면 금방 눈시울이 침침해지는 것이었다.

바닷가는 맑고 싱그러웠다.

얼굴에 와 닿는 봄바람의 비단결 같은 느낌이 그랬고, 서울의 불투명한 대기 속을 뚫고 내려오지 않은 햇빛이 자연 그대로의 순수함이었다. 그래서 바닷가에 사는 사람들의 얼굴은 다 그런가. 강렬한 햇빛 때문인지 새카맣게 탄 얼굴에 눈빛만 살아서 말똥거리는 것을 보면 여기가 완전히 바닷가라는 것을 실감케 하고도 남았다.

바닷속을 마구 파헤칠 듯이 파도가 거세게 쳐대는 날이면, 송림들도 허리가 꺾어질 듯이 휘청거리곤 했는데 그런 날엔 모래가루가 흩날려 제대로 걸을 수가 없었다.

종태는 그런 날, 바닷가를 거니는 게 기분 좋았다.

걸으면서도 몸이 흔들거릴 정도로 거센 바람이 불어닥치고, 바다에서는 파도가 광풍처럼 미친 듯이 일어나는 것을 보노라면 절로 마음이 후련해지는 것이었다. 모래바람이 얼굴을 후려치면서 얼굴을 파고드는 듯했으나 견딜만했다. 코끝이 모래바람에 찡했지만 그것까지도 상쾌했다.

좀 전에 바닷가를 다녀와 다시 창밖을 내다보는 것도 기분 좋은 일이었다. 바다는 언제나 고요와 침묵뿐이었다. 그 이상의 어떠한 말도 필요치 않을 것처럼 잠잠하고 묵묵하기만 했다. 마치 남자의 넓은 가슴을 대변하기라도 하듯이 바다는 몸살을 앓으면서도 촐랑거리지 않는 게 마음이 들었는지 모른다.

"여보."

거실 쪽에서 희자의 목소리가 들렸다.

"……."

그러나 종태는 거실 쪽을 바라보기만 했을 뿐, 정작 나가지는 않았다. 안방의 유리창 앞에 서서 바깥의 바다를 바라보는 게 좋아서였다. 나른한 바다를 보고 있는 것이 퍽이나 평화로운 그런 상태에 빠져 있었던 그였다.

"여보, 이리 나와봐요."

다시 희자의 목소리가 들려왔다.

"왜?"

그가 반문을 하면서 물었다. 아직까지도 그는 움직이지 않고 있었다. 가능하면 그대로 서서 바다를 내다보고 싶었다.

"어서요."

그녀의 재촉하는 말에 그는 할 수 없이 거실로 걸어나갔다. 거실에는 그녀가 바닷가의 둑길에 나가 따온 봄나물들이 한 아름 수북이 널려져 있었다.

그녀는 나물을 다듬으면서 오후의 조용한 햇빛을 받고 앉아 있었다.

"……."

그는 희자의 동그란 어깨를 내려다보며 서 있었다. 언제 봐도 사랑스러운 그녀였다. 엷은 니트웨어를 걸친 그녀의 몸은 작고 아담했다. 긴 치마를 입고서 한쪽 무릎을 세운 채로 앉아서 나물을 다듬고 있는 그녀의 손이 무척 희게 보였다.

"왜 서 있어요? 괜히 남을 쳐다보기나 하고."

희자는 종태의 그런 어정쩡한 모습을 쳐다보며 하얀 이를 드러내며 웃어보였다.

"그냥 뭐…… 그게 무슨 나물이지?"

"아니, 이것도 몰라요? 시골에서 자랐다면서요?"

희자는 다듬고 있던 나물을 한 움큼 집어들어 보이며 웃어보였다.

"뭔데? 난 모르는데."

그제서야 그도 희자 앞에 쪼그려 앉았다. 그리곤 탐스런 나물들을 이리저리 헤쳐보는 것이었다. 헤칠 때마다 나물들에선 봄 향기가 나는 듯했다. 풋풋한 싱그러움이 풀풀 배어나는 듯했다.

"이건 달래라는 거예요. 그리고 이건 냉이라는 거고. 그리구 이건 쑥이잖아요. 잎이 약간 흰 것 같으면서 보드라운 거, 이건 알죠? 쑥."

희자는 나물 중에서 흰색이 도는 듯한 쑥 뿌리를 쑥 빼들고서는 종태의 코앞에 갖다 댔다.

"냄새가 차암 좋죠? 어때요?"

"으흠, 냄새가 좋은데. 근데 이걸로 뭘 하지?"

이번엔 종태가 그녀의 손바닥 위에 얹힌 쑥 뿌리를 집어들고서는 스스로 냄새를 맡아보고 있었다. 마치 봄소식을 잔뜩 머금고 있는 듯한 향내가 조그마한 풀뿌리에서 배어나고 있었다.

"둑길에 가면 지천으로 펴 있어요. 많이 캐왔는걸요. 나중에 말려두었다가 콩가루를 무쳐서 국을 끓여도 되고, 무쳐 먹어도 되고, 냉이랑 같이 넣어서 된장국을 끓여 먹어도 맛있어요. 우리 할머니가 이런 걸 갖고 반찬을 잘 만들었는걸요. 전 쑥국만 한 그릇 갖고도 밥 한 공기를 다 먹었어요. 얼마나 맛있다고요."

그녀는 마치 애엄마라도 된 듯이 쑥 뿌리들을 조심스럽게 잘 다듬으면서 그 말을 했다.

종태는 그러는 그녀를 바라보면서 가슴이 찡해옴을 느꼈다. 이런 한적한 바닷가의 동네로 와서 살면서 서툴지 않은 손놀림과 아기자기함에 새삼 놀라움을 금치 못하고 있었다.

도시에서 간호사 생활만 해온 그녀가 못할 줄 알았던 음식 장만이나, 반찬 등등을 보면서 그녀가 자신에게 쏟는 지극한 정성을 눈치 못 챌 리가 없었던 것이다. 그녀의 손을 거친 모든 것들은 하나같이 종태의 입맛에 다 맞았고, 일일이 신경 써서 간을 맞추는 것에 미안할 지경이었다.

조금도 서툴지 않은 그녀의 내조는 어디에서 나오는 걸까. 마치 오랜 결혼 생활을 해온 여자처럼 조신하게 나오는 그녀의 행동을 지켜보면서 종태는 하루에도 몇 번씩이나 그녀를 쳐다보곤 했다.

그럴 때마다 그녀는 타박을 놓았다. 마치 신혼의 젊은 아내가 남편되는 남자의 애정이 넘치는 눈길을 주체하지 못해 겉으로 내뱉는 듯한 투정이었다.

"왜 그렇게 봐요? 괜히 하던 일도 못하게요."

그러면서 그녀는 하던 손놀림을 우뚝 멈추었다. 그를 쳐다보자, 그의 따뜻한 눈빛이 바로 가까이에 와 있었다. 마치 바다 같은 그런 눈빛이었다.

"왜요? 왜 그렇게 보세요?"

그녀는 웃으면서 말했다.

"그냥. 너무 이뻐서 그래. 당신이 내 여자라는 걸 생각할 때마다 난 기분이 너무 좋아. 이런 걸 어떻게 표현할 수 있지?"

종태는 그 말을 하면서 웃었다. 벌써 그 자신의 마음이 희자의 마음속으로 깊이 들어간 상태임을 스스로도 알아차릴 수 있었다.

"괜히 그래요. 남 일하는데……."

희자는 즐거운 듯, 다시 나물 다듬는 일을 하기 시작하려 했다. 마악 나물을 집으려는데 그의 손이 다가왔다. 굵고 따뜻한 손이었다.

"……."

희자는 그의 손 안에 잡혀 있으면서 그를 쳐다보았다. 그의 눈빛이 성큼 다가와 있었다.

"일 좀 그만해. 좀 쉬어."

그의 목소리였다.

"……."

희자는 들고 있던 나물을 스르르 놓아버렸다. 그리고 눈을 감았다.

종태의 입술이 다가왔다.

희자를 껴안듯이 해서 한 손을 붙잡은 채로 꼬옥 끌어안는 것이었다. 입술과 입술이 겹쳐지면서 그는 팔심을 더욱 세게 주는 듯했다. 희자는 마치 작은 새처럼 그의 가슴 깊숙이 파묻히면서 몸을 기댔다.

"사랑해. 여보."

"저도요……."

희자는 그 말밖엔 할 수 없었다. 그리고 다시 입술이 겹쳐지면서 그가 눕히는 대로 옆으로 쓰러지고 말았다.

종태는 그녀를 조심스럽게 반듯이 누이고는 질끈 감긴 눈 위에다 키스 세례를 퍼부었다. 그리고 오뚝한 콧날과 얇은 볼을 더듬으면서 목께로 내려갔다. 종태의 입술이 닿는 곳마다 아스라한 감정이 파도처럼 밀려들고 있었다.

이런 감정이 좋은 것이었다.

좋아하는 남자의 품속에 안겨 어디론가 둥둥 떠다니는 듯한 부유감이 그녀를 어디론가 몰아가고 있었다. 그래, 난 이 남자의 여자야. 희자는 마음속으로 그런 되뇌임을 되풀이하고 있었다. 그럼으로써 더 깊은 환상의 세계로 접어드는 것 같았다.

방 안에서는 봄나물들이 풍기는 향긋한 내음이 가득 차 있었고, 그의 달큼한 숨내음이 그녀의 가슴 속으로 스며들고 있었다. 그녀는 그가 어루만지는 대로, 마치 파도에 떠다니는 부유물처럼 가벼운 흥분기를 느끼고 있었다.

"난 자꾸만 당신을 안고 싶어 미치겠어. 한 날 한 시도 그냥 둘 수 없을 정도로 말야. 당신을 보고 있으면 하루 종일이라도 그거 하고 싶은 거야. 내 말 알아들었어요?"

그의 말이었다. 그녀는 눈을 감은 채로 고개를 끄덕였다. 다시 그의 입술이 다가왔다. 달콤했다. 마치 시원한 냉수에 꿀을 푼 것처럼 시원스러우면서도 달콤하기만 했다.

그녀의 입술 사이를 파고든 그의 혀가 이리저리 움직이다가 그녀의 혀를 발견하고는 오래도록 붙잡고 놓아주지 않고 있었다. 두 사람은 혀끼리의 깊은 애무를 나누었다. 그녀의 잇몸과 이빨까지도 핥아대는 그의 혀는 마치 앙증맞은 토끼처럼 굴어댔다.

그녀가 흘리는 침을 한 방울도 남김없이 다 받아 마시려는 듯이 삼켜가면서 그는 오래도록 그녀를 풀어주지 않았다.

그가 한 손으로 그녀의 윗옷 단추를 풀어 내리기 시작했을 때도 그녀는 마치 꿈결 속을 거니는 것 같은 착각이 들었다. 단추를 푸느라 맨살을 간지럽히는 손길이 마치 봄바람에 흔들리는 들꽃처럼 나부끼면서 그녀를 간지럽혔다.

"환한 대낮이에요."

그녀의 짧은 갈증 섞인 말이었다.

"그래도 좋아."

그는 갈증을 찾지 못한 듯, 숨가쁘게 말을 했다.

"누가 오면 어떡하려고……."

"올 사람 없어요."

"그래도요……."

"걱정 말아요. 내가 다 알아서 할 테니…… 밤에도 좋지만, 이런 환한 낮에도 좋아. 당신의 몸을 다 볼 수 있어서……."

"아이."

희자는 눈을 감아버렸다. 이런 대낮에 알몸을 다 드러내놓는다는 것이 여간 부끄럽지 않았다. 그렇지만 그가 좋아하는 것만큼이나 그녀 또한 싫지 않았던 것이다.

그녀는 될 수 있으면 그가 보이지 않도록 그의 가슴 속으로 조그맣게 움츠렸다. 그리고 얼굴을 가리려고 애썼다. 자연히 그의 가슴에 파묻힌 꼴이 되고 말았다. 그는 천천히 그녀의 아랫도리를 벗겨 내리기 시작했다. 긴 치마를 풀어 밑으로 내렸고, 하얗게 드러난 팬티마저도 허벅지께를 내려가고 있는 중이었다.

"……."

하얀 팬티가 그녀의 허벅지께에 걸려 있을 동안에 그는 그녀의 새카만 삼각형 숲을 내려다보고 있었다. 작고 앙증맞은 숲이었다. 조금 긴 듯한 무성한 털이 소중한 부분을 감싸고 있어 마치 요새를 지키고 있는 은폐물처럼 느껴지고 있었다.

뽀얀 살결에 새카만 털이 유난히 대비되고 있었다. 더욱 검어 보이는 음모에다 코를 박으며 그는 심호흡을 한 번 했다. 그곳에서는 맑은 수액을 머금은 듯한 상쾌한 내음이 났다. 마치 신성한 숲 속으로 들어온 것 같은 싱그러운 냄새가 맡아졌다.

그는 입술을 갖다 대 마악 수액이 돋아나려는 그곳을 혀끝으로 핥아주었다. 새카만 숲이 혀끝에 닿으면서 바람처럼 눕고, 보드라운 살결이 혀끝에 닿으면서 작은 경련을 일으키는 듯했다. 보면 볼수록 탐스럽게 생긴 계곡 속의 고요한 샘물이었다.

그는 혀끝을 갖다댔다간 다시 떼선 그곳을 바라보았다. 물기가 묻어 질펀해진 그곳은 기다림뿐이라고 할 정도로 아득함뿐이었다. 현기증이 날만큼 아득해졌다. 그는 다시 혀끝을 갖다 대 그곳을 어루만지기 시작했다.

"아아, 사랑해."

그녀가 더 이상 참을 수 없을 것처럼 그를 끌어안았다. 그녀의 가느다란 팔심이 그의 목덜미께를 옭아매었다.

그녀가 부들부들 떨고 있는 사이에도 그는 탐험을 멈추지 않았다. 더욱 힘을 얻는 그는 다시금 천천히 입술을 갖다댔다. 이번엔 좀 더 계곡 안으로 혀를 밀어넣어 질벽을 건드렸다. 이미 그곳엔 맑은 물이 고여 나오기 시작하고 있었다. 혀끝에 만져지는 미끌거리는 감촉이 기분을 고조시켰다.

남녀 간의 사랑이란 이런 것이다, 라고 생각했다. 서로가 좋아하는 것을 찾아내 그 즐거움을 같이 공유하는 것이라고 생각했다. 그것이 바로 남녀 간의 성감대를 찾아내는 것이라고 생각되었다. 희자는 종태의 애무를 받으며 허리를 활처럼 휘면서 고통스러워했다.

그건 고통이 아니라, 환희의 자각증세일 뿐이었다. 환희란 스스로 자각하는 자만이 가질 수 있는 그런 엄청난 쾌감이었다. 서로 사랑하는 사람끼리 나누어 가지려는 공동의 전유물일 수 있었다.

이미 그녀의 아랫도리는 흥건히 젖어들고 있었다. 그걸 바라보는 종태의 마음은 숨가빴지만 애써 참아가며 그녀를 더욱 흥분 속으로 몰아가고 있었다. 종태가 애써 그러는 것은 그 자신만이 혼자 누릴 수 있는 것이 아니라는 것이었다. 그건 어디까지나 두 사람이 함께 공유해야 할 기쁨이었다.

그녀의 허리가 더욱 휘어지면 휘어질수록 종태 또한 기쁨이 커지는 것이었다. 그가 혀끝으로 마술을 하는 것처럼 사랑의 침술을 놓아주는 동안, 청순하기만 했던 평소의 그녀와는 다르게 점점 숨가빠하는 것이 기분 좋게 느껴지고 있었다.

"아아, 됐어요. 죽겠어요."

그녀는 벌써 이맛살을 잔뜩 찌푸리면서 그를 끌어안은 채로 할딱거리고만 있었다. 그녀의 그러는 모습이 더욱 그를 만족케 했다.

"사랑해. 죽도록. 알았어요?"

"네, 알아요. 다 알아요."

그녀의 목소리는 잔뜩 잠겨 있었다. 흥분의 도가니 속에 완전히 푹 빠져든 것처럼 간신히 말을 뱉어냈다.

그는 다시 그녀의 계곡 속을 후비며 파고들었다. 이미 그녀의 몸에서는 많은 양의 물들이 솟아나와 혀와 입술과 턱까지를 흥건히 적셔놓고 있었다. 그것을 보는 종태의 마음은 절대 추하다거나, 음험하다고 느껴지지 않았다.

모든 사랑하는 사람들끼리만이 흘릴 수 있고, 만끽할 수 있는 그런 사랑의 액체이기도 했다. 마음이 얼어붙었다거나, 불편한 관계에서는 절대 흘릴 수 없는 그런 것이기도 했다.

"이제 됐어요. 이제 됐어요."

그녀의 애절한 목소리를 들으며 종태는 서서히 자신의 몸을 그녀의 위로 올려놨다.

"아!……."

그녀는 입을 한껏 벌린 채로 부들부들 떨며 그를 끌어안았다.

"……."

종태는 자신의 성난 뿌리를 그녀의 얇은 몸속으로 밀어 넣었다. 서서히, 그리고 좀 더 천천히 밀어 넣었던 굵은 뿌리가 어느 지점에 닿았다고 생각되었을 때, 그는 밀어 넣던 동작을 멈추고 그녀를 내려다보았다.

희자는 완전히 얼굴을 찡그린 채로 할딱거리고 있었다. 깊은 갈증이 애타게 하는 것이었는지 눈꺼풀이 약간 풀려진 상태에서 그를 쳐다보고 있는 눈빛이 애타 보였다. 마치 먼 허공을 바라보는 듯한 그런 눈빛이었다.

"파도소리가 들리는 것 같지?"

"네. 들려요."

"난 이곳이 너무 좋아. 당신과 같이 이곳에 온 게 너무 잘했다고 생각돼. 당신은 어떻게 생각해?"

종태는 가능하면 더 많은 이야기를 나누면서 그녀에 대한 사랑을 확인하고 싶었다. 그러면 그럴수록 더욱 찐득한 쾌감이 돋아나는 것이었다.

작고 앙증맞은 희자의 동그란 얼굴이 쾌감과 고통으로 일그러져 있는 얼굴을 바라보는 것만으로도 충분히 기분이 좋았다. 그녀의 몸속으로 깊숙이 뿌리를 들이박고서, 미끄러운 알몸을 충분히 감싸쥐면서 혀끝으로 핥으면서 말을 건네는 것이란 이루 말할 수 없을 정도의 쾌감 덩어리라고 할 수 있었다.

"너무너무 좋아요. 전 당신이 가는 곳이라면 어디든지 다 좋아요. 지옥이라도 좋고, 천국이라도 좋은걸요. 전 당신이 죽으라고 한다고 해도 죽을 수 있어요. 사랑해요."

그 말을 하는 희자의 눈에서 맑은 눈물이 흘러나오고 있었다.

"아냐. 만일 희자가 죽는다면 나도 죽을 수 있어. 이보다 더 한 행복은 없는 거야. 난 희자가 원하는 것이라면 무엇이든지 다 할 수 있어. 내가 이곳으로 떠나온 것도 희자 때문인 걸. 주먹을 쓰지 않는 것도 다 ……."

종태는 그 말을 하면서 희자의 입술을 덮어버렸다. 그리고는 다시 혀끼리의 깊은 포옹을 나누었다.

희자의 알몸뚱이는 은어보다도 더 미끄러웠다.

종태는 두 손으로 희자의 알몸뚱이를 더듬었다. 젖가슴과 옆구리를 거쳐 허벅지로 내려갔을 때, 희자는 참을 수 없을 만큼 거세게 그를 끌어안곤 했다. 그리고 다시 몇 번의 깊은 입맞춤이 있었고, 다시 종태는 아까운 꿀물을 다 마셔버릴 것처럼 그녀의 알몸을 핥았다.

"아아, 죽겠어요."

희자의 짧은 숨찬 목소리에 그는 서서히 뿌리를 빼내면서 다시 들이박았다. 한 번씩 내리박을 때마다 희자의 몸뚱이는 납작하게 가라앉을 듯이 쾌감의 나락으로 떨어지는 듯했다.

종태의 몸이 떨어짐과 동시에 짧은 거리를 내리찧는 것이었지만 그 간격은 아주 멀게 느껴지면서 세차게 들이박는 것이었다. 그럴 때마다 희자의 몸뚱이는 자지러질 것처럼 잘디잘게 부서지는 듯했다. 이미 그녀의 계곡에선 수많은 물들이 흘러나와 종태의 아랫도리와 그녀 자신의 사타구니를 흥건히 적시고 있었다.

두 사람이 뿜어내는 물과 물이 맞닿으면서 찰박거리는 소리 또한 흥겨움을 더했다. 이미 두 사람은 그 어떤 무엇도 생각할 수 없을 정도로 아득하기만 했다. 서로의 몸을 어루만지면서 더 깊은 곳으로 틈입하고 있는 중이었다.

"아아……."

희자는 짧은 신음을 토해냈다. 그것은 참을 수 없는 상태에서 절로 흘러나오는 그런 소리였다.

"사랑해."

종태 또한 희자 못지않게 깊은 쾌감의 수렁으로 깊이 빠져 있었다. 움직임이 격렬할수록 더 깊어지는 쾌감이었다.

다시 파도소리가 들려왔다.

그들은 잠시 하던 몸동작을 멈추고서 조용히 바다 쪽으로 귀를 기울였다. 마치 바람소리인 듯한 스산거리는 소리가 바다 쪽으로 난 창문을 통해 들려왔다.

"저봐요. 파도소리 들리죠?"

밑에서 희자의 목소리가 들려왔다. 종태는 그녀의 얼굴에게서 몸을 일으키며 바깥을 내다보았다. 시퍼런 바다가 거실의 유리문을 통해 환히 내다보였다. 희자도 역시 바깥쪽을 내다보고 있는 중이었다.

"역시 바다가 좋아. 바다는 꼭 남자의 마음 같거든."

종태가 중얼거리듯이 말하자,

"맞아요. 너무너무 멋있어요. 끝도 없이 푸른 것이 꼭 그래요. 맞죠?"

하고 되묻는 희자였다. 희자의 얼굴이 그를 빤히 쳐다보고 있었다. 그러는 그녀의 모습이 너무 천진난만해 보였다.

"으응, 그래. 바다는 영원히 변하지 않지. 난 그게 좋거든."

"사랑해요."

희자는 종태를 끌어안으며 입술을 갖다 댔다. 그녀의 입술을 핥으며 종태는 다시 움직이기 시작했다. 처음엔 얕게, 그리고 점점 더 깊숙이 밀어 올리듯이 쳐들어가자, 그녀는 할딱이며 종태를 끌어안는 것으로 사랑을 확인하고 또 확인하는 것이었다.

두 사람의 행위가 끝난 것은 한참 뒤였다.

아쉬움이 남긴 했지만 어쩔 수 없는 일이었다. 사정을 참지 못하고 그녀의 몸속으로 씨앗을 싸버린 뒤였다. 곧 나른해지면서 안온한 상태의 평화가 찾아왔다. 종태는 몸을 떼지 않은 채로 그녀의 얼굴을 내려다보았다.

"너무 좋았어요. 사정했죠?"

그녀의 목소리에는 자신감이 차 있는 듯했다. 그것은 곧 그녀가 누릴 수 있는 기쁨이기도 했다. 남자의 따뜻한 정액을 받아들인 여자의 행복해하는 표정이기도 했다. 그녀의 목소리에는 감미로움이 잔뜩 묻어 있는 듯했다.

"끝났어. 임신이 될지 모르겠어."

종태는 희자의 몸에서 아기가 태어나기를 기다리고 있었다. 그동안 부부로써 수없이 관계를 가졌었지만 아직 아기가 들어서고 있지 않았다. 아직 누구에게 문제가 있는진 모르겠지만 둘 다 건강했으므로 천천히 기다리기로 마음먹고 있는 중이었다.

"되겠죠 뭐. 오늘은 좀 양이 많은 것 같아요. 흘러내려요."

그녀는 얼른 손을 밑으로 가져가 손바닥으로 가렸다. 그리곤 곧 티슈를 뽑아 흘러내리는 맑은 정액을 받치고 있었다.

그때까지도 종태는 그녀의 몸에서 떨어지지 않고 있었다. 여자의 그러는 모습을 위에서 지켜보며 그대로 있는 것이 기분이 좋았던 것이다. 이미 사그라든 남성이었지만 포옹을 하고 있다는 것 그 자체가 곧 행복이랄 수 있을 정도로 마음이 뿌듯해졌다. 행위가 끝난 뒤의 그런 행복감이란 실로 오랜만에 느껴보는 그런 것이었다.

그 전에도 수없이 많은 여러 여자들을 상대해봤지만, 사정이 끝남과 동시에 더 이상 머무르고 싶지 않은 마음에 얼른 남성을 뽑아버렸지만 희자에게 만큼은 그러고 싶지 않은 것이었다. 그렇게 포옹하고 있는 것 자체가 행위 이상의 그 어떤 만족감을 채워주고 있었다.

종태는 만족했다. 물론 희자도 역시 마찬가지였다. 오랜 시간 동안 발버둥을 치며 서로의 알몸을 혀끝으로 애무하며, 발끝에 힘을 모아 박력있게 밀어붙이던 행위 동안, 그녀는 그녀대로 졸아드는 듯한 깊은 쾌감을 맛본 듯했다. 종태의 넓은 등판을 끌어안으며 부들부들 떨어대는 것이 그랬고, 한 번씩 종태의 몸이 달라붙을 때마다 그녀의 몸속으로 깊이 박힌 물건을 따라 출렁거리며 같이 움직이면서 찰싹 달라붙는 그녀였다.

그건 그녀가 성을 밝혀서가 아니었다. 성을 밝히는 것이 아니라, 이젠 그녀 자신이 한 남자의 아내가 되었다는 증거이기도 했고, 부부로써 같이 느끼려고 애쓰는 노력이기도 했다.

섹스란 절대 더럽고 추한 것이 아니다.

사랑하는 둘 사이에 최대한의 쾌감을 불러일으키는 작업일 뿐이다. 그들은 지극히 자연스런 몸짓으로 서로를 갈망하며 깊은 숨을 몰아쉬면서 안타까워했다. 그의 정액이 몸속으로 들어오는 것이 행복스러웠고, 그가 껴안아주는 것이 행복의 시작이었고 끝이었는지 모른다.

사랑하는 남자의 정액을 받아들인다는 것이 얼마나 행복한 일인가.

그의 모든 걸 사랑하고 싶어하는 것이 희자의 간절한 열망이었다. 한 남자의 여자로써 지극히 충성하고 싶었고, 그가 가는 곳이라면 어디든지 마다하지 않고 따라갈 수 있었다. 설사 죽음이 온다고 해도 피하지 않을 자신감이 앞섰다. 그가 옆에만 있다면 그녀는 그 어떠한 어려움도, 두려움도 충분히 이겨나갈 용기가 생겨나는 것만 같았다.

이것이 바로 사랑의 힘이라는 것인지도 몰랐다. 그리고 어쩌면 그것은 사랑의 진정한 용기라고 할 수도 있었다. 사랑하는 사람 앞에서 맞는 죽음이라는 것도 그리 두렵지 않을 거라고 생각되어졌다. 그만큼 그녀는 가슴 속 가득한 행복을 맛보고 있었다.

그가 아직 떨어져나가지 않은 상태로 오래도록 그녀의 몸 위에 머무르는 것도 사랑의 확인이었다. 그녀는 그러는 그가 좋았다. 관계가 끝났다고 해서, 쪼그라드는 남성 때문에 얼른 빼버리는 것보다 그렇게 가만히 있는 것도 일종의 나른한 쾌감처럼 남아 있는 중이었다.

그녀는 그의 넓은 가슴을 쓰다듬으면서 속삭였다.

"정말 사랑해요. 더 이상의 행복이란 내게 없을 것만 같아요."

"그 말 정말이오?"

그가 물어왔다.

"네. 그래요. 당신 때문에 다시 살아난 걸요."

그러면서 희자는 조용히 눈을 감았다. 그의 입술이 다가와 다시 짙은 입맞춤이 시작되었다. 그녀는 혀를 내밀어 그를 맞아들였다. 두 사람의 혀가 뱀처럼 엉키면서 뜨거운 물기를 나누었다.

모든 게 달콤하기만 했다. 그의 살갗도, 혀 끝도, 그의 가슴까지도 모두 희자의 입술에서는 마치 꽃술 속에 든 꿀물처럼 느껴지고 있었다. 그가 벌이라면, 그녀 자신은 꽃이고 싶었고, 그가 나비라면, 그녀 자신은 나비를 즐겁게 해주는 꽃이라도 되고 싶은 심정이었다. 그 이상의, 그 이하의 어떤 욕심도 없는 그녀였다. 그를 위해서만 살아가고, 그를 위해서만 일생을 바치고 싶은 그녀였다.

다시 눈을 떴을 때, 종태는 그녀를 물끄러미 내려다보고 있었다.

"사랑해……."

"……."

희자는 그를 쳐다보기만 했다. 그가 무슨 말이든 다시 할 것이라고 생각되었기 때문이었다.

"난 이렇게 사는 게 너무 행복해. 옛날의 종태는 다 죽었고, 이젠 희자의 남자로서만 살아가고 싶을 뿐이야. 내가 전에 가졌던 그 많은 욕심도 다 버렸어. 욕심을 버리고 나니까 홀가분하고 편해. 피비린내나는 조직세계에서는 2등이란 건 없었어. 오로지 싸움에서는 이기는 자만이 살아남아서 대장이 되는 거야. 이게 다 희자 때문에 얻은 행복이라고 생각하니 마음이 뿌듯해."

그는 가슴에 묻어두었던 할 말을 다 털어놓은 듯이 후련한 얼굴로 그녀를 바라보고 있었다.

"고마워요. 우리, 이렇게 사는 게 꿈이었어요. 전 죽었다가 다시 살아난 사람인 걸요. 당신 때문에 살아났고요, 당신 때문에 이런 생활을 가꿀 수 있는 거예요. 고마워요, 당신. 마음으로는 항상 고맙다고 말하고 싶었지만 그게 잘 안 되는 걸요. 고마워요, 당신."

희자는 종태의 가슴에 얼굴을 파묻었다. 희미한 땀내가 아직까지도 묻어 있는 가슴에선 아직도 뜨거움이 그대로 남아 있는 듯했다. 그의 가슴에서 용솟음치는 맥박이 느껴졌다.

희자는 관계를 가질 때마다 매번 그러한 것을 느끼곤 했다. 우람한 가슴에 기대어 그를 껴안고 있는 순간만이 크나큰 행복을 느낄 수가 있었다. 그는 누구에게도 뒤떨어지지 않는 그런 체격을 소유하고 있었다. 단단한 살집에다 다소 흉칙하긴 했어도 가슴께에서부터 종아리에 이르기까지 이어지는 꿈틀거리는 용의 문신을 볼 때마다 믿음이 가는 것이었다.

그가 위에서 힘을 줄 때마다 가슴이 용이 꿈틀거리며 그녀를 휘감는 듯한 착각에 빠지곤 했다.

그리고 그의 성기는 유달리 커 보였다. 조직 생활을 하면서 감옥에 갔을 때, 감방 안에서 몰래 바늘과 실로 시술했다는 포경 수술로 해서 남자의 주먹만큼이나 크도록 성기를 키운 것이었다. 바로 표피의 끝부분에다 바셀린을 집어넣은 것이었다. 그랬으므로 가만히 있을 때에도 주먹만 했지만, 일단 성이 나면 더 커지는 것이었다.

처음엔 희자도 입이 딱 벌어질 정도로 쓰리고 아팠지만 사랑하는 남자의 것이라는 것 때문에 참았는지 모른다. 그리고 점점 익숙해지면서 아무렇지도 않게 된 것이었다. 종태의 그것이 들어올 때에는 크고 두꺼운 것이 한 치의 틈도 없이 밀고 들어오는 통에 정신이 다 아득할 정도였다.

그리고 그가 들쑥날쑥 움직일 때마다 아랫배 쪽을 다 끌어내가는 듯이 꽉 찼다가 빠져나가는 통에 희자의 아랫도리가 딸려가는 것 같은 희열이 느껴지곤 했다. 꽉 찬 듯한 느낌은 곧 쾌감으로 발전해 갔고, 한 번씩 내려칠 때마다 아랫도리 부분이 짓뭉개지는 것 같은 아릿한 아픔이랄까, 꽉 차는 듯한 쾌감이랄까 하는 것이 전율을 느끼게 만들었다.

그녀는 그럴 때마다 아랫도리가 빠개지는 듯한 아픔을 느꼈다. 그리고 관계가 끝났을 때까지도 그 아픔은 오래도록 남아 있었다. 그것은 아픔이라고 하기보다는 그의 사랑을 확인하는 과정이었고, 그러고 나면 한찬동안 그녀는 충만한 행복감에 젖어들 수 있었다.

지금도 그랬다. 비록 그가 사정을 끝냈지만 그냥 그대로 있는 것이 더없이 기분 좋았다.

바깥에는 세찬 봄바람이 부는지 창문이 흔들리는 소리가 들렸다.

"이제 일어나요."

그녀는 그 말을 하면서 조금 몸을 움직였다. 그래야만 겨우 일어나는 그였다.

"그냥 이대로 있는 것도 좋아."

"……."

그는 일어날 생각을 않고 있었다. 그녀의 귀밑머리를 쓰다듬으며 얼굴을 어루만졌다. 그녀의 오뚝한 콧날을 만지다가 입술을 만져보는 그의 손길이 그리 싫지 않았다. 그러면 그럴수록 그녀는 더욱 기분이 좋아지는 것이었다.

"그래도요. 이제 일어나요. 나물을 다듬어야 돼요."

"……."

그제서야 그는 겨우 몸을 떼는 것이었다. 그는 몸을 빼내면서도 여직 아쉬움이 남아 있는 듯했다. 희자의 하얀 알몸뚱이를 바라보는 것이었다.

"아이, 보지 마요. 부끄럽게……."

희자는 몸을 웅숭그리며 돌아앉으려 했다.

"아냐. 이젠 우리 둘 사이에 부끄럽거나 창피할 건 없어. 보면 볼수록 더 신기한걸 뭐. 괜찮아."

종태는 뒤돌아 앉으려는 희자를 끌어안으며 키스를 해주었다. 그럴 때마다 희자는 눈을 감는 것이었다.

"사랑해. 이렇게 사는 게 행복이라는 걸 전엔 몰랐어."

종태의 목소리가 귓가에서 맴돌았다. 희자는 어깨를 끌어안은 그의 팔을 휘감고서 어루만져 주었다. 굵고 튼튼한 팔뚝이었다. 팔뚝에도 용의 문신이 내려와 있었다. 그리고 어깨엔 '正義'라는 한자가 삐뚤삐뚤하게 씌어져 있는 게 보였다. 그건 종태가 첫 징역살이를 시작했을 때, 빵끼통 안에서 제 스스로 바늘로 한 뜸 한 뜸 연탄가루를 묻혀가며 새긴 글이었다.

그러니까 종태가 만 열여덟 살이 되기 전이었다. 소년수로써 첫 감옥살이를 시작하면서 새긴 글귀였다. 그때는 나름대로 정의롭게 살다가 죽는다는 것이 그렇게 멋있어 보일 수가 없어서 아픔을 참아가며 혼자 스스로 판 글씨였다.

종태 역시 시라소니와 같이 정의로운 주먹잽이가 되는 것이 꿈이었다. 그래서 가난한 사람들을 도와주고, 불의한 일을 당한 이들을 도와주는 것이 정의로운 삶이라고 생각하고 있었다.

주먹이란 함부로 쓰는 게 아니라, 참을 수 없을 때, 불의의 반대인 정의를 위해서만 사용해야 한다고 믿고 있었다.

그러나 나이가 듦에 따라 그 각오는 점점 흐려져 갔고, 조직세계에 뛰어들면서부터는 정의보다는 조직의 세를 확장하는 것이 더 급선무였고, 이권에서는 절대 다른 조직에 뒤지지 않는 것만이 조직폭력의 생존원리였다. 종태가 뛰어든 싸움에서는 한 번도 패한 적이 없었다.

그만큼 종태는 신중했고, 철두철미했으며, 평소에도 몸을 가꾸는 일엔 게을리하는 일이 없었던 것이었다. 그는 될 수 있으면 술을 멀리했으며, 틈만 나면 운동으로 근육을 단련시켰던 것이었다. 만일의 싸움을 위해서 긴장을 풀지 않은 세월의 연속이었다.

종태가 가장 잘 구사하는 것이 바로 주먹과 발차기였다. 그리고 회칼을 잘 다루는 것이 언제나 싸움에 있어서 패한 적이 없는 비결이랄 수 있었다. 처음엔 주먹과 발로 상대를 제압하지만, 상대방이 사시미칼로 나오면 종태 또한 사시미칼로 맞섰다.

종태에게 있어선 처음부터 사시미칼을 내미는 것을 금기시했다. 사시미칼이란 일단 한 번 뽑게 되면 최소한 피를 보게 되거나, 아니면 목숨을 뺏는 것이어서 될 수 있으면 사시미칼을 쓰는 걸 자제하는 편이었다. 급소에 한 방만 놓아버려도 치명적인 살인이 되었으므로 칼의 무서움을 아는 그였다.

꼭 죽여도 될 만한 상대방이라면 서슴없이 칼을 뽑겠지만 그렇지 않은 이상에는 상대방이 먼저 칼을 뽑더라도 처음엔 손과 발목만을 사용해서 상대를 제압하려고 애썼다. 종태의 유연한 몸놀림만으로도 상대방의 칼을 떨어뜨릴 수 있을 정도라고 판단되기만 하면 그는 함부로 칼을 쓰지 않았다.

그렇게 한 것이 결국은 조직세계에서는 이름 높은 주먹잽이가 될 수 있는 계기가 된 것인지도 모른다. 그것은 곧 종태를 주먹과 칼을 잘 쓰는 주먹잽이로 통하게 했다.

종태는 곧 희자를 풀어주고는 티슈를 끌어당겨 건네주었다. 희자가 돌아앉아 흘러내린 물기를 닦는 동안, 담배를 꺼내 피웠다.

창밖으로 하얀 물보라를 튀기며 치솟아오르는 물보라가 보였다. 넓고 끝없이 펼쳐지는 수평선이 한눈에 다 들어왔다. 그 수평선상으로 오후에 나간 고깃배들이 일렬로 줄을 서 있는 것처럼 보여지고 있었다.

"……."

종태는 그녀가 돌아앉아 옷을 여며 입는 걸 지켜보고 있었다. 브래지어를 채우고, 팬티를 꿰어 입는 동안, 동그란 어깨선과 굴곡이 파여진 허리, 그리고 방바닥에 눌려 작고 둥근 엉덩이가 보기가 좋았다. 종태는 다시 한 번 그녀를 끌어안고 싶은 충동을 느끼지만 참을 수밖에 없었다.

하루에도 몇 번씩이나 그녀를 끌어안고 싶은 그였다. 그녀의 벗은 알몸을 볼 적마다 참을 수 없는 욕망이 일어나곤 했다. 지금도 그랬다. 바로 방금 일을 끝냈는데도 다시 하고 싶은 욕망이 앞섰다.

이미 한 번 사정을 하고 난 뒤였지만 사랑하는 마음이 앞서서인지 그의 마음속엔 부글부글 끓어오르는 욕망으로 가득 채워져 있었다.

"이쪽으로 앉아봐."

종태는 더 이상 참지 못하고 그런 말을 내뱉었다.

"왜요?"

그녀는 왜 그러느냐는 듯이 쳐다봤지만 이미 종태가 무엇을 바란다는 것을 눈치 채는 그녀였다.

"또요? 난 지금 나물을 다듬어야 하잖아요? 오늘은 참아요. 한 번 했잖아요?"

그러면서 그녀는 휙 돌아앉았다.

"아냐. 조금만 더해. 딱 5분만."

그는 희자의 뒤로 돌아가서 마주보고 앉았다. 그리고는 그녀의 얼굴을 감싸 쥐었다. 그녀가 힘없이 딸려왔다. 그는 곧 그녀의 웃옷을 벗어 내리기 시작했다. 그녀가 몇 번 웃옷을 거머잡는 척했지만 그건 그저 시늉뿐인 그런 행동이었을 뿐이었다.

희자는 종태가 원한다면 그 무엇도 주저할 이유가 없었다. 설사 목숨을 내놓으라고 한다손 치더라도 목숨보다 더한 것도 내어놓을 각오가 돼 있었다. 그녀는 이것이 바로 사랑이라고 생각하고 있었다. 사랑하는 이를 위해선 모든 걸 바친다는 것, 그게 어떤 것이라도 그렇게 할 수 있다는 마음의 준비가 되어 있는 그녀였다.

웃옷을 벗겨 내린 종태는 바로 맞은편에 앉아서 그녀의 흰 알몸을 감상하고 있었다. 아직까지 그녀의 아랫도리는 벗겨지지 않은 상태였다.

"……."

그는 오래도록 그녀의 젖가슴을 바라보았다. 둥그런 젖가슴이 유난히도 탐스럽게 여겨졌다. 마치 여자의 가장 신성한 부분인 것처럼 부드럽고, 단단해 보였다. 마치 어머니나 누이의 젖무덤을 보는 것 같은 착각을 일으켰다.

종태는 어렸을 적에 빨았을 어머니의 젖가슴을 기억에 떠올렸다. 기억에 남아 있는 건 아무것도 없었지만 분명히 빨았을 젖가슴에 대한 기억. 그 젖을 먹고 자라난 자신의 일생이 그동안 구렁텅이 속에서 뒹굴면서 까마득히 잊어버렸던 아련한 추억이랄 수 있었다.

종태는 입을 가져가 그녀의 젖가슴에다 얼굴을 묻었다. 옰은 살내음이 맡아졌다. 코로 비벼대다가 혀를 내밀어 핥아보았다. 달착지근한 살내음이 맡아졌다. 그는 천천히 유두 주위를 핥으면서 빙글빙글 맴돌았다.

"아아……."

희자는 허리를 비틀며 종태의 머리를 감싸 쥐었다. 그러나 종태가 그러는 것에 방해가 되지 않았다.

"사랑해…… 꼭 어렸을 적의 엄마 젖가슴 같아……."

"……."

희자는 눈을 감았다. 그가 어머니를 생각하고 있다고 생각하니 절로 마음이 뜨거워졌다. 아무리 주먹잽이라고 하더라도 가슴 속의 어머니는 있게 마련이었다. 지금 그는 눈을 감은 채로 희자의 젖가슴을 핥는 데에 정신을 몰두하고 있었다.

젖가슴에서부터 짜릿짜릿한 전율이 점점 안쪽으로 스며들고 있었다. 희자는 다리를 넓게 벌린 채로 그가 들어와 앉을 수 있도록 만들었다. 그가 더 안쪽으로 들어와서 앉았고, 두 사람은 서로를 간절히 끌어안았다. 그의 입술이 젖가슴을 더듬으며 위로 올라왔다. 목 줄기를 훑으며 올라와서 입술 위를 포갰을 때, 희자는 절로 입술이 벌려졌다.

그의 혀가 안으로 깊숙이 들어오고, 그녀의 혀를 찾는 동안에 그녀의 몸에서는 뜨거운 물이 솟아나오고 있는 중이었다. 그의 손이 밑으로 내려와선 아래쪽을 더듬었을 땐, 이미 그곳은 질편하게 젖어 있었다. 그의 손가락 검지와 중지가 얇게 벌어진 그곳을 더듬으며 오르내렸을 때, 그는 숨이 멎어버릴 듯한 깜깜함을 느꼈다.

"아아."

그녀는 와락 그를 껴안으며 힘껏 끌어안았다. 더 이상 참을 수 없었다. 그녀의 그런 동작에 깜짝 놀란 그가 서서히 위로 올라왔다.

그와 입술이 맞닿아 있는 상태에서 다시 그녀의 아래쪽이 그의 남성으로 꽉 채워지면서 정신이 아득해졌다. 굵고 튼튼한 것이 고목처럼 밀고 들어오는 것을 느끼며 그녀는 스르륵 눈을 감아버렸다.

그가 한 번씩 움직일 때마다 몸이 잘디잘게 부서져 내리는 것처럼 납작하게 내려앉는 듯한 기분이었다. 그의 몸집은 육중했고, 내려앉았다가 다시 들려져 올라갈 때는 희자의 몸도 같이 따라 올라가는 듯이 동시에 움직여지는 것이었다. 그리고 다시 그가 내려찧을 때는 인정사정이 없이 쿵 하고 내려앉았다.

밑에서는 금세 물소리가 나면서 철버덕거렸다. 그의 살갗이 후려치듯이 내리쳤고, 희자의 살갗에서는 맑은 소리를 냈다. 흥겨운 가락에 맞춰 춤을 추듯, 움직이는 그를 따라 같이 움직여지는 그녀였다.

그것은 마치 그녀가 의도적으로 그의 성기를 따라 위로 올라가는 듯한 형국이었다. 그가 내려칠 때는 한없이 가라앉는 듯했다가 그의 몸뚱이가 올라갈 때는 같이 올라가는 것 같은 황홀함이 느껴졌다.

"바다를 봐요. 저기 저쪽."

그가 위에서 손가락으로 바다를 가리켰다.

"……."

희자는 그가 가리키는 대로 창밖으로 시선을 던졌다. 푸른 바다가 바로 곁에 와 있는 것처럼 가깝게 느껴졌다. 하얀 물보라를 일으키며 몸살을 앓아대는 파도가 밀려왔다간 바위 위에서 퉁겨 오르며 산산이 부서지는 게 보였다.

"너무 좋아요."

희자는 잠긴 목소리로 소곤거렸다. 정말 아름다운 바다였다. 싯푸른 바다의 감청색이 포근하게 느껴졌다.

"난 이렇게 당신 몸 위에서 바라보는 바다가 좋아. 당신도 그래?"

"네."

희자는 고개를 끄덕여주었다.

다시 그의 몸동작이 이어졌다. 으스러지도록 껴안고서 밑을 치받는 그의 몸뚱이에 눌려 희자는 질식할 것만 같은 쾌감을 느끼고 있었다. 저 밑쪽의 몸 안으로 깊숙이 파고 들어오는 그의 남성이 마치 파도장같이 느껴지기도 했다가, 바윗돌처럼 무겁게 가라앉는 것도 같이 느껴지곤 했다.

바다를 보고 나서일까.

그녀는 한없는 기쁨의 연속인 것 같은 쾌감이 이어지는 듯했다. 금방이라도 숨이 멎어버릴 것만 같은 호흡 곤란을 느끼며 흐득거렸다. 숨을 몰아쉬며 가까스로 정신을 차렸다간 다시 흐려지는 기분이었다.

두 번째의 사정이 끝났을 땐, 그야말로 두 사람 다 녹초가 되어 있었다. 위에서 그가 꼼짝도 하지 않은 채로 엎드려 있었다.

"힘들죠?"

그녀가 물었을 때, 그가 겨우 얼굴을 들었다.

"으응, 너무 좋았는걸. 오늘은 벌써 두 번째야. 그렇지?"

그는 마치 확인이라도 하듯, 그녀에게 물어왔다. 그렇게 묻는 것이 기분 좋았다. 서로를 확인하며 부끄러운 것까지도 다 털어놓는 것이 행위가 끝난 뒤의 후희처럼 여직까지 즐거움을 붙잡아두고 있는 것이었다.

그녀 또한 그랬다. 그가 그런 말을 하는 것이 더없이 고마울 따름이었다. 그런 말을 들을 때마다 깊은 신뢰감을 느낄 수 있었고, 자신을 배려하는 듯한 그의 말투에서 안정감을 얻는 그녀였다.

"다리가 아파요. 계속 벌리고 있어서…… 안 아파요?"

"어디가?"

종태가 물었다.

"거기가요. 거긴 안 아파요?"

그제서야 그녀의 말뜻이 무엇인지를 안 그는 웃음을 지어보이며 빤히 쳐다보았다. 그런 말을 할 줄 아는 그녀가 사랑스러울 뿐이었다.

"남자는 안 아파. 거기가 아플 정도라면…… 여자인 당신이 더 아프겠지. 남자는 웬만해선 아프지 않지. 당신은 어때?"

이번엔 그가 물었다.

"전 조금 아파요. 쓰리고 따가운 걸……."

그 말을 들으면서 종태는 기뻤다. 수없이 자신의 남성이 드나들면서 부딪친 희자의 질벽이 벌겋게 부어올랐을 것이라고 생각하니 가슴 뿌듯해지지 않을 수가 없었다.

남자란 여자가 만족하는 것을 보고도 기분 좋은 일인데, 하물며 아프다는 말하는 여자의 말을 듣고서 기분 좋아하지 않을 사람은 없을 것이었다. 두 번의 행위를 하는 동안에 온 힘을 다해 부딪친 결과로 인해 아래쪽 부분이 얼얼할 정도였다.

기분 좋은 섹스가 끝나고 나서 종태는 옷을 입었다.

"나, 좀 나갔다가 올게."

하고 말하자,

"어딜 가시게요?"

하고 되묻는 희자였다.

"바닷가. 나가서 맑은 바닷바람이라도 쐬고 와야겠어. 같이 나갈래?"

그 말에 희자는 나물을 집었던 손을 놓는 것이었다.

"저도 따라갈게요. 같이 걸어요."

그녀는 얼른 겉옷을 걸치고는 따라 나섰다.

집 바깥으로 나오자, 기다렸다는 듯이 봄 햇살이 쏟아지기 시작했다. 모래알에 쏟아져 내리는 햇살을 자근자근 즈려밟으며 그들은 바닷가로 걸어나갔다. 백사장은 온통 마른 햇빛들로 가득 차서 똑바로 쳐다볼 수가 없을 정도였다.

희자가 종태의 손을 잡아 쥐었다.

"왜 나한테 아기가 안 생기는 건지 모르겠어요. 당신의 아이 하나 낳고 싶은데……."

"……."

종태는 그녀를 물끄러미 바라보았다. 두 사람의 사랑만 온전하면 그만일 것이라는 생각이었으므로 아기가 그리 중요한 건 아니라는 생각을 갖고 있었다. 그러나 희자는 그게 아니었다. 사랑하는 이 남자의 아기를 갖고 싶은 마음이었다.

희자의 손에 힘이 들어가면서 다시 말을 꺼내는 것이었다. 종태는 희자가 손을 꼬옥 붙잡고서 걷고 싶어 하는 것을 기분 좋게 생각하고 있었다. 종태를 따라나서는 그녀는 언제나 그랬다. 잠시라도 떨어져 있고 싶지 않은 그녀의 마음일 수 있었다.

두 사람은 바닷가 백사장을 걸어 한없이 걸어갔다. 키 낮은 해당화가 무리지어 있는 곳을 지나 작은 송림을 지나갔다. 뽀얀 먼지를 뒤집어쓴 나뭇가지를 툭툭 치기도 하면서 바다에 떠 있는 검은 바윗돌이 있는 곳으로 가서 발걸음을 멈췄다.

바다 안쪽으로 조금 들어간 곳에 바윗돌이 있었다. 종태는 희자를 업은 채로 바윗돌이 있는 데로 갔다.

집 쪽을 바라보며 걸터앉았다. 희자는 치마를 걷어붙이고 바닷물에 발을 담근 채로 망연히 집 쪽을 바라보고 있었다.

벌써 햇빛이 스러지려는가. 오후의 맑은 햇살이 그 사이에 벌써 스러지려는 듯이 점점 붉게 변해가고 있었다.

"여보."

그녀가 불렀다.

"응."

종태는 그녀의 손을 잡아주면서 돌아보았다.

"내일은 우리, 양양에 나가서 고아원에 한 번 들러봐요. 며칠 못 갔는데 아이들이 기다리고 있을 거 같아요."

"그러지."

"이왕 나간 김에 양로원에도 들러보고요. 그래도 되죠?"

희자는 종태의 얼굴을 빤히 들여다보며 물었다.

"그러지 뭐. 뭘 사갖고 갈까?"

종태는 희자의 맑은 눈빛을 정면으로 바라보고 있었다. 햇빛을 받아 반짝이는 그녀의 눈빛은 조용한 호수처럼 맑아보였다.

"우리보다 못한 사람들한텐 베풀고 사는 게 좋을 것 같아요…… 뭐든 다 좋아할 거예요. 당신이 알아서 사셔도 되고요. 저랑 같이 읍내에 나가서 사죠 뭐."

그녀는 조금이라도 종태의 마음에 언짢은 말은 하지 않기로 작정한 여자처럼 굴었다. 뭐든지 다 종태의 의사를 물어보고 결정하는 그녀였다.

"그래, 알았어요. 난 당신이 그런 일을 자꾸 하려는 게 마음에 들어. 고아원에 있을 때부터 삐뚤어지기 쉽다는 거, 나도 알아. 상호란 놈도 고아원 출신이야. 그놈도 처음엔 먹고 살기 위해서 할 수 없이 칼을 빼들었지만, 마음은 착한 놈이야. 원래 심성은 고운 것 같은데, 어찌하다가 보니까 조직세계로 빠져든 거지. 그놈은 의리도 있어. 내가 죽으라고 해도 자복할 놈이거든."

종태는 그 말을 해놓고선 하늘 쪽을 바라봤다. 푸른 하늘엔 구름 한 점 보이지 않았다.

"그 사람, 지금 무얼 하고 있을까요? 저에게도 은인인 사람인데…… 너무 고마운 사람인 것 같아요."

"그래, 그렇지. 그놈도 배고픈 것 다 알고, 사람 마음 아픈 것도 다 아는 놈이야. 상호 녀석도 고아원에 있을 때, 먹을 게 없어서 밤중에 자활로 키우던 돼지우리로 들어가서 돼지죽을 훔쳐 먹고 자란 놈이야. 그러니까 사람에 대한 정이 더 깊은 놈이지. 그런 놈은 절대 배신을 안 해. 난 그걸 알아. 아마 그놈은 나중에 큰 보스가 될 거야."

"……."

희자는 종태의 옆얼굴을 쳐다보았다. 괜히 상호의 이야기를 꺼내서 그를 괴롭게 한 것만 같았다.

"다들 잘 할 거야. 내가 없어도……."

"그 사람 언제 한 번 집으로 모시고 싶어요. 그래서 맛있는 음식이라도 대접하고 싶은 생각이에요."

희자의 그 말에 종태가 힐끗 돌아봤다. 그 눈빛엔 따스함이 묻어 있었다.

"별다른 뜻은 없어요. 제가 청주 여자교도소에 있을 때, 당신이 보냈다면서 왔었어요. 걱정말라고 하면서 눈시울을 붉히는데 깜짝 놀랐어요."

"왜?"

"그냥요…… 그런 세계에 있는 남자가 면회실에서 여자 교도관이 보는 앞에서 눈물을 흘리는 것을 보고…… 저도 많이 울었어요. 당신한텐 이런 사람들도 있었구나 하고…… 원래 사람은 다 착하다고 하잖아요. 그래서 전 그 분 말만 듣고도 마음이 놓였어요. 당신이 보낸 사람이라면 다 믿기로 작정하고 말예요."

"그래. 그놈은 착실한 놈이야. 지가 번 돈으로 지옥 같았다고 말하곤 하던 고아원에다 몰래 돈을 부치는 놈이야. 난 그걸 알아. 그놈이 고아원에 있을 때, 얼마나 고생을 많이 했는지 알아. 맞기도 많이 맞았어. 그리고 잘못한 일이 있으면 며칠이고 밥을 안 주는 그곳에다 도로 돈을 내려보내는 그놈의 의리 하나는 알아. 처음엔 나한테 그곳 고아원 이야기만 나와도 이가 갈린다고 말했던 놈이 나 몰래 돈을 부치고 있더라고. 그것만 봐도 그놈이 어떤 놈이란 걸 알 수 있는 거지."

"……."

희자는 묵묵히 듣고만 있었다. 발밑에 와서 찰랑이는 파도가 맨살을 간지럽혔다. 물속에서 희자의 발이 새하얗게 빛나고 있는 게 보였다.

"조직세계라는 것이 그래. 다 사정이 있어서 이를 악물고 칼을 빼든 놈들이야. 배부르고 등 따뜻한 놈이 칼잡이가 될 순 없는 법이야. 그런 놈들일수록 더 용감하고 의리가 있지. 내가 동생들을 데리고 있었던 것도…… 다 그런 환경 속에서 자란 놈들 뿐이야. 그런 놈들이 배신을 안 하지. 내가 한 번 잘못 믿었던 놈이 있었는데…… 결국 그놈은 죽었어."

"왜요?"

종태의 말에 희자가 번쩍 놀라며 고개를 쳐들었다.

"그건…… 말 못할 사정이 있어. 인과응보라는 거지……."

그 말을 내뱉으면서 종태는 길게 한숨 같은걸 내뱉었다. 그건 바로 기식이었다. 제일 신임했던 부하한테서 은영일 빼앗겼다는 것도 그랬지만, 영등포 구치소를 탈출해서 심야에 찾아든 방 안에서 두 년놈이 한 데 붙어 있는 것을 보자, 눈에 불이 일어났던 것이었다.

그동안 은영인 바쁘다는 핑계를 대고 면회를 자주 오지 않는 것이 이상했지만, 막상 불륜의 현장을 목격하고 보니 더 이상의 용서란 있을 수 없었다. 감히 자신이 사랑하는 은영이한테 손을 댔다는 것 자체가 보스에 대한 도전이라고 생각되었다. 직접 칼을 빼내 기식의 급소를 찌른 것도 종태의 참을 수 없는 분노에서 일어난 일이었다.

종태는 그때, 그 순간의 일들이 어지럽게 다가왔다. 눈을 부릅뜬 기식의 놀람과 은영의 후회하는 듯한 원망의 눈초리를 결코 잊을 수가 없었다. 급소만 골라서 여러 차례 칼질을 해댔던 것이 지금은 도리어 부끄러움으로 남아 있었다.

원래 조직세계란, 상대방에 대해서 여러 번의 칼질을 하지 않는 게 불문율처럼 되어 있었다. 아무리 밉고 원수라 하더라도 단 한 번의 칼침으로 끝내버리는 것이 사나이로써 당당한 복수일 터였다. 그런데 종태는 복수심에 불타올라 마구 찔러댄 것이 두고두고 후회가 되는 것이었다.

이미 오랜 시간이 흐른 지금에 와서야 그런 생각이 들었다. 단 한 방으로도 끝나버릴 것을 왜 그토록 이나 여러 번 칼침을 놓았는지 자신이 생각해도 이해가 되지 않았다. 피가 튀도록 낭자한 기식의 몸에다 대고 다시 여러 번의 칼집을 냈다는 것이 부끄럽고 한스러울 뿐이었다.

“……?”

희자는 종태의 어두워지는 옆얼굴을 물끄러미 바라보다가 산 쪽으로 눈길을 주었다. 산 정상 가까이 내려앉기 시작한 해는 쓸쓸한 노을을 만들 채비를 하고 있는 중이었다.

“난 기식이가 그렇게 죽었다는 게…… 가장 치욕스럽고 부끄러운 일이야. 앞으로 그런 거 묻지 말아요.”

종태는 희자를 돌아보며 말했다.

“네, 알았어요. 당신이 싫어하는 것은 절대로 하지 않을 거예요. 그리고 당신만을 위해서 기도를 하며 살 생각이구요. 우리들의 미래를 위해서만 기도할 거예요. 만약 하나님이 우리에게 아기를 주신다면, 그 아기를 위해서만 살고 싶어요. 더 이상의 욕심이나 바람 같은 것도 없어요. 당신만 곁에 있어 준다면요.”

“…….”

종태는 옆을 돌아보면서 희자의 손을 잡아주었다. 투박한 손에 힘을 주면서 그녀의 작은 손을 움켜쥐면서 그녀를 묵묵히 바라보았다. 그녀는 희미하게 웃으며 그를 바라보는 것이었다. 그녀가 웃느라 벌린 입술 사이로 드러난 하얀 치아에서 반짝거리는 햇빛이 보였다.

02

행복의 그늘

종태는 마당에 세워놓은 오픈카에 시동을 걸어놓았다. 코란도 짚차의 덮개를 오픈해 놓은 지프였다. 그녀가 타기 좋도록 옆자리의 자질구레한 것들을 치워놓고서 차에서 내리고는 걸레로 앞 유리창의 먼지를 닦아냈다.

짚차는 봄이 되면서 날씨가 따뜻해지자, 천정의 호로를 제거시켜 오픈해 놓은 것이다. 바닷바람을 좋아하는 그녀였다. 짚차를 타고 해안선을 따라 달리는 것은 그 무엇보다 기분 좋은 드라이브가 될 수 있었던 것이다.

그는 걸레를 갖다 두기 위해 집 안으로 들어서면서 아직까지도 꾸물거리고 있는 그녀를 향해 소리쳤다.

"여보, 뭐해? 빨리 나오지 않고."

"네, 나가요."

그녀는 보따리에 뭔가를 싸 묶으며 소리치는 것이었다.

"그건 뭔데?"

그녀가 꼼지락거리며 무엇인가를 챙기는 것 같아 물어본 말이었다.

"아, 네. 헌 옷가지들을 집어넣은 거예요. 고아원에 갖다 주려고요. 당신 헌 옷하고, 내 헌 옷가지들이에요. 꺼내니까 많네."

그녀는 큼지막한 두 개의 보따리를 만들어놓고 있었다. 종태는 거실로 올라가서 양손에 보따리를 집어들었다.

"얼른 나가요. 차 시동 걸어놨어."

"네."

그들은 곧 차에 올랐다.

그녀는 종태와 같이 양양으로 내려오면서 양양 읍내에 있는 고아원과 양로원을 찾아가서 봉사를 하고 있었다. 매번 갈 적마다 먹을 것들을 사가지고 가서 그들과 같이 있다가 돌아오곤 했다. 그녀가 하는 일이란 그들의 헌 옷가지들을 빨아주거나, 반찬을 만들어주는 일, 아이들을 목욕시켜 주는 일 등, 간호사로써 할 수 있는 위생적인 일들까지 해주면서 보살피고 있는 중이었다.

매번 양양으로 나갈 때마다 종태가 차로 태워주면서 종태 또

한 그녀가 하는 일을 모른 척하지 않았던 것이다. 그녀가 힘들게 하는 일을 옆에서 거들어주면서 보람을 느끼기도 했던 것이다.

오늘도 양양 읍내로 나온 그들은 제일 먼저 그들이 단골로 가는 슈퍼 가게로 가서 먹을 것들을 잔뜩 사가지고 차에 실었다. 그리고 오갈 데 없는 노인들이 잘 먹는 과일들을 사서 차 뒷좌석에다 실어놓았다.

종태는 차에 타서는 그녀가 분주히 왔다갔다하는 것을 지켜보면서 절로 뿌듯한 마음이 들었다. 불쌍한 아이들과 어른들에게 갖다줄 과자들이랑 먹을 것들을 사러 바삐 움직이는 그녀를 보면 마치 천사와도 같다는 생각이 들었다. 야윈 듯한 몸매에 재빠르게 움직이며 이것저것을 사다가 나르는 그녀의 모습은 마치 이 세상의 여자가 아닌 것처럼 느껴지기도 했다.

그러는 그녀를 바라보고 있으면서 종태는 한가로운 마음이 들었다. 마치 이 세상에서 가장 마음씨가 예쁜 여자를 자신이 소유하고 있다는 자부심 같은 것이었다. 매번 그녀가 하는 일을 도와 시장을 보거나, 물건을 사거나 하면서 무거운 것들을 들어주는 것으로만 해도 예전엔 꿈도 못 꿀 그런 일들이 아니었던가 하고 생각하곤 했었다.

빠진 게 있나 해서 그녀가 마지막으로 시장으로 갔다가 돌아오는 중이었다. 그녀의 손엔 멸치 박스가 들려져 있었다. 아마도 양로원에 가서 볶아줄 것인 모양이었다.

"이제 가요."

그녀가 멸치 박스를 차에 실으면서 옆자리에 올라탔다.

"이제 다 샀어? 웬 짐이 이렇게 많아? 이걸 다 어떻게 조리하려고 그래요? 너무 힘들지 않아?"

종태는 뒷좌석에 가득 채워진 물건들을 바라보며 웃어보였다.

"염려말아요. 전부 과잔걸요. 반찬거리들은 별로 안 돼요."

그녀가 하는 말은 겸손의 말이었다. 종태가 보기엔 과자보다는 반찬거리들이 더 많아 보이는 것 같았다. 그것들을 다 조리하려면 꽤나 시간이 많이 걸릴 것 같았다.

종태는 차를 몰아 고아원부터 들렀다. 양양 읍내에서 조금 떨어진 외진 곳에 있는 양양 천사원이었다. 입구에 들어서자마자, 아이들이 우르르 몰려나와 차 주위를 빙 들러서는 것이었다.

"아줌마 안녕."

"오셨어요."

"우와, 많이 갖고 왔다아!"

아이들은 저마다 탄성을 내지르며 먹을 것들에 더 호기심을 나타내었다.

"으응, 그래. 잘 있었니?"

"네에."

희자의 말에 아이들은 전부 한목소리로 대답하는 것이었다. 희자는 차에서 내려 저만치 서 있는 세 살배기 여자애한테로 가서 쪼그려 앉아서는 머리를 쓸어올려 주었다.

"소희는 왜? 어디 아팠어?"

"아니."

"그럼? 왜 시무룩해 보여? 누가 때렸니?"

희자는 그 말을 하면서 아이들을 둘러봤다. 아이들은 희자에게로 다가와서 저마다 한 마디씩 하는 것이었다.

"재, 오줌쌌어요."

"총무님한테 종아리 맞았대요, 맞았대요."

아이들은 노래를 부르듯이 놀려대며 박수를 치는 것이었다. 그걸 보는 희자의 눈엔 소희가 여간 불쌍해 보이는 것이 아니었다. 부스스한 머리카락이 새집을 짓고 있었고, 아직 세수를 하지 않은 것처럼 얼굴이 꾀죄죄하기만 했다.

희자는 소희를 끌어안으면서 얼굴을 쓸어주었다. 아직 세수도 하지 않은 것이 분명했다. 손바닥에 묻어나는 땟국물만 보아도 알 수 있었다.

"가자, 세수 안 했지?"

희자는 소희의 손을 잡아끌었다. 그러자, 소희는 두말없이 따라오는 것이었다. 짚차에 잔뜩 실려진 먹을 것들을 힐끔거리며 손목을 잡혀 따라오는 소희였다.

"이따 먹을 거 많이 줄께. 우리 소희 착하지, 응?"

희자의 그러는 모습은 마치 어머니가 아이한테 하는 것과도 같은 자상함이 묻어 있었다. 그러한 모습을 멀리서 지켜보고 있는 종태의 눈엔 아릿하도록 어린 날의 추억을 불러일으키고 있었다.

희자가 소희의 손을 잡고 수돗가로 데려가 손을 씻기고, 얼굴을 씻어주는 것을 보면서 마음속으로 따뜻한 눈물이 흐르는 것 같은걸 느끼고 있었다. 희자는 소희를 씻겨서는 짚차가 있는 데로 데려왔다.

그동안 아이들은 종태의 옆으로 몰려들어서 먹을 것들을 나눠주기를 고대하고 있었다. 어떤 아이는 종태의 바짓가랑이를 붙잡고서 빨리 나눠달라고 흔들어대는 것이었다.

"가만있어봐. 원장님께 드리고, 좀 있다 나눠줄 거야."

그렇게 타일렀지만, 아이들은 막무가내였다.

"원장님한테 주면 우리한테 얼마 돌아오지 않는걸."

"원장님과 선생님들은 깍쟁이에요. 먹을 것들이 있어도 적게 먹으라면서 안 나눠준단 말예요."

아이들은 떼를 쓰며 매달리고 있었다.

종태는 아이들이 매번 그러는 것이라는 걸 알고 있었다. 먹을 것들과 옷가지들을 갖다 줘도 아이들이 배불리 먹어봤단 말은 들어보질 못했었다. 며칠에 한 번씩 들러서 먹을 것들을 가져다주고, 옷가지들을 갖다 줬지만 아이들의 옷차림은 항상 그대로였고, 종태와 희자를 보면서 게걸거리는 아이들의 모습은 여전하기만 했다.

종태는 짚차에서 먹을 것들과 옷가지들이 든 보따리를 양손에 들고 안으로 들어갔다. 희자는 희자대로 소희를 안은 채, 종태의 뒤를 따라 들어갔다.

원장실로 들어서자, 비서일을 보는 미스 김이 알아보고는 얼른 자리에서 일어나 원장실로 들어가는 것이었다. 그리고는 곧바로 밖으로 나와 목례를 하면서 안으로 들어가라는 말을 전해줬다.

안으로 들어가자, 원장이 커다란 의자에 앉아 있다가 일어서면서 소파가 있는 데로 걸어 나왔다.

“아유, 어서오세요. 또 이렇게 많은 걸 가져오시고. 앉으세요.”

그러면서 앞쪽의 소파로 앉으라며 권해왔다. 종태와 희자는 원장의 맞은편에 앉고서는 소희를 옆자리에 앉혔다.

“소희야, 넌 밖에 나가놀아라. 알았지?”

원장의 다정스런 말에 소희는 깜짝 놀라듯이 희자의 등 뒤로 숨으며 얼굴을 가리는 것이었다.

“싫어요. 난 여기 있을래.”

"소희야."

원장의 말은 다정스러웠다. 그러나 그 말 속엔 가시가 돋힌 것 같은 엄숙함이 숨어 있었다. 그 말에 더욱 놀라는 소희였다. 마치 마귀할멈이라도 본 것처럼 무서워하며 희자의 뒤로 숨는 것이었다.

소희가 나가려하지 않자, 원장은 약간 난처한 얼굴빛이었다가 다시 타이르는 것이었다.

"소희야, 나가있어. 여긴 어른들이 이야기를 하는 곳이야. 원장님 말씀 들어야지. 그렇지? 빨리 나가."

이번엔 좀 더 단호한 듯한 말투였다. 원장의 그 말에 희자의 등 뒤로 빼꼼히 얼굴을 내밀었던 소희의 얼굴엔 울상이 가득했다. 그러면서 희자를 쳐다보는 것이었다.

희자가 소희의 머리카락을 쓰다듬으며 말했다.

"원장님, 저희들은 괜찮습니다. 그냥 가만히 앉아 있게 놓아두지요."

그러면서 희자는 소희를 포근히 끌어안아 주었다.

"……."

원장은 소희가 밖으로 나가려하지 않는 것을 알고는 애써 참는 듯한 기색이었다. 할 수 없다는 듯이 슬그머니 웃음을 짓는 원장의 얼굴엔 소희를 나무라는 투가 역력했다.

"매번 이렇게 많은 것들을 사오시고. 저희들이 너무 폐를 끼치는 것 같아서…… 사실 저희들은 도에서 지원해주는 것 가지고는 고아원을 운영하기에 벅찹니다. 시설도 보수할 곳도 많고…… 우선 아이들이 먹는 급식비 보조가 너무 빈약해서…… 없는 돈 가지고 쪼개고 또 쪼개서 쓰곤 있지만, 아이들이 매일 허덕거리지요. 초등학교에 갔다가 돌아오는 길에 남의 집에 들어가 훔쳐먹질 않나, 다른 아이들이 갖고 있는 과자 부스러기들을 빼앗아 먹었다가 뺏긴 아이들의 부모들이 고아원으로 항의를 해오는 경우도 더러 있어요. 이게 다 제가 부족한 탓이지요 뭐."

원장은 그러면서 두 손을 모아 비비는 시늉을 했다. 금테 안경에 어울리지 않는 그런 동작이었다. 마치 정부의 관료가 시찰 나온 자리에서 고아원의 어려움을 하소연하는 듯한 그런 자세였다.

"그래요? 그렇게 어렵습니까?"

종태는 원장의 말이 일리가 있을 거라고 생각되었다.

"여보."

희자가 종태를 불렀다.

"……."

종태는 그녀가 왜 불렀는가를 알고 있었다. 그러나 그런 자리에서 성급하게 나오는 건 싫었다. 잠자코 바라보기만 하자, 그녀는 안타까운 얼굴을 지으며 쳐다보는 것이었다.

종태는 희자의 그런 표정을 보자, 절로 마음이 무거워졌다. 아마도 희자는 이 고아원을 도와주고 싶은 생각인 모양이었다.

종태는 원장을 돌아보며 말했다.

"그럼, 우리 부부가 상의해서 도울 일이 있는가 한 번 생각해 보고 나서 말씀드리겠습니다."

종태의 말에 원장은 반색을 하며 나왔다.

"아유, 그럼요. 이런 일은 아무나 하는 게 아닙니다. 뜻이 있는 사람이 할 수 있는 일이지요. 사모님과 같이 상의하셔서 해야지요. 조그마한 도움이라도 저희들에겐 큰 힘이 되는 거지요. 하여튼 고맙습니다. 여러모로 도와주시는데 대해서 뭐라고 말씀드릴 말이 없네요."

그러면서 원장은 수줍은 듯이 웃어보였다. 나이에 걸맞지 않게 앳된 웃음을 지어보이려고 하는 그녀의 표정이 우스꽝스러웠지만 종태로서는 이런 어려운 일을 맡아 해나가는 원장으로써 당연히 해야 할 웃음으로만 생각하고 말았다.

"그럼 저희들은 아이들과 좀 놀다가 가겠습니다."

종태가 그 말을 하면서 일어서려 하자,

"아유, 참 내가 깜박 잊었네. 미스 김아."

원장이 미스 김을 부르는 것이었다.

미스 김이 쪼르르 달려왔고, 원장은 잊었다는 듯이 미스 김에게 커피를 끓여오라는 말을 건넸다.

"좀 앉으세요. 뭐가 그리 급하세요. 아이들이야 맨날 여기 있는데 어딜 가나요? 천천히 커피나 드시고 아이들 방으로 가도 되죠, 뭘."

원장은 웃었다.

"그럼……."

종태는 일어서려던 엉거주춤한 자세 그대로 다시 자리에 앉았다. 희자는 소희를 끌어안은 채, 자리에 앉았다.

조금 있으려니까 커피가 끓여져 나왔다.

"드세요. 드시면서 이야기를 나누죠."

원장은 그들에게 커피를 권했다. 종태와 희자는 커피잔을 들어 김을 불어내며 천천히 마셨다.

원장도 커피잔을 들면서 종태와 희자를 지그시 바라보는 것이었다.

"저도 어렸을 적부터 이런 고아원 사업을 한 번 해보고 싶었답니다. 전 부모님들이 돌아가시진 않았지만, 거의 돌아가신 거나 다름없지요. 고생고생 다해가며 고학을 해서 겨우 학교를 마쳤으니까요. 그때부터 전 어려운 아이들을 돕는 사업을 해야겠다고 다짐했어요. 그래서 결국 이곳에다 고아원을 지을 수 있었지만…… 근데 그게 쉽지 않았어요. 아이들이라, 부모의 말도 안 듣는 판에 원장이나 선생의 말을 듣겠어요? 처음엔 울기도 많이 울었어요. 그나마 내가 이런 어려운 육영사업을 해야겠다고 다짐하고 다짐했기에 할 수 있는 일이지, 하루에도 몇 번씩이나 왜 내가 사서 고생을 하나 하고 후회를 하곤 했어요. 다행히 주위에서 남모르게 도와주는 분들이 계셔서 힘이 되긴 했지요. 다 고마운 분들입니다."

원장은 마치 자신이 고아로 자란 듯이 힘겹게 말을 꺼내고 있었다.

"그렇군요."

종태는 원장의 말에 고개를 끄덕였다. 희자도 역시 그랬다. 커피잔을 들고서 원장이 하는 말을 경청하고 있었다.

"이 고아원 출신들이 나가서 잘된 사람들도 많이 있어요. 그런데 고아원 출신들이 그래요. 일단 나가고 나면 저 혼자 자란 줄 알고 찾아와주질 않아요. 그게 얼마나 속상하고 억울한지 모르겠어요. 여기 있을 땐, 옆 동네 애들하고 싸움박질이나 하고, 남의 집 처마에 걸린 마른 생선이나 훔쳐 먹다가 붙잡혀 들어오면 원장인 내가 나가서 싹싹 비는 거죠. 그런데 여기서 학교를 마치고 나가선 다신 안 둘러보는 애들이 너무 많아요. 아니지, 아예 한 명도 없을 정도로 찾아오는 애들이 없을 때엔 눈물이 다 나요."

"……."

종태와 희자는 원장의 말을 듣고만 있었다. 마치 서글픈 표정을 지어가며 말을 하는 원장의 말을 듣고 있자니 자리가 어색해지는 것이었다. 마치 자신들이 죄를 지은 것 같은 기분이 들었다.

원장은 그럼으로써 종태와 희자가 고아원에 대해 더 많은 관심과 애착심을 가지기를 바라는 듯했다.

"네, 알겠습니다. 원장님께서 고생이 많으시겠군요. 저희들은 이만…… 애들이나 보다가 갔으면…… 다른 데에도 들릴 데가 있어서……."

"어디요? 다른 고아원에요?"

원장이 물었다.

"아닙니다. 노인들이 계시는 양로원입니다. 매번 들리는 곳이라서요. 원장님, 오늘 고맙습니다."

"아녜요. 그저 제가 실없는 소리를 했는가 봐요."

원장은 바깥에까지 따라나왔다. 종태와 희자는 앞서 걸었고, 원장은 그 뒤를 따라 걸어왔다. 이미 여러 번 왔던 곳이라 아무런 거리낌 없이 아이들의 방을 둘러보는 그들이었다. 원장도 그들이 방을 둘러보는 것에 그냥 예의상 따라오는 것일 뿐이었다.

아이들은 방마다 잔뜩 어질러놓은 채, 장난을 치느라 난장판이었다. 종태와 희자를 보고는 반색을 지으려다가 그 뒤의 원장을 보고는 흠칫거리는 표정들이었다.

"자, 아저씨와 아줌마랑 같이 놀아."

희자가 다가가서 아이들과 어울렸다. 그제서야 아이들은 굳었던 표정을 풀며 금방 떠들기 시작했다. 종태는 아이들과 어울려 노는 희자를 바라보면서 다리를 절룩이는 남자 아이를 껴안은 채로 앉아 있었다.

종태와 희자가 아이들과 노는 것을 바라보고 있던 원장은 까딱 목례를 해보이고는 밖으로 나갔다. 그때부터 아이들은 고삐 풀린 망아지처럼 더욱 날뛰며 희자의 목이며 허리를 껴안으며 뒹굴기 시작하는 것이었다. 여러 명의 아이들이 달라붙어 목이며 허리를 붙잡고서 잡아당기는 통에 희자가 옆으로 넘어지자, 아이들은 저마다 깔깔거리며 웃는 것이었다.

희자는 그게 좋은지 아이들과 같이 넘어져선 일어날 줄 몰랐다. 서로 간지럼을 태우며 아이들과 뒹굴며 장난을 치는 모습을 보면서 종태는 흐뭇한 미소를 지었다. 마치 상호의 어렸을 적을 바라보고 있는 것만 같았다. 상호도 저렇게 자라면서 남모르는 아픔과 주먹을 동시에 키워왔을 것이라고 생각되어졌다.

고아원에서 받았던 타인들에 대한 설움을 나중에 커서 주먹으로 풀어보겠다는 의지가 곧 상호를 주먹잽이가 되도록 만든 것인지도 모른다고 생각되었다. 고아원 출신들이 좀 독한 데가 있었다. 한 번 이를 악물면 피를 봐야만 직성이 풀리는 독한 무엇이 있었다. 그건 그만큼 어렸을 적부터 적대감을 키워왔다는 증거인지도 몰랐다.

적대감과 의협심이 일치하는 건 아니었다.

불의에 대한 적대감이 곧 정의로움이랄 수 있었다. 상호는 그런 식의 사나이였다. 불의를 보고 못 참는 것이다. 다만 자신이 하고 있는 일이, 가방끈이 짧아서 주먹세계에 기생하고는 있지만 마음만은 항상 약한 자의 편에 서서 생각해보는 의리감 같은 게 있었다.

주먹세계에 있다고 해서 막무가내식으로 돈만을 위해 함부로 칼을 뽑아드는 그런 상호가 아니었다. 그건 종태 역시 그랬다. 있는 자의 포만감에서 비롯된 불의에 대해서만 칼을 뽑고 싶었던 것이다.

주먹잽이들은 대개 가방끈이 짧았다. 그랬으므로 번듯한 직장을 가지지 못했고, 애초에 클 때부터 돈의 씨뿌리조차도 가지지 못했으므로 가진 것이라곤 달랑 주먹 하나뿐이었으므로 주먹으로 승부를 거는 일밖엔 할 수 없었다. 결국은 주먹과 칼뿐이라고 할 수 있었다.

주먹으로 안 될 때에는 최후로 칼을 뽑아드는 것이었다. 살상이란 그리 달가운 게 아니었다. 피를 맛본다는 게 인간으로서 못할 짓이라는 걸아는 그들이었다. 피는 피를 불러일으키게 마련이었다. 조직 간의 보복이라는 것이 피비린내 나는 칼싸움이라는 것을 모르는 바가 아니었다.

가능하면 공존하면서 서로의 영역을 침범하지 않고 자기 구역 내의 업소나 영업장을 돌봐주면서 수고비(?)를 받아내는 것이 무난한 편이었다. 그러나 인간의 승부욕심이란 가끔 피비린내를 불러일으키는 것이었다. 돈에 대한 욕심이 커져서 사망으로까지 이어지는 칼부림은 이미 그들 세계에서는 당연한 일인 것처럼 여겨지고 있었다.

고아원에 올 때마다 종태가 느끼는 것은 상호에 대한 생각이었다. 실제로 고아원을 드나들면서 바라본 아이들의 모습에서 무서우리만치 섬뜩한 적대감 내지는 소외감을 느끼곤 해서 더욱 상호에 대한 생각이 자주 나는 것이었다.

종태는 자신이 껴안고 있는 철민을 바라보았다. 아이들과 같이 뒹굴고 있는 희자를 바라보면서 엉덩이가 들썩들썩거리는 것만 봐도 같이 어울려 놀고 싶은 게 분명했다. 다리를 심하게 절어 아이들에겐 항상 따돌림을 받고 있는 철민을 바라보면서 종태는 어쩌면 철민이 나중에 커서 사람들에 대한 적대감이 생기지 않을까 하는 우려감이 들기도 했다.

어렸을 때의 주위환경이 한 인간의 평생을 좌우한다는 말이 저절로 실감났다. 환경에 의해 사람이 변한다는 것이 새삼스럽게 느껴지는 종태였다. 자신도 역시 그렇지 않은가. 영등포 구치소의 습습한 빵끼통에서 희자를 만나게 됐고, 또 서로를 깊이 알게 돼 이곳까지 오게 된 것이 아니던가.

사람이란 주위 환경에 의해 달라질 수 있다는 것이 여실하게 드러나는 그런 만남이었다. 희자 역시 유부남을 잘못 만나 살인이라는 죄를 뒤집어썼고, 종태는 주먹잽이의 길로 들어서서 나이에 걸맞지 않게 주먹계의 대부라는 소리를 들으면서 영등포 일대를 주름잡다가 부하인 최창호가 시장파를 보복하는 과정에서 무참히 난자한 영디스코 살인 사건으로 인해 빵끼통으로 들어온 것이었다.

어쩌면 희자를 만나기 위해서 미리 예정지어진 만남이었는지도 모른다고 생각했다. 희자를 처음 본 순간부터 종태의 딱딱한 가슴이 뛰기 시작했고, 눈총이 자꾸만 가는 것을 숨길 수가 없었던 것이다. 남녀 간의 사랑이란 그렇게도 쉽게 눈총이 맞아떨어지고, 호흡이 가빠지도록 마음으로부터 애착이 가는 것이었다. 바로 그러한 것이 진정한 사랑이라고 부를 만했다.

종태는 희자를 바라보면서 어쩌면 전생에 몇 번 만난 적이 있는 옷깃이 스친 인연이 아닌가 하는 인연이 느껴질 때도 있었다. 어디선가, 까마득히 지난 세월의 어느 길모퉁이에서 한 번쯤 만났을지도 모를 거라는 친근감이 자꾸만 드는 그런 여자였다.

그녀가 낮에 거실에 앉아 꽃이 파리를 다듬고 있다거나, 나물을 다듬고 있거나, 설거지를 하고 있는 뒷모습을 바라보거나, 심지어는 밤에 그녀를 껴안았을 때도 전혀 낯설지 않은 그런 마음이었다. 그녀의 몸속에 뿌리를 내렸을 때, 느껴지는 감정이란 오다가다가 타인끼리 서로 만나 어우러진 부부가 아니라, 이미 오래 전부터 소꿉친구로 만난 부부인 것처럼 친밀감이 느껴지는 것이었다.

부부간에도 소꿉친구 같은 아주 친밀한 감정이 있는가 하면, 그저 부부의 연을 맺었으니까 부부려니 하고 사는 부부가 있듯이, 종태는 희자에게서 오랫동안 찾아 헤맸던 반쪽인 것처럼 다정다감함을 느낄 수 있는 여자였다. 종태의 기분을 알아차릴 줄 알고, 종태가 무엇을 원하는지를 눈치 채고는 얼른 알아서 챙기는 눈썰미가 보통이 아니었다.

아이들과 지치도록 놀고 난 희자는 방 정리하는 법을 가르쳐 주느라 파김치가 다 돼 있었다.

"이제 가지. 너무 피곤하겠어."

급기야 종태가 이 말을 하지 않았으면 그녀는 좀 더 오래도록 아이들과 놀아주었을 것이었다.

"네, 그래요."

그제서야 그녀는 일어섰다.

"아줌마, 가지 말아요."

"조금만 더 있다 가요."

아이들이 희자의 치맛자락을 붙잡았다. 치마와 다리를 붙잡고서 칭얼대는 아이들에게 그녀는 한 명씩, 한 명씩 얼굴을 쓰다듬어주며 타이르는 것이었다.

"아줌마하고 아저씨는 며칠 있다 또 올 거야. 그땐 맛있는 거 많이 사올게. 자, 약속.”

희자가 손가락을 내밀자, 아이들은 우르르 몰려들어 손가락을 걸어댔다. 정에 굶주린 아이들은 희자의 가늘고 긴 손가락을 잡아보는 것이 마치 대단한 일이라도 되는 양, 서로 밀치고 아우성들이었다.

“안녕.”

“안녕!”

희자와 아이들은 서로 안녕, 이라는 인사말을 했다. 희자가 손을 흔들어주다가 구석진 곳에 쪼그리고 앉아 있는 소희를 보고는 손을 내렸다.

“소희도, 안녕!”

“…….”

소희는 말이 없었다. 눈을 내리깐 채, 토라져 있었다. 희자는 소희 곁으로 다가가서 그 앞에 쪼그리고 앉으면서 소희의 머리를 쓰다듬어 주면서 말했다.

“소희야, 왜 그래?”

“…….”

그래도 소희는 얼굴조차 들지 않았다.

“응? 왜 그래? 아줌만 집에 갔다가 모레쯤 다시 올 건데. 소희야, 아줌마 얼굴 봐.”

희자가 그렇게 말했지만 소희는 여전히 고개를 들지 않았다.

눈에 눈물이 그렁하게 내비치고 있었다. 손등으로 쓰윽 문지르고 난 소희는 더욱 뾰로통하게 입술까지 내밀고 있었다.

"소희야, 날 봐. 아줌만 소희가 또 보고 싶은 걸. 소희가 그러면 아줌만 다음에 또 못 와. 알았지?"

그제서야 소희는 눈을 들고 희자를 똑바로 쳐다보는 것이었다. 무언가 말을 할 듯하면서도 눈물을 흘리고만 있는 소희가 안쓰러워 보였다. 소희는 희자의 옷자락을 붙잡고는 놓아주지 않고 있었다.

"……."

종태는 물끄러미 서서 희자가 하는 양을 보고만 있었다. 마치 친딸인 것처럼 소희한테 하는 희자의 그런 모습을 바라보면서 왠지 모르게 가슴이 뭉클해졌다.

"자, 이제 간다. 소희야, 울지 말고. 다음에 오면 우리 소희한테 많이많이 줄께. 알았지? 바이바이."

그제서야 소희도 작은 손을 흔들어주는 것이었다.

그들은 차에 올라 양로원으로 향했다. 읍내에서 조금 떨어진 외진 곳에 있었다. 종태는 차를 운전하는 동안, 희자가 창밖을 내다보고 있는 것이 마음에 걸렸다.

"……."

뭔가 깊이 생각하는 듯한 희자였다. 그러다가 그녀는 슬그머니 종태의 오른손등을 감싸쥐고는 말이 없었다.

"당신, 왜 그래요?"

종태가 물었다.

"그냥요……."

"……?"

종태는 운전에 몰두하는 척했다. 그녀가 먼저 무슨 말을 꺼낼 것 같았기 때문이었다.

"저…… 여보."

"응, 왜?"

종태는 그녀를 돌아보았다. 그녀의 맑은 눈동자가 거기 있었다.

"소희 말예요."

"……."

"저, 아기가 안 들어서면 소희를 데려다가 키우면 안 돼요? 난 소희 같은 애를 낳고 싶은데, 그게 안 되잖아요? 그래서……."

희자는 그 말을 꺼내놓고 망설이는 듯했다.

"아직은 모르잖아. 좀 더 기다려봐야지. 왜 소희가 불쌍해 보여?"

"네. 걔 눈동자만 보면 왠지 마음이 아파요. 마치 내가 낳아 버린 자식인 것처럼 마음이 쓰린 게…… 자꾸만 그래서요."

그녀는 그 말을 하면서 얕은 한숨을 내쉬었다.

"아직은 몰라요. 당신한테 문제가 있는지, 나한테 문제가 있는지…… 저엉 안 생기면 그땐 당신 맘대로 소희를 데려다 키우는 게 어때요?"

"그럴게요. 알았어요."

희자는 금세 표정이 밝아졌다. 아이에 대한 집착이 강한 그녀였다. 종태의 분신을 낳고 싶은 마음이었지만 여태까지 들어서지 않았기 때문에 소희라도 데려다가 키우고 싶은 마음이었다.

바닷가를 거닐거나, 집 안에서 나물을 다듬거나 할 때, 옆에서 깨알같이 종알거리는 아이라도 하나 있었으면 하는 바램이었다. 그거 종태도 역시 마찬가지였다. 그녀가 좋아하는 아이를 낳고 싶었지만 막상 들어서지 않는 아이를 마음대로 어떻게 낳을 수 있는 일도 아니었다.

"언제 한 번 병원에 가볼까?"

그가 그렇게 말했다.

"아이, 아직은…… 그런 덴 가기가 싫어요. 저엉 안 들어서면 가봐요, 그때."

희자는 병원에 가는 것을 극구 싫어했다. 웬만하면 다 약으로 다스리려고 그랬다. 자신이 한때 몸담았던 병원에 대한 거부감이 심한 그녀였다.

"당신이 알아서 해요. 당신이 가자고 하면 따라갈 테니까."

"네."

어느덧 양로원에 가까워졌으므로 그들은 대화를 멈추었다. 아이에 대한 이야기는 항상 그렇게 희자한테 모든 걸 맡기기로 하고 멈추는 것이었다. 종태는 무엇이든지 다 희자한테 내맡기는 것이 좋겠다고 생각하고 있었다. 이미 자신의 마음을 다 기울일 만큼 사랑한 여자였으므로 가정적인 일이거나, 그 밖의 바깥일들도 다 희자한테 묻는 식으로 일을 처리해 나갔다.

바깥일이라고 해봐야 별것도 없었다.

하루 종일 희자 옆에 있는 것이 일이었으므로 달리 종태가 하는 일이란 있을 리가 없었다. 가끔씩 양양 읍내로 나가 시장을 보는 일도 언제나 희자와 같이 다녔고, 어디를 가더라도 희자를 따로 떼어놓고 나다니지를 않았다. 그녀와 같이 다니는 것이 좋았다.

그는 될 수 있으면 희자를 데리고 다니는 것이 좋았다. 물론 종태가 옛날의 조직원들을 만나는 일은 없었지만 그래도 희자의 눈에 조금이라도 그런 기미가 보일까봐서 미리 희자한테 모든 걸 보여준다는 뜻에서 데리고 다니는 편이 더 마음이 편했다.

양로원에 들어서면서 희자는 다시 명랑해지기 시작했다. 들고갔던 물건들을 원장실에 내려놓고 그들은 잠깐 차를 마신 다음, 노인들이 기거하고 있는 방으로 들어갔다.

방 안에는 노인들이 여러 명씩 둘러앉아 장기를 두고 있거나, 할머니들은 이야기를 하면서 종이에 풀을 바르는 일들을 하고 있다가 종태와 희자가 들어오는 것을 반겼다.

"어이구, 우리 아들 며느리 들어오는구만."

"그래, 벌써 왔는가?"

노인들은 저마다 반가운 인사를 건네왔다.

"네, 할아버지. 그동안 몸 건강히 계셨어요?"

종태가 인사를 하면, 희자는 할머니들의 손을 붙잡고 말을 붙였다.

"어머님, 일이 힘들지 않으세요? 식사는요?"

"으응, 먹었어. 일을 해야 밥벌충이라도 하는 거지."

종태와 희자가 들어가면 으레 그들은 하던 일을 멈추고는 빙 둘러앉았다. 그러면 곧 원장실에 두고 온 먹을 것들이 방 안으로 들어오는 것이었다. 고아원과는 달리 종태와 희자가 들고 온 물건들을 금방 내오는 것이 달랐다.

그러면 빙 둘러앉아 먹을 것들을 나눠먹곤 했다.

그날도 역시 마찬가지였다. 원장실에 근무하는 미스 송이 커다란 쟁반 여러 개에 나눠 담은 것들을 들고 들어왔다.

"이거 드세요. 이 분들께서 사갖고 오신 거예요."

그러면서 방 안에 여러 개의 쟁반을 두고는 다시 다른 방에도 나눠주기 위해 나 가는 것이었다. 노인들은 먹을 것들이 방 안으로 들어오자, 서로 눈치들을 보면서 머뭇거리기만 했다.

젊은 사람한테서 음식 대접을 받는 것이라도 그나마 격식을 차려가면서 점잖게 받으려는 그들이었다.

"자, 얼른 드세요. 이리 오세요."

종태의 말에 그제서야 슬금슬금 엉덩이를 움직이는 그들이었다. 노인들은 커다란 쟁반 앞에 빙 둘러앉았다. 누군가가 먼저 제일 연장자인 노인이 한 개를 집어들어야만 다른 노인들도 먹을 것들을 집어들었다. 그리고 나면 곧 그전까지의 어정쩡한 분위기는 누그러들었다. 그 다음부턴 자연스레 농담이 오가고, 웃음소리가 터지기 시작하는 것이었다. 먹을 것들이 있는 데선 으레 그랬다.

"그런데, 차종태라고 했던가?"

"네."

종태가 대답하자,

"옛날엔 한때 날렸다는 주먹잽이라던데, 그거 맞는 말인가?"

건장해뵈는 노인이었다. 그 노인의 성이 황 씨라는 건 들어서 아는 종태였다. 종태는 대답을 할 적마다 고개를 숙여 보이며 대답을 했다.

"……."

종태가 대답을 미루고 있자, 그 노인은 다시 물어왔다.

"내 말 맞는가?"

"네."

종태는 이번에도 고개를 숙여 보였다.

"어디서 놀았는가? 내가 나이가 더 많으니깐 함부로 말을 놓는 걸세. 그건 자네가 이해하게."

노인도 한때는 주먹깨나 썼음직해 보이는 그런 노인이었다. 말투도 그랬다.

"영등포 쪽입니다."

종태는 간단하게 대답했다.

"……."

그 노인은 종태와 희자를 번갈아 쳐다보고 있다가 다시 입을 열었다.

"혹시 종철이 아는가?"

"……?"

종태는 그 노인을 똑바로 쳐다보면서 입을 벌렸다. 종철이라면? 이 노인이 종철이 형님을 어떻게 알고 있는가 싶었다. 혹시 잘못 들은 건 아닌가 하는 생각이 들었지만 그 노인이 자신을 똑바로 쳐다보고 있었으므로 종태는 잘못 들었으리라고는 생각되지 않았다.

"아는가?"

그 노인은 재차 물어왔다. 다른 노인들도 과자와 떡을 집어 먹다가 두 사람의 대화에 귀를 기울이는 듯했다.

"압니다. 그런데……?"

종태는 자세를 바로 고쳐 앉으며 그 노인을 똑바로 쳐다보았다. 무언가 모를 위엄이 있는 듯한 굳은 얼굴의 황 씨 노인이었다. 종태가 바른 자세를 취하며 대답하자, 그 노인은 다시금 종태를 찬찬히 훑어보는 것이었다.

"……?"

희자 역시 노인과 종태의 대화를 듣고 있으면서 신경이 쓰여지지 않을 수 없었다. 노인이 물었던 종철이라는 사람이 누구길래 종태가 자세를 고쳐 앉는지 알 수 없었다.

"아는군. 그럼 됐네."

노인은 잔잔한 미소를 띠고는 쟁반으로 손을 뻗어가는 것이었다. 과자를 집어 입으로 가져가면서도 아무런 말이 없었다. 이번엔 종태가 그 노인에 대해 궁금증이 일어났다.

"혹시…… 노인 어른님의 존함이라도."

종태가 정중하게 물어봤지만 노인은 가볍게 손사래를 치는 것이었다.

"여기선 그저 황 씨라고만 알고 있지. 내 이름을 알 필요까진 없고……."

노인은 그것으로 말문을 닫아버렸다. 그리고는 입안에 든 과자 부스러기를 우물거리며 먼 데를 바라보듯이 처연한 눈길로 허공을 살피는 것이었다.

"……?"

종태는 그 노인이 다시 무언가를 물어오기만을 기다리고 있었다. 그러나 그것으로 그 노인은 말문을 닫아버리는 듯했다. 더 이상 말을 꺼내지 않고 있었다. 흘낏 종태를 바라봤다가 다시 허공으로 눈길을 주는 것이었다.

종태는 얼른 김종철과 황 노인의 관계를 생각해보기 시작했다. 분명이 성이 틀렸으므로 부자지간은 아닌 것은 분명했다. 그렇다면 뭔가? 종태는 다시 그 노인을 바라보았다. 입에 과자 부스러기를 집어넣고 우물거리며 허공을 응시하고 있는 노인의 옆얼굴 근육이 꽤나 단단해 보였다. 그리고 깡마른 체구였지만 운동으로 다져진 몸임이 분명했다.

종태는 노인을 바라보면서 갖가지 추측을 하고 있었다. 어쩌면 조직 생활을 했던 사람 같다는 생각이 들었다. 그렇지 않고서야 김종철 형님을 알 턱이 없었다. 그리고 종철이라고 스스럼없이 말을 하는 걸로 봐서 깊이 아는 사이인 것 같았다.

종태는 다른 노인들과 이야기를 나누면서도 가끔씩 황 씨 노인을 바라봤지만 별다른 표정 같은 건 짓지 않고 있었다. 전혀 무관심한 듯이 앉아 있으면서 종태를 바라보는 그의 눈빛도 그랬다. 그저 한 번 김종철이라는 이름을 거론했을 뿐이라는 듯이 아예 모른 척하는 표정이었다.

희자가 노인들의 목욕물을 데우고, 서투른 이발 솜씨로 바리깡 머리를 치는 동안에, 종태는 그 옆에서 희자의 일을 거들면서 황 씨 노인의 무표정한 눈빛을 잊어버릴 수가 없었다. 무언가 기품이 있어 뵈는 얼굴하며, 오랜 시간 단호한 생활을 거친 듯한 딱딱한 얼굴의 근육과 벌어진 어깨로 미루어 결코 평범하지 않은 노인네라는 생각이 들었다.

희자는 저녁이 늦도록 노인네들의 목욕을 다 시켜주고는 모든 일들을 다 끝냈다. 물론 황 씨 노인도 희자가 목욕을 시켜준 셈이었다. 종태는 목욕탕에는 들어가지 않았다. 희자가 하는 일을 다 거들었지만 노인네들이 편안하게 목욕을 할 수 있도록 하기 위해서 종태는 일부러 피해서 바깥에 나와 있었던 것이다. 담배를 피우면서도 줄곧 그 생각이 났다.

종철 형님은 벌써 10여 년 전부터 소식이 없어져버린 셈이었다. 종태가 마악 서울의 조직들을 거의 장악하고 나섰을 때, 종철 형님은 서울에서 자취를 감춰버린 인물이었다. 종태와는 이름자에 같은 종자가 들어갔다는 것으로 해서 조직세계에서는 종태와 종철이라는 인물이 같은 친형제가 아닌가 하는 오해까지 불러일으켰지만 그만큼 종태를 아끼고 보살펴준 장본인이기도 했다.

종태가 조직을 쉽게 장악할 수 있었던 것도 종철이라는 이름이 유명했던 까닭도 있었다. 종철의 후계자라면 종태를 건드려서는 안 될 거라는 위압감이 어느 정도 작용하기도 했던 것이다. 종태가 칼을 뽑아들고 거세게 나오면 절로 꼬리를 사려드는 것이 바로 종태 뒤엔 종철이라는 인물이 숨어 있을 거라는 위력이 은연중에 작용하기도 했던 것이다.

그만큼 종철이라는 존재의 위력은 컸다. 그 뒤로 종태가 조직들을 장악해나가면서부터 그림자조차도 흘리지 않은 채로 잠적해버린 것이 종철이라는 사람이었다. 종태와는 몇 번 만난 적이 없었지만 처음 만났을 때, 그는 종태에게 이런 질문을 했던 것이 기억났다.

"자네, 왜 조직세계로 들어왔나?"

그것뿐이었다. 대뜸 한다는 소리가 그것뿐이어서 처음엔 몹시 당황스럽고 황당하기만 했던 기억이었다.

종태는 대선배 앞에서 그런 질문을 받고 보니 정신이 아득해졌다. 정신을 차리면서 신중하게 대답한다는 것이 이런 대답이었다.

"먹고 살기 위해섭니다."

종태 역시 짧게 대답했다. 더 이상 군더더기를 붙인다는 게 불경스러울 것만 같아서였다.

"그런 죽을 각오를 하고 뛰어 들었는가?"

두 번째의 질문이었다. 그는 종태에게 양주잔을 내밀며 물었던 것이다. 종철이라는 사람의 평판에 의하면 그는 누구에게도 술잔을 권하지 않는다는 말을 들어서 알고 있었던 터였다.

종태는 의자에서 얼른 내려와 바닥에다 무릎을 꿇고는 두 손으로 공손히 잔을 받았다. 떨리려는 손에 힘을 주며 잔을 받았을 때, 그는 고개를 들라고 말을 했다. 종태가 고개를 들었고, 그의 눈빛이 강렬하게 다가오는 것을 느꼈다.

"죽기를 각오하고 들어왔습니다."

종태는 깊숙이 고개를 숙이며 대답했다. 그리고 그가 따라주는 술을 받았다. 딱 반 잔이었다. 종태가 고개를 숙이고 있는 사이에 잠깐 부어진 술이었다. 고개를 들지 못하고 두 손을 한껏 내밀어 술잔을 받들고 있는 종태에게 그가 말했다.

"들지."

"……?"

그제서야 종태는 얼굴을 들었다. 술잔엔 반 잔 정도의 양주가 부어져 있었다. 정말 황송한 일이었다. 그에게서 술잔을 받은 사람은 종태 외엔 아무도 없었던 것이었다. 그나마 그는 반 잔만 채워주는 것으로 일종의 조직 간의 연대 의식이 끝난 셈이었다. 첫 인사였고, 첫 대면이었다.

종태는 그를 올려다보다가 단숨에 입안으로 털어 넣었다. 그리고는 두 손으로 그에게 공손히 술잔을 내밀었다.

"받으십시오."

"좋아."

그는 그 말을 하고선 술잔을 받았고, 그 옆에 서 있던 쌍칼이라는 자가 얼른 양주병을 건네주었다. 종철이라는 자가 직접

술을 따라주는 것이었다. 그 잔을 받으면서 종태는 손이 떨리지 않으려고 마음속으로 애를 쓰고 있었다. 행여 술잔이 떨려 그의 술이 한 방울이라도 떨어지기라도 한다면 누가 될 것 같아서였다.

가득 채워진 술잔을 단숨에 털어 넣은 그는 술잔을 옆에 서 있는 쌍칼에게 내밀고는 칼을 꺼내라고 그랬다. 쌍칼이 바짓가랑이에서 작은 사시미칼을 꺼내 내밀자, 그는 그 칼을 받아서는 단숨에 손바닥을 푹 찔렀다.

"!……."

종태는 깜짝 놀랐다. 그 옆에 서 있던 쌍칼도 놀라는 표정이었다. 그리고 그 옆자리에 앉아 있던 그의 부하들도 모두 다 술잔을 내려놓으며 일어서는 것이었다. 전혀 처음 보는 보스의 그런 행동에 놀라 바라보는 그들이었다.

그가 다시 쌍칼의 손에서 잔을 건네받아 그 잔에다 피를 받는 것이었다. 검붉은 피가 뚝뚝, 떨어지면서 술잔의 반 정도를 채우자, 그는 종태에게 잔을 내밀었다.

"자, 받지."

"……?!"

종태는 갑작스런 그의 행동에 놀라 엉거주춤해졌다. 그의 눈빛을 바라보았을 때, 그의 눈빛은 조금도 동요됨이 없었다. 그저 평온할 뿐이었다. 그가 내민 손이 뭉툭하게 보여졌고, 종태는 고개를 숙이며 그 잔을 받아들었다. 아직까지도 뜨거운 피가 살아 움직이고 있는 것처럼 보여졌다.

"……."

종태는 그 잔에서 눈을 떼고는 그를 쳐다보았다. 종태를 바라보는 그의 눈빛은 아무런 의미도 읽을 수 없었고, 표정 또한 붙잡을 수 없을 정도로 무연하기만 했다.

종태는 잔을 높이 쳐들었다가 단숨에 입으로 가져갔다. 그리고 한 입에 쏟아 부었다. 그리고는 쌍칼에게 잔을 내밀어 빈 잔에다 양주를 붓게 해서는 다시 그 잔을 다 털어 넣었다.

그동안 종태가 하는 것을 묵묵히 보고 있던 그는 티슈를 뽑아 손바닥을 지혈시키고는 벌떡 일어섰다.

"넌, 크게 될 놈이다."

그 말만을 남기고는 밖으로 나가버리는 것이었다. 그 뒤를 따라 그의 조직원들이 다 따라나가고 종태의 조직원들만 남게 된 것이었다. 그가 불러서 찾아간 자리에서 느닷없이 그런 일을 당하게 된 종태의 조직원들도 입이 벌어져 다물어지지 않고 있었다.

"형님!"

모두들 허리를 90도로 접으며 인사를 해왔지만 종태로서는 감당키 어려운 일임엔 틀림이 없었다. 조직세계의 대선배인 그에게서 피잔을 받으리라고는 감히 상상할 수도 없는 일이었다.

술잔조차도 주지 않았던 그가 종태에게 피잔을 줬다는 걸 어떤 말로 설명할 수 있을 것인가.

그 뒤로부턴 그의 존재도, 그의 조직원들도 어디론가 사라지고 없어져 버렸던 것이다. 마치 안개처럼 사라지고만 그였다.

그동안 종태는 좌충우돌하면서 조직을 키우는 일에만 신경을 쓰면서도 그가 그때, 왜 그런 행동을 했는가에 대해선 아직까지도 의문으로 남아 있었다. 마치 신화처럼 없어져버린 그와 그의 조직원들에 대한 쥐꼬리만한 소식조차도 들려오지 않았던 것이다. 정말 연기처럼 사라져버린 그들이었다.

희자가 노인들의 목욕을 다 시켜드리고 나서 새 옷으로 갈아입히고 나면 모든 일은 다 끝이 났다. 그러고 나면 노인들의 얼굴은 금세 깨끗해졌고, 모두들 밝은 표정들이었다. 희자가 오기 전까지 꾀죄죄하게 방 안에서만 앉아 소일하던 노인들이었다. 몇 날 며칠 동안, 세수도 하지 않은 채, 헌 옷을 입고 앉아서는 이야기로 시간을 죽이는 그들에겐 희자가 며느리 같은 일을 감당해내고 있었다.

종태는 겨우 일을 끝내고 방으로 들어오는 그녀의 어깨를 감싸며 토닥거려 주었다.

"수고했어."

"뭘요. 다 하던 일인데요 뭐."

희자의 말뜻은, 병원에 있을 때 이런 궂은일을 다 해봤다는 뜻이었다. 힘들다고 생각지 않고 마음에서 우러나오는 그녀의 모습을 보며 종태는 절로 코끝이 찡해졌다.

"이제 가지."

"네."

희자는 성큼 따라나섰다. 원장실에 들러 간다고 인사를 하고는 곧장 차에 올라탔다. 벌써 바깥은 엷은 어둠이 내리깔리기 시작하고 있었다. 읍내를 벗어나 비포장된 도로를 달리면서 종태는 희자의 손목을 잡아주었다.

"힘들지?"

"……."

희자는 종태를 쳐다보았다. 웃고 있었다.

"요즘은 어른 한두 분 모시기도 어려워하는데. 노인네들 다 목욕시키고, 옷 갈아입혀 드리고 하는 당신을 보면 난 절로 죄인이라는 생각이 들어."

"……?"

희자는 그게 무슨 말이냐는 듯이 바라보기만 할 뿐이었다.

"난 그래. 이 세상에서 가장 쓰레기 같이 살았어. 부모가 돌아가시는 것도 몰랐고, 동생들이 뿔뿔이 흩어져서 어떻게 살아가는지도 모르는 놈이야. 당신이 그렇게 하는 걸 보면…… 그래. 그런 생각이 자꾸 들어."

종태는 헤드라이트 불을 켜며 길가가 훤히 드러나는 길을 바라보며 숙연하게 말했다. 마치 희자에게 죄를 지고 있는 것 같은 마음이 들었다.

"그건 아네요. 당신은 아네요. 당신은 제게 있어 가장 소중한 분이잖아요."

희자는 강하게 부정을 하면서 도리질을 해댔다.

"아냐. 그래서 난 당신한테 잘하고 싶었을 뿐이야. 그렇지만 그 전의 일들은 모두……."

종태는 말을 잇지 못했다.

"됐어요. 전 당신이 이 세상에서 가장 소중한 사람이에요. 더 이상 바라고 싶은 게 없을 정도로. 이젠 됐죠?"

그녀는 웃음을 지으며 쳐다보았다. 종태는 오른손으로 그녀의 손등을 덮어주었다. 기어 변속을 할 때만 손을 떼었다가 다시 손등을 덮었다. 그녀의 손등이 따스하다고 느껴졌다.

논과 밭이 있는 산길을 지나 바다가 바라보이는 길로 접어들었을 때, 한적한 도로 한켠에다 차를 세웠다. 그리고는 헤드라이트의 불빛을 끄고는 카세트의 음악을 틀었다.

그녀와 같이 양양 읍내에 나왔을 때, 레코드점에 들러서 산 시디였다. 초원이라는 노래가 고요하게 흘러나왔다 국악과 양악이 함께 어우러진 구슬픈 가락이었다.

"왜 여기서 세워요?"

그녀가 그를 쳐다보자, 종태는 핸들을 잡았던 손을 내리면서 그녀를 끌어안았다.

"……."

희자는 그의 품 안에 갇혀 창밖의 밤하늘을 올려다보았다. 바닷가의 밤하늘에는 수많은 별들이 고운 모래를 뿌려놓은 것처럼 반짝이는 게 보였다. 그리고 바다에서 불어오는 비릿한 바다 내음이 맡아졌다. 맑은 밤공기였다.

"사랑해."

그의 말을 들으며 그녀는 의자 뒤로 몸을 눕혔다. 종태가 의자를 젖혀 그녀를 눕히고 나서 그 위로 올라왔다. 그녀는 밤하늘의 별들과 종태를 번갈아보다가 스르르 눈을 감았다.

그의 손길이 느껴졌다. 블라우스의 단추를 끌러내리고, 브래지어를 걷어 올리고는 뜨거운 입술이 다가왔다. 그의 입김을 느끼며 그녀는 몸을 부르르 떨었다. 그의 입술은 젖가슴을 훑으며 점점 아래로 내려갔다.

그가 치마의 호크를 건드려 풀어내리고, 다리 사이로 벗겨내렸다. 캄캄한 별빛에 그녀의 팬티가 하얗게 드러났다. 그는 팬티 위를 두 손으로 정성스럽게 어루만지다가 입술을 갖다댔다. 뜨거운 입김이 팬티 속으로 스며들었다.

"이런 데서…… 어떻게……."

희자는 몸을 떨면서 겨우 목소리를 내었다.

"아냐, 괜찮아요. 겁내지 말아요. 내가 있잖아."

"그래도……."

희자는 못내 불안한 듯이 더듬거렸다. 그렇지만 이내 눈을 감았다.

"날 믿어……요. 이제는 아무 불안한 것도 없어."

"……."

종태는 그녀의 꼭 다문 입술 사이로 혀를 밀어 넣었다. 그의 혀를 받아들인 그녀는 거세게 빨아들이기 시작했다. 두 사람 다 뜨거운 포옹이 시작됐다. 그녀의 몸 위를 덮으면서 종태는 그녀의 팬티를 벗겨 내렸다. 그리고 아름답고 촉촉한 그곳을 어루만졌다.

입과 입이 어우러지고, 그의 손길을 느낀 아래쪽은 금방 물기로 축축해졌다. 그의 손이 미끌거리며 계곡 속을 후비며 지나가자, 그녀는 온몸을 비틀면서 그를 끌어안았다. 거센 그녀의 팔심이었다.

종태는 희자의 아랫도리가 축축하게 젖어서 더 이상 기다릴 수 없게 되었을 때쯤, 몸을 일으키면서 뿌리를 깊숙이 찔러 넣었다. 그 순간, 희자의 입이 약간 벌어졌다가 다물어졌다.

"아……."

희자는 희열에 들뜬 목소리를 내며 마른 침을 삼켰다. 부들부들 떨리는 두 다리를 오므리느라 안간힘을 써댔지만, 위에서 움직이고 있는 종태의 육중한 몸을 이겨내지 못하고 있었다.

그가 한 번씩 몸을 움직일 때마다 희자는 점점 낮아지는 듯했다.

거센 밀어붙임으로 인해 희자의 몸은 점점 위로 올라가는 듯했다. 밑에서는 물소리가 났다. 찰박거리다가, 무거운 압박감이 느껴지면서 아득해지는 느낌이었다. 밤하늘의 별들이 수없이 떨어지고, 다시 셀 수 없을 만큼 수없는 꽃무늬로 피어나고 있는 것 같았다.

다리사이로 뜨거운 물이 흘러내리는 것 같았다. 그의 몸이 닿았다가 떨어지면서 애액이 흘러내려 밑을 다 적시고 있었다.

"아아……."

그녀는 그의 목을 움켜잡고는 부르르 몸을 떨어댔다. 그의 입술이 입으로 다가왔다. 그녀는 미친 듯이 그의 혀를 받아들이고는 거세게 빨아댔다. 두 사람의 혀가 마치 뱀처럼 엉겨들면서 서로를 힘껏 끌어안았다.

얼마나 세게 끌어안았을까. 숨이 막힌 희자의 목에서 끄응, 하는 목소리가 새어나왔다. 종태는 있는 힘을 다해 팔뚝에 힘을 주면서 그녀를 끌어안으면서 입술 사이로 깊이 혀를 밀어넣었다. 그러면서 몸을 쳐들었다가 세게 내리찧었다. 아래쪽에서 위를 향해 치밀어 오르듯이 세게 박아댔을 때, 희자의 몸은 꽃잎처럼 들뜨면서 위쪽으로 올라가는 것이었다.

"아아…… 여보."

희자의 손은 허공을 젓듯, 이리저리 휘젓다가 종태의 목께를 부여잡고선 온몸을 떨어댔다. 희자의 입에선 단내와 함께 마른 침을 삼키는 소리가 들려나오고 있었다.

"사랑해, 여보."

종태는 그 말을 하면서 깊은 쾌감을 느꼈다. 희자의 몸부림치는 위에서 연속적으로 움직이고 있는 상태에서 희자의 입에서 여보라는 소리가 튀어나왔고, 자신도 모르게 여보라는 소리가 튀어나간 것이었다.

그 말은 깊은 쾌감의 뒤끝이 아니면 나올 수 없는 그런 말이었다. 그 말에 종태는 더욱 흥분이 빨라졌다. 움직이던 엉덩이가 더욱 더 빠르게 희자의 계곡을 때리면서 절정으로 치달아갔다. 마치 낡은 오토바이가 지나가면서 내는 고장난 소음기 소리처럼 미처 셀 수도 없을 정도의 격렬한 삽입과 뺌이었다.

"아!……."

종태는 더 이상 참지 못하고 결국 몸을 움츠리면서 모든 동작을 일시에 멈췄다. 그리고는 희자를 꽈악 끌어안으면서 정액을 토해냈다. 불과 10분 정도의 시간이었지만 그것은 무척 긴 시간이 흐른 것처럼 느껴졌다. 그리고 온몸에는 땀으로 흠뻑 젖어 있었다.

"……."

희자는 그의 뜨거운 것을 느끼면서 아득해지고 있었다. 그의 머리가 젖가슴에 닿고, 얼굴을 비벼대는 것을 느끼면서 어렴풋이 눈을 떴다. 그의 얼굴 뒤로 밤하늘의 별들이 떠 있는 게 보였다. 마치 새카만 종이 위에 잔별들을 박아놓은 것처럼 영롱하게 보였다.

"아……."

희자는 눈을 감았다. 그리곤 종태의 목을 끌어안으며 끌어당겼다. 종태 역시 꿈틀거리며 희자를 거세게 끌어안아 주었다. 두 사람의 입술이 겹쳐지고, 다시 뜨거운 입맞춤이 시작되었다. 완벽한 섹스였다. 짧은 시간 동안의, 그것도 길가에다 차를 세워놓고 했던 격렬한 섹스라고 말할 수 있었다.

희자가 뒤처리를 하는 동안, 그는 얼른 바지를 입고서는 차 바깥으로 나갔다. 길가에 서서 담배를 피우고 있는 그의 모습이 믿음직스러웠다. 빨갛게 타오르는 담뱃불과 그가 내뿜는 하얀 담배연기가 반복적으로 보여졌다가 꺼지곤 했다.

그가 다시 차로 올라와서 시동을 걸고는 출발했다.

"어땠어요? 좋았어요?"

희자는 기쁜 마음으로 그렇게 물어보았다. 밤길의 길가에서 나눈 섹스가 더없이 좋게 느껴졌다.

"으응, 그래요. 기분이 좋았어. 당신은?"

"저도 좋았어요. 이런 기분은 첨이었어요. 막 불안하고 기분이 이상한 게, 그렇지만 당신이 있어서 좋았어요. 느낌이 좋은 거 같았어요."

"그래요. 나도 하고 싶어서 그랬어요. 몸이 개운한걸."

"……."

그녀는 종태의 옆얼굴에다 입맞춤을 해주었다. 그러고 나니 정말 그녀 자신의 기분이 더 좋아지는 것이었다.

차는 꼬불꼬불한 산길을 끼며 달리고 있었다. 옆으로는 바다였다. 바다 저 한가운데에서는 수평선상에 오징어잡이 배들이 환하게 불을 켜놓고 있는 게 보였다. 봄바람이 차 안으로 들어오면서 나른하게 만들었다. 격렬한 섹스가 끝난 뒤의 피로감이 한꺼번에 몰려오고 있었다.

03

그리운 수산포

모든 게 평온했다. 어촌의 한가한 생활이 그랬다. 뱃사람들은 바다에 나가 그물을 던져 고기를 잡았고, 뱃사람들의 여자들은 양지바른 곳에 모여 앉아서 남정네들이 잡아온 그물에 낀 고기들을 다듬으면서 풍성한 이야기꽃을 피우느라 여념이 없었다.

동네의 개들은 어슬렁거리며 아낙들의 주위를 맴돌며 재미삼아 던져주는 물고기를 받아먹느라 가벼운 몸싸움이 일어나기도 했다. 그러다가 암컷과 수컷놈이 서로 교미를 붙어 떨어지지 않는 것을 보고는 아이들이 몰려나와 개들을 떼어놓으려고 장난질을 치고 있었다.

"낑 끼잉……."

"낑……."

개들은 서로 뒤로 몸을 붙인 채, 달아나려고 그랬지만 머리를 둔 방향이 각기 달라서인지 안타깝기만 할 뿐, 고스란히 서서 매질을 당할 뿐이었다. 짓궂은 아이들이 지게 작대기를 들고나와 교미를 붙은 몸체 사이에 막대기를 집어넣고 양쪽에서 짓눌렀지만 떨어지지 않고 있었다.

"야아, 더 세게 눌러라."

"안 떨어진다. 막 때려봐."

옆에서 보고만 서 있던 아이들도 신이 나서인지 막대기를 든 두 아이들에게 큰소리로 고함치는 것이었다. 이미 두 마리의 개들 주위엔 동네 아이들이 우르르 몰려나와 있었다.

동네 아낙들이 그물코를 다듬으면서 그걸 보고는 킥킥거리고 있었다. 아이들은 아낙들이 왜 웃는 것인지 영문도 모른 체, 교미를 붙은 개들이 달아나지도 못하고, 어쩔 줄 몰라 하면서 낑낑거리는 것이 좋아선지 막대기를 잡은 아이들은 어떻게든 떼어놓으려고 안간힘을 쓰지만 쉽게 떨어지지 않았다.

"이야, 물이 나온다. 저건 뭐야?"

한 아이가 개들의 교미가 붙은 곳을 들여다보듯이 땅바닥에 손을 짚고서는 소리치는 것이었다. 그러자, 다른 아이들도 신기한 것이라도 발견한 양, 우르르 땅바닥에 손을 짚고는 개들이 교미가 붙은 곳을 들여다보는 것이었다.

"저게 뭐야? 빨갛게 생긴 거?"

어떤 아이가 손가락으로 개의 성기를 가리키며 소리치자, 아이들은 납작 엎드린 채로 그곳을 들여다보고 있었다.

교미가 붙은 곳에서는 새빨간 좆이 환히 드러나 보이고 있었다. 그리고 그곳에서는 허연 물기가 뚝뚝, 떨어지고 있었다. 아이들에겐 그러한 모습이 신기하게만 보일 뿐이었다. 이미 땅바닥은 개들이 흘린 분비물로 촉촉이 젖어 있었다.

두 아이가 도망가지 못하도록 교미 붙은 곳 위를 막대기로 누르고 있는 상태에서 다른 아이 하나는 막대기를 갖고 와서 새빨간 개의 좆을 툭툭, 건드리고 있었다. 그럴 때마다 개들은 아우, 하는 신음소리를 구슬프게 내며 몸부림을 치고 있었다. 개의 얼굴이 잔뜩 일그러져 있는 게 보였다. 개에게서도 괴로운 표정이 역력히 드러나고 있었다.

"야들아, 너무 그러지 마라. 그러다가 개들이 달려들어 물면 어쩔려구 그래."

한 아낙이 아이들의 장난이 너무 짓궂어서인지 나무랐다. 그러나 아이들은 잠시 잠깐 찔끔했다가는 다시 흥미로운 일에 온 정신이 팔리는 모양이었다. 아이들은 개들이 떨어져서 물까봐 겁이 났지만 아까부터 떨어지지 않는 것이 용기를 얻었는지 더욱 용감해지는 것이었다.

"야, 도망가지 못하게 꽉 누르고 있어. 알았냐?"

막대기를 들고 시뻘건 좆을 툭툭, 건드리던 아이가 지게 작대기를 들고 교미 붙은 개 사이를 짓누르고 있던 아이 둘에게 소리쳤다.

"알았어. 이놈들 도망 못 가. 안 떨어지잖아."

그 말에 아이들이 키득키득 웃어제꼈다. 어느 정도 알만큼 아는 아이들은 개들이 무얼 하다가 이렇게 된 거라는 것을 알고 있는 듯했다. 그래선지 더욱 침을 흘리며 개들을 괴롭히는 것이었다.

개들은 완전히 울상이었다. 떨어지지 않는 개좆 때문에 달아날 수도 없는 입장이서 아이들의 매질을 고스란히 당하고만 있었다.

"야야, 바닷물 떠와. 그걸로 퍼부으면 개자지가 떨어진대."

한 아이가 그렇게 말하자, 멀뚱하게 서서 재밌게 바라보고만 있던 아이들이 얼른 바닷물을 뜨러 달려갔다. 세숫대야에 바닷물을 떠온 아이들이 개의 교미 붙은 위에다 바닷물을 끼얹었다.

"낑낑……."

"낑……."

개들은 물벼락을 맞고는 더욱 안쓰럽게 울부짖었다. 아이들이 빙 둘러서서 자신들을 갖고 장난질을 치는 것에 겁을 집어먹고 있었지만, 우선은 빠지지 않는 좆 때문에 더 난감한 표정을 짓고 있었다.

아이들의 장난은 점점 더 거세지고 있었다. 한가한 어촌에서는 별로 구경거리가 없었던 터에 마침 좋은 구경거리가 생긴 듯했다. 아낙들도 그물을 다듬던 일을 멈추고서는 아이들이 하는 장난질을 지켜보며 킥킥거리고 있었다.

"바닷물로는 안 떨어져. 뜨거운 물이 최고라 카더라. 누구 뜨거운 물 좀 가져올래?"

막대기를 잡고 있는 아이가 그렇게 말하자, 한 아이가 후다닥 집으로 뛰어가는 것이었다. 그리고는 곧 대야에 뜨거운 물을 가져왔다. 아마 빨래거리들을 삶으려고 데워놓은 물을 들고 나온 것이었다.

아이들은 곧 개들 주위로 더 가까이 모여 들었다. 뜨거운 물을 부으면 어떻게 될까 하고 잔뜩 기대하고 있는 눈치였다. 더러는 뜨거운 물을 뒤집어쓴 개들이 물까봐서 겁을 집어먹고 주춤거리며 서 있기도 했다.

"야들아, 그러다가 개한테 물리면 어쩔려고 그래?"

아낙들이 조심하라며 타일렀지만 아이들은 막무가내였다. 모처럼만에 보는 개들의 교미 장면을 즐기고 싶은 생각들뿐이었다. 겁을 집어먹으면서도 결코 물러서지 않는 아이들이었다.

한 아이가 용감하게 뜨거운 물이 담긴 세숫대야를 가까이 들고 가자, 뒤를 흘끔거리던 개들은 다시 낑낑거리며 달아나려고 그랬다. 그렇지만 떨어지지 않는 좆에 의해 개들은 낑낑거리기만 할 뿐, 그 자리에서 별로 움직이지도 못했다. 개한테 다가간 아이는 교미가 붙은 엉덩이 위쪽을 조준해서 뜨거운 물을 붓고는 냅다 튀었다.

"깨갱, 깨갱."

개들은 뜨거운 물벼락을 맞고는 어쩔 줄 몰라하며 이리저리 몸을 뒤척였다. 하지만 그때까지도 떨어지지 않는 것이었다. 다리를 부들부들 떨고 있는 개들은 처량하기 그지없었다.

"저런! 야들아, 그러다가 정말 물린다! 그냥 놔둬!"

아낙들이 드디어 아이들을 말리기 시작했으나 아이들도 만만치 않았다. 흘끔 쳐다보기만 했을 뿐, 대수롭잖게 여기고는 다시 대들기 시작하고 있었다. 다시 막대기를 든 아이 두 명이 교미가 붙은 곳에다 대고는 힘껏 누르기 시작했다. 그러자 개들의 기묘한 울부짖는 소리를 내기 시작했다.

"워우우우……."

그 소리는 마치 통간의 현장을 붙잡혀 꼼짝도 못하고 시달림을 받아야 하는 고문의 신음소리 같았다.

"이야, 되게 안 떨어지네."

아이들은 벌겋게 부풀어 오른 개의 좆을 막대기로 툭툭, 치며 재미있어 했다. 그곳에서는 아직도 허연 물이 뚝뚝, 흘러내리고 있었다. 정말 지독하게도 오랫동안 붙어 있는 좆이었다.

아이들에게 얼마나 시달림을 받았을까. 개들이 깨갱거리며 이리저리 몸부림을 치면서 움직이다가 겨우 좆이 빠졌을 때, 아이들은 후다닥 콩알처럼 튀어 달아가기 시작했다. 혹시라도 개들이 달려들어 물까봐 지레 겁을 집어먹은 것이었다.

수컷은 벌건 좆을 덜렁거리며 절뚝이며 달아나기 시작했고, 암컷은 암컷대로 끼잉거리는 소리를 내며 어디론가 달아나는 것이었다. 아이들과 개들은 서로 피해 달아나는 형국이었다.

그것을 보고 있던 아낙들은 절로 웃음이 튀어나왔다.

“어이구, 오래도 붙어 있었네.”

“글씨 말이유, 정말 개들은 그렇게 오래 하는 게 차암 이상허유.”

그렇게 말을 한 아낙들은 개들이 땅바닥에 흘린 흘레물을 흘낏 쳐다보며 입맛을 다셨다.

“개만큼 오래 하는 짐승도 없다잖아요. 개들은 한 번 붙었다 하면 안 떨어지는가 봐요. 고게 참 이상하단 말이라.”

어떤 아낙이 고개를 갸웃거리면, 그 옆의 아낙이 말을 받았다.

“글씨 말유. 고게 안으로 들어가서 찰떡같이 붙어먹는 뭔가가 있는 거 아뉴? 암컷한테 그런 거 있는 거 같단 말이랑게.”

그 말에 아낙들이 웃음보따리를 터뜨렸다.

“암컷한테 뭐가 있어? 새끼 낳는 자궁밖에 더 있어? 아따, 짐승도 사람하고 똑같아. 그 안에 뭐가 있겠어?”

여자들은 서로 말들을 주고받으면서 대낮의 은밀한 즐거움을 만끽하고 있었다. 뱃사람들은 지금쯤 술판을 벌이고 앉아 출어 나갈 채비를 하느라고 술들을 마시고 있을 터이고, 잠이 모자란 남정은 집에 가서 낮잠을 자고 있을 시간이었다.

여자들은 좀 전에 본 개들의 교미를 보며 묵은 체증이 싹 내려가는 듯한 통쾌함을 맛본 듯했다. 비록 짐승이지만 사람과 똑같은 체위로 교미를 하고, 흘레물이 뚝뚝, 떨어지는 것을 직접 눈으로 봤으니 실감나는 장면이 아닐 수 없었다.

수캐가 암캐의 뒤에서 등을 끌어안고서 좆을 집어넣느라 깔딱거리는 장면은 정말 실감나는 장면이었다. 그것은 마치 사람이 하는 짓과도 너무 똑같은 행동이어서 그걸 보고 있노라면 절로 마른 침이 돋아나는 그녀들이었다.

"개들은 흥분하면 수캐의 거시기와 암캐의 거시기가 딱 붙어버리는 모양이지요? 애들이 저 정도로 막대기로 마구 때렸는데도 빠지질 않는 걸 보면 말예유."

그나마 그중에서는 가장 젊은 아낙이 그 말을 꺼내자, 그 말을 들은 다른 여자들이 배를 잡고 웃어댔다.

"아이고오, 새댁이 뭘 안다고, 그런 말을 해버렸네. 그래, 새댁네는 어때? 밤에 그거 해보면 기분이 어땠어?"

좀 더 나이가 많은 아낙이 그렇게 말하자, 젊은 아낙은 얼굴을 붉혔다. 그러면서도 능을 치듯이 말을 붙잡고 나왔다.

"저야 뭐…… 그 양반이 얼릉 올라갔다가 얼릉 내려와 버리는 데요 뭘."

"호호호. 그게 얼만데? 5분? 아니면 10분쯤 되는 거야?"

이번엔 다른 아낙이 말을 걸어왔다.

"한 5분쯤 되는 갑요. 못 참고 금방 내뱉어버리는 거이…… 몇 번 못 움직이는 것 같아요."

젊은 아낙은 자신의 말에 귀를 기울여주는 다른 여자들의 얼굴 표정이 진지해서인지 제법 웃기려고 들었다. 그 말 속엔 분명히 진담이 들어 있었지만 다른 아낙들에겐 천진난만함이 그대로 묻어 있는 것처럼 들려졌다.

"그렇지. 아마 그럴 거야. 아직 신혼이나 마찬가지니까 그쯤밖엔 안 될 걸? 안 그래?"

그 아낙은 옆의 아낙에게 동조를 구하는 것이었다.

"그으럼. 그 정도밖엔 안 되지 뭐. 뱃놈들은 좋은 괴기 잡아서 다 처먹어도 술 땜에 고거 하나 제대로 못한당께로. 젊을 땐, 그래도 제법 한다고 버티다가 나중엔 술 땜에 힘도 못 써. 그러면서 맨날 배 나가기 전에 어찌 해서라도 한 번 더 올라갈라고 그러는 건 무슨 심뽄지 모르겠어."

여자들은 또 한 바탕 웃음보따리가 터져 나왔다.

그물을 깁으면서 이야기엔 빠지지 않으려는 그녀들이었다. 여자들끼리 서로 흉허물없이 나누는 정담이었다.

"근데, 여기 천수네 에미 없나?"

그렇게 말한 아낙은 주위를 휘 둘러보는 시늉을 하고는 킬킬 웃어댔다.

"아니 왜요?"

저편에 앉아 있던 아낙이 물었다. 보나마나 그런 쪽 얘기인 것 같아서 은근히 캐물어보는 것이었다.

"여기 없으니까 하는 말인데, 천수네 엄만 밤만 되면 그거 할 때마다 운다고 하잖우? 그런 말 못 들었어?"

작은 어촌에 조그마한 소문이라도 금세 퍼지고 마는 그런 이야기도 못 듣고 지내는 아낙들도 있었다. 아낙들은 방금 말한 중만이 에미한테로 시선이 모아졌다.

"으응, 전부 모르고 있었구만. 천수네 엄마 말야. 그 에미나이는 고거할 때마다 찔찔 짠다고 그러잖아."

"……?"

여자들은 중만이 엄마한테서 시선을 떼지 못하고 있었다. 솔깃한 이야깃거리가 튀어나왔기 때문이었다.

"고건…… 그거 하는 거 즐기는 여자들이 그러는 거라구, 알아? 훌쩍훌쩍 우는 여자들은 그걸 밝히는 거래나 뭐래나. 그렇지 않고선 왜 울겠어? 안 그래?"

"맞아, 맞아. 맞는 말이야."

누군가 맞장구를 쳐댔다. 그래야만 이야기를 꺼낸 사람의 흥을 돋우는 것이었다.

"천수네 아부진 혼자 몰래 바다 나가서 물개를 잡아먹었나. 천수네 에미나이를 울게 만드는 재주가 있구만 그래."

그 말에 여자들은 또 한 바탕 웃음보따리를 터뜨렸다. 갈수록 재미있는 말들이 쏟아져 나왔기 때문이었다.

"남자는 고거 못하면 빙신이지 뭐. 좋은 횟감 다 발라먹고 고것도 못하면 죽어야제."

그 말에 여자들은 고개를 끄덕이며 수긍하는 듯한 눈치들이었다. 그건 여자들이 남자들한테 바라는 바이기도 했다. 그만큼이나 남자나 여자들의 바람이란 것은 밤에 그것하는 재미로 살아간다고도 말할 수가 있었다.

인생에 있어, 밤에 그것하는 재미가 없다고 한다면 그것이야말로 정말 앙꼬 없는 찐빵이요, 하늘에 달이 없는 달밤이락 말할 수 있는 것이었다. 섹스란 인류사에 있어 종족 보존의 의미 이상으로, 삶에 있어서 마치 윤활유와도 같은 기름의 역할이었다.

부부간에 서로 이혼을 하면서 성격 차이 때문이라는 말도 결국은 알고 보면 부부간의 섹스 차이일 경우가 많은 것이었고, 배우자의 어느 한쪽이 바람이 나서 허우적대는 것도 결국은 섹스에서 오는 차이 때문에 그러는 것이었다. 그만큼이나 섹스란 인간이 살아가는 데에 필요불가결한 중요한 요소가 된 것이 오늘날의 세태라고 할 수 있었다.

옛날에는 그래도 그게 모자라도 참아가며 살아가는 미덕이라도 있었겠지만, 요즘의 여자들에겐 그러한 미덕도 이미 구시대적인 정신이 되고 말았다. 죽을 때까지 참아가며 살기보다는 조금이라도 더 빨리 제 살길 찾기에 바쁜 것이 현실적인 일이었다.

아낙들은 어젯밤의 미진했던 섹스 때문이었는지 모르겠지만, 하여튼 한 번 입에 올린 이야기는 끝이 없을 지경이었다. 누군가가 한 사람이 이야기를 꺼내면, 곧 이어서 다른 아낙이 다른 이야기를 꺼내면서 지루한 그물 다듬기의 일을 달래고 있었다.

"아 참, 저 건너 별장집에 사는 사람들 알아요?"

"……?"

누군가 별장집 이야기를 꺼내자, 그동안 이야기에 열중하고 있던 아낙들이 일시에 말을 꺼낸 아낙 쪽으로 시선이 쏠렸다.

"거 있잖아요? 남자랑 같이 여자 한 명이 살잖아요?"

그 아낙이 다시 설명하듯이 말을 꺼냈다.

"그래서? 왜 그런디야?"

누군가 그렇게 대꾸했다.

"어젯밤에도 밤 늦게 찌프차를 타고 들어가더라고요. 혹시 간첩이 아닐까 하는 생각이 드네."

아낙은 간첩이라는 말을 꺼내놓고는 말꼬리를 흐렸다.

"에이, 간첩은 무슨 간첩. 아마 요양하러 온 서울 사람들이겠지 뭐. 거 왜, 여자 꼴을 보니까 마치 폐병쟁이처럼 생겼더구만 그래. 얼굴이 하얀 게 몸은 또 왜 그리 하늘거리누. 마치 봄바람에 휙 날려 달아날 것 같은 몸이두만. 아마 돈 많은 사람들이 여자 병 고치러 내려온 거겠지라우."

"그런가?……."

처음 말을 꺼낸 여자도 고개를 갸웃거리며 주위의 아낙들을 둘러봤다. 모두들 그쪽 별장집에 대해선 아는 사람들이 별로 없었다. 어촌이라는 시골이 그래선지 모르겠지만, 타지에서 온 사람에 대해선 별로 관심조차 가지지 않는 것이 그들 바닷사람의 습성이기도 했다.

"꽤나 젊었더두만 그래."

나이가 좀 든 아낙이 그 말을 했다.

"그럼요. 30대나 되었을까."

또 한 아낙이 대답했다.

"그런데 돈이 많은 모양이지? 황 군수네 별장을 사서 내려온 거라제, 아마. 근데 뭐하는 사람들이지? 그건 몰라?"

이 말을 한 아낙은 혹시 아는 사람이 있나 해서 물어보는 것이었다. 모두들 모르는 것처럼 쳐다보기만 할 뿐이었다.

"근데 이, 그 사람들 둘 다 잘 생겼더구만. 서울 살아서 그런지, 얼굴들이 마치 테레비에 나오는 탤런트 같이 생겼더라고. 남자는 보니까, 저번에 바다 나가려고 걸어가다가 우연히 봤는데, 남자가 웃통을 벗고 운동을 하고 있는데 정말 선수 같더라고. 우짜면 근육이 그렇게 다닥다닥 붙었는지 모르겠대."

아낙은 그 말을 하면서 자기도 모르게 칭찬을 늘어놓고 있었다. 그 말에 여자들은 더욱 관심이 깊어지는 모양이었다. 아낙들의 눈들이 모두 별장집을 향했다가 도로 돌아오고 있었다.

"혹시 고정 간첩이 아녀? 그쪽은 군인 초소하고 가깝잖여. 안 그래?"

누군가 다시 간첩일지도 모른다고 가닥을 잡아나갔다.

"에이, 안 그래. 그렇다면 황 군수 어른이 그런 간첩에게 집을 팔았을라고. 수상하다 싶으면 재까닥 경찰에 신고했겠제. 황 군수 어른이 그걸 모를라고? 그건 말도 안 되는 소리여."

그 말에는 모두들 동감하는 모양이었다. 간첩이라면 그런 집을 사서 일부러 눈총을 받을 필요가 없을 거라고 생각되어졌다.

"그럼 뭐하러 온 사람이제?"

누군가가 다시 강한 의문을 제기했다.

"모르지 뭐. 요양하러 왔거나, 아니면 서울에 본처를 두고 몰래 내려와서 둘째 마누라를 데리고 사는 건지도. 저러다가 남자는 다시 서울 올라갔다가 또 몇 달 뒤엔 내려왔다가 하는 건지도 모르지. 요즘 젊은 것들이 마음만 먹으면 못하는 일이 뭐 있겠어?"

이번엔 좀 더 나이가 든 아낙이 그렇게 말했다.

"그럴까?……."

아낙들은 다시 그쪽을 바라보았다. 바닷가의 한적한 곳에 지어진 별장집은 바다를 향해 서 있었다. 동네와는 약간 떨어져 있어 일부러 그쪽으로 가지 않고서는 그 집의 내막을 알 수가 없었다.

"여자도 몸이 호리호리한 게 색을 많이 밝히겠두만 그래. 아마 모르긴 몰라도 남자나 여자나 모두 밤엔 찐득하니 붙어 지낼 거 같으라니. 저럴 때가 좋은 기비지 뭐."

"하는 일도 없는 것 같던데. 맨날 붙어 있어봤자 누가 아남. 우리 동네에서는 아무도 모르지. 처음 이사올 때, 보니깐 두루양양 읍내에서 냉장고며 커다란 침대하며, 갖가지 옷장들이 한 트럭 실려오더라마. 돈이 많은 사람들인 거 같더라고."

누군가 그 말을 하자,

"맞아. 이 길로 지나갔어. 트럭에 가득 실렸더라 마. 별장집이 어디냐고 묻길래 알았어. 근데 뭐하는 사람들이지? 낮에도 꼼짝 안 하고 있더라. 가끔 바닷가에 나와서 놀다 가는 건 봤는데……."

"어이구, 흉칙스러워라 마. 저번에 봤는데 바다에 있는 바윗돌 위에서 둘이 끌어안고 서로 죽는 둥 사는 둥, 얼굴을 비벼대고 있는 거 봤는데 정말 찐하대. 비디오에서나 나오는 그런 모습이제, 아마."

"그래요? 대낮에요?"

"그으럼. 그 사람들 서울 사람들이라서 그런지 대낮이고 밤이고 없는 거 같더라니까. 그러니까 아무도 없는 집 안에서는 어떻겠어? 안 봐도 훤히 아는 거지."

아낙의 말에 다른 여자들은 모두 입에 침을 끌어모았다. 이곳에서는 실로 보기 드문 그런 광경이었다. 자연히 남녀 간의 섹스 이야기가 저절로 튀어나오고 있었다.

"아마 여자는 남자한테 너무 시달려서 그렇게 말라버리는 건지도 몰라. 서울 여자들, 우리가 알기보단 꽤나 밝힌다더라 마. 저번에 테레비를 보니까 가정주부들이 대낮에 남편 몰래 아르바이튼가 뭔가를 한다면서 벌건 대낮부터 외간 남자와 붙어먹는다고 하지 않았는가 말여. 그리구선 밤엔 남편하고 또 하고…… 으이구, 징그러워."

말을 한 아낙은 마치 소름이 돋는다는 듯이 오소소, 몸을 웅크리는 시늉을 지어댔다. 그러한 몸짓은 징그럽다기보다는 그렇게 섹스를 밝히는 여자가 부러워서 하는 시늉이기도 했다.

"어이구, 그렇게도 하고 싶은감. 그러다가 탈나제. 거시기가 남아 나겠어? 이 남자, 저 남자하고 하다가 요즘 무섭다는 에이즈라도 걸리면 어쩔려구 그러제?"

"글쎄 말이야, 내 말은. 그거 너무 밝히다가 에이즈 걸린 사람들이 얼마나 많다구. 몰라서 그렇지, 양양 다방에 나와 있는 아가씨들도 다 서울서 데려온 애들이라지, 아마. 그리고 속초에 나가면 다 서울서 데려온 아가씨들이야. 근데 남자들은 뭐가 그리 좋은지 횟감 팔아서 오입이나 한 번 하려고 그렇게 기를 쓰는지 모르겠네, 참."

그 말이 끝나기가 무섭게 다른 아낙이 말을 받았다.

"저번에 아줌마네 아저씨가 다방 여자와 같이 잤다고 하더니만, 괜찮았어요?"

이 말을 들은 아낙은 단번에 얼굴이 붉어지면서 그물코를 홱 잡아당겼다. 그리고는 단숨에 욕설부터 튀어나왔다. 뱃사람 여자라서 그런지 입이 거칠었다.

"아이구우, 그놈의 가시나가 우리 남편한테 돈을 얼매나 뺏었는지 알아요? 하룻밤 같이 자는데 무신 놈의 돈을 15만원이나 뺏어가요. 같이 즐겼으면 됐지, 술 사주고, 밥 사주고, 잠까지 재워주면서 15만원이나 뺏어 갔길래 내가 당장 쳐들어가서 다방을 박살내고 말았제. 그놈의 가시나가 뱃놈들 어리숙한 거 알아가지고, 배 한 탕이면 얼마나 번다는 것까지 다 알아가지고선 우리 남편 꼬드긴거라니까. 남자들이 모여서 양양 읍내에까지 커피 배달을 시키는 것이 배알이 꼴리드라고. 무신 놈의 커피 한 잔을 마시겠다고, 집에서 내가 끓여주는 커피는 뭐 맛이 다른가? 그년의 보지를 쫙 찢어놓으려다가 말았제."

그 아낙은 그물코를 잡아 쫙 찢을 듯이 거세게 잡아당기는 시늉을 해보였다. 그물이 찢어지진 않았지만 그러는 시늉이 너무 우스웠다. 아낙들은 웃음을 흘리면서도 그 아낙의 말에 동정을 하는 것이었다.

"그럼요. 그런 년의 보지는, 다신 그런 짓 못하게 보지를 쫙 찢어놓아야 돼요. 뱃사람들 돈은 뭐 헛구멍에 쑤셔박으라고 번 돈인 줄 아남요. 사시미칼로 보지 구멍을 쫙 찢어놓고 오지 그랬어요?"

여기저기서 이러쿵저러쿵 동정론이 퍼지자, 그 아낙은 더욱 신이 나는지 입술에 침을 바르고는 다시 말을 했다.

"다시 한 번만 더 그러면 오징어 잡는 낚시 바늘을 거기에다 쫙 박아놓는다고 그랬어. 그거 박아놓으면 빼내지도 못할 걸."

그 말에 아낙들은 모두 입을 딱 벌렸다. 오징어 낚시 바늘이라면 다 아는 그들이었다. 그런 끔찍한 오징어 낚시 바늘이 그곳에 들어간다면, 생각만 해도 오싹한 일이었다.

오징어 낚시 바늘이란, 직경 2센티 정도의 둥근 타원형에다 수십 개의 날카로운 낚시 바늘이 꽂혀 있는 것으로, 바늘들이 전부 다 위쪽 방향으로만 굽혀져 있어 들어갈 적엔 바늘의 미끄러운 부분이겠지만 일단 들어간 다음에는 날카로운 바늘 끝 때문에 빠져나올 수가 없게끔 만들어져 있었다. 수십 개의 바늘 끝에 걸려 찢어지지 않고서는 절대로 빠져나올 수가 없게 돼 있었다.

그 말에 여자들은 얼굴을 찌푸려 보이며 혀를 차 보이는 듯했다.

"어이구, 그걸 거시기에다 집어넣어 놓으면 그 년 보지는 엉망진창이 되게. 들어갈 때는 쏙 들어가겠지만 빼낼려면 찢어내야 될 걸."

그러면서 너무했다 싶게 나무라는 투였다.

"아, 그런 년은 그래도 싸지 싸. 다 같은 보지 갖고 수십 만 원씩 받아 처먹는 년이 따로 있고, 쌔가 빠지게 그물코나 만지고 사는 보지가 따로 있남. 안 그려?"

"그거야, 그렇제. 그렇지만 자네 서방이 나쁘지. 아, 그런 년은 화냥년질 해서 사는 갈본데 니 서방이 그거 하고 싶어서 안달인데 누가 말려? 자네가 시원찮아서 다방 가시나를 넘본 게 탈이지."

이 말에 아낙은 눈이 째지게 노려보다가 홱 고개를 돌려버렸다. 하긴 그랬다. 제 서방 간수를 잘못해서 한눈을 파는 걸 누구한테 하소연할 수가 있겠는가. 좀 더 나이가 많은 아낙의 말이라서 그런지 그걸로 이야기는 끝이 났다.

"저 별장집 말여."

누군가 얼른 말꼬리를 돌리고 나섰다.

"이, 저 별장집?"

다른 아낙이 얼른 말꼬리를 물고 나왔고, 아낙들은 다시 별장집으로 시선을 던지고 있었다.

"오늘밤에 마실 가는 척하면서 그 집 한 번 가보면 어때? 새로 이사온 사람집에 한 번 가보는 것도 예의제."

"에이, 그렇게 쳐들어가면 누가 좋아나 한대? 아직 젊디젊은 그네들은 요즘 밤이 짧다고 그러면서 일찍 잠자리에 들지도 모르는데 어떻게 함부로 쳐들어가?"

"그래도……."

아낙들은 별장집에 한 번 가보고 싶었다. 별장집에 가보자고 말한 아낙에게 눈길을 주면서 거들고 있었다.

"아, 우리가 돈을 거둬서 먹을 걸 사들고 가면 그게 곧 인사제. 우리가 인사 먼저 하고 나면 저 치들도 미안해서 먹을 것들을 내놓을 게 아닌가벼. 그러면 됐제. 그게 곧 인사인기라 뭐."

"그럴까?"

"가서 어떻게 사는가 한 번 보고 오는 것도 괜찮제. 그러면 서로 얼굴도 익혀서 좋고. 한 동네에 살면서 서로 모르는 척 하는 것도 안 좋제. 가볼래?"

한 아낙의 제의에 전부 다 솔깃해하는 표정들이었다. 하긴 막막한 어촌에서 별다른 재밋거리가 없는 터에 그나마 그런 일이 있다는 것은 흥미로운 일일 수 있었다.

대개의 여자들은 나이를 먹음에 따라 남의 살림살이에 더 관심을 가지는 수도 있었다. 그리고 어촌이라는 데가 그랬다. 그리 많지 않은 집들 사이에서 어느 집에 숟가락이 몇 개 있는 것까지 훤히 알고 지내는 터에 이방인처럼 들어선 별장집은 관심거리가 아닐 수 없었다.

더구나 별장집에 사는 남자와 여자는 새하얀 얼굴에 제법 잘사는 축에 들었고, 더더구나 젊다는 것이 우선은 성의 관심거리가 될 수 있었다. 아낙들은 뱃사람들인 남편과 별장의 남자와는 어떤 차이가 있는지를 알아보는 것도 관심 있는 일이었다.

그것은 곧 젊은 남자에 대한 관심일 수 있었고, 그 젊은 남자와 같이 살고 있는 희자에 대한 관심일 수 있었다. 그들이 밤에 벌이는 섹스 장면을 직접 보지는 못하겠지만, 그들과 대화를 하다가 보면 금슬이 좋다, 나쁘다는 것을 금방 알 수 있는 것이었다.

바로 그러한 것들이 아낙들의 최대 관심사랄 수도 있었다. 여자들은 흔히 다른 여자들의 성적인 문제에 많은 관심을 갖고 있었다. 섹스를 얼마나 오래 하고, 또 얼마나 자주 하는가 하는 문제. 그것은 곧 타인의 행복이 나에겐 불행처럼 느껴지는 이기심에서 비롯된 것일 수도 있었다.

아무리 어촌에 파묻혀 사는 별 볼 일없는 아낙들일지라도 일단 결혼한 이상, 남녀 간의 성적인 문제에 대해선 어느 정도 관심을 가지는 것은 분명한 사실이었다. 못 올라갈 나무라고 해서 쳐다보지 말라는 법이 없듯이, 새로 이사온 별장집의 남자와 여자에 대한 호기심이 일어날 수 있었다. 젊고, 잘 생겼다는 사실만으로도 충분히 관심이 대상이 된 그들은 일거수일투족이 모두 도드라지게 마련이었다.

그물코를 깁는 일을 하면서 아낙들은 간밤에 있었던 부부간의 일들을 스스럼없이 털어놓기도 했고, 더러는 이웃의 일들에 대해 흉을 보기도 했으며, 섹스를 밝히는 데엔 혀를 끌끌 차면서도 내심으론 부러워하는 것이 바로 여자들이었다. 여자들은 겉으론 흉을 보면서도 내심으론 부러워하는 것이었다. 그만큼 여자들은 성적인 문제에 대해선 욕심이 많은 편이었다.

그도 그럴 것이, 밤낮으로 지루하기만 한 뱃일들을 거들어야만 하는 아낙들이 옹기종기 양지 쪽에 모여앉아 정담을 나누는 내용이란 뻔한 일이었다. 누구네 집에 숟가락이 몇 개 있는 것까지 다 알고 있는 터에, 밤에 일어나는 일도 모를 리가 없었다. 모여 앉아서 일을 하다가 보면 누가 먼저랄 것도 없이 튀어나오는 이야기 중에 어렴풋이나마 남녀 간의 성적인 일들이 어떠할 것이라고 감을 잡는 아낙들이었다.

"그래, 우리, 오늘 밤에 저쪽 집에 한 번 가보자. 먹을 걸 사들고 가는데 싫어할 리가 없지. 어차피 한 동네에서 사는데, 자기들도 인사치레는 해야겠제. 우리가 먼저 쳐들어가는데 싫어할 턱이 없어. 그럼 됐지?"

나이든 아낙이 주위를 둘러보며 묻자, 다른 아낙들도 좋아라

하면 고개를 끄덕였다.

"그럼, 서로 인사는 하고 지내야지. 그게 자연스럽겠구만이라. 새댁이 사는 델 구경왔다고 하는데 누가 뭐라고 하겠어?"

"그래, 그러자. 그럼, 오늘밤에 저녁들 먹고 순돌이네 집으로 모이면 되겠네."

중년의 아낙이 이장댁인 순돌이 에미를 쳐다보며 말하자, 순돌이네는 반색을 했다.

"그러게 하면 되겠네 뭐. 우리 집으로들 오라고. 모여서 그때 돈을 거두든지 하지 뭐."

이로써 아낙들의 의견이 다 모아진 셈이었다. 어촌의 일상이라는 것이 그랬다. 아낙들의 합의가 곧 의사 결정이 되었다. 싫다마다 할 이유가 없었다. 저녁을 먹고 나면, 남정네들은 남정네들끼리 사랑방에 모여 고기잡는 이야기를 하는 게 일쑤였고, 술판을 벌이는 게 매일의 일과였다.

그리고 가끔 남자들은 두서너 명이 모여 읍내로 나가 노래방엘 가거나, 단란주점으로 가서 질탕하게 술을 퍼마시고 들어오거나, 읍내 다방으로 나가서 다방 아가씨와 노닥거리다가 밤을 새우고 들어오는 경우가 많았다. 그랬으므로 다방 아가씨들의 몸값이 올라가는 건 당연했다.

남자 몇몇이 한꺼번에 몰려다니면서 한 다방의 아가씨들을 다 싹쓸이해 버리고 나면 다방은 일찌감치 문을 닫아야 했기 때문에 하루치의 매상고에 맞먹는 화대를 지불해야만 아가씨를 밖으로 데리고 나갈 수가 있었다. 시골 다방이라 하루치의 매상이라고 해봐야 고작 일이십 만원 정도에 불과했다.

그래서 늦은 밤 시간 때쯤이면 하루 매상과는 상관없이 하룻밤 화대 정도로 20만원만 지불하면 되었다. 그리고 나서 데리고 나가 하룻밤 풋사랑을 즐길 수가 있었다. 그러한 것은 농촌이나 어촌이나 마찬가지였다. 햇빛에 새카맣게 그을려 실제 나이보다 훨씬 더 들어 보이는 그들에겐 그림의 떡이나 마찬가지인 아가씨들을 품에 품어본다는 것이 그만한 돈을 지불하지 않고서는 불가능한 일이었다.

농촌이나 어촌에서의 다방이란 공창과도 같은 역할을 하고 있었다. 장가를 못 간 남정네들에겐 그랬다. 농번기나 출어기에 그나마 약간 돈을 번 노총각들이 성욕을 풀기 위해선 다방이 거의 필수적이었다. 시골인지라 공창이나 사창가가 없었으므로 어디 가서 성욕을 풀만한 마땅한 데가 없었기 때문에 자연히 시골 다방 같은 데에 가서 돈을 주고 티켓을 끊는 수밖에 없었다.

티켓이란 다방 아가씨와 같이 놀아주는 대가로 주인한테 돈을 지불하는 것을 말함이었다. 보통 시간당 얼마, 하는 식으로 돈을 지불하고는 아가씨와 같이 있는 것을 말했다. 그러면 그 시간 동안은 아가씨와 데이트를 즐길 수가 있었고, 개인적으로 아가씨에게 얼만큼의 대가를 지불할 의사가 있으면 곧바로 섹스까지 할 수가 있었던 것이다. 그 돈은 곧 아가씨가 갖는 것으로, 일종의 숏타임 섹스의 대가로 그리 많은 돈이 들지 않는 이점이 있었다.

단순히 성욕을 채우기엔 숏타임인 티켓이 훨씬 돈이 적게 들었다. 남정네들은 대개 대낮에 모텔이나 여관에 들어서 적당한 다방으로 전화를 걸어 커피를 시키면 곧 아가씨가 배달을 오는데, 커피를 마시고 나면 곧바로 흥정이 이뤄지는 게 보통이었다.

불과 20여 분만에 끝나는 숏타임에 5만원 정도의 팁을 챙겨가는 아가씨였다. 양쪽 모두 만족한 거래라고 볼 수 있었다. 아가씨는 분명히 돈을 벌 수 있었고, 남정네는 성욕을 풀 수 있는 유일한 기회였다.

이제 어촌의 아낙들도 남정네들이 읍내 다방에 나간다거나, 볼일이 있어 술을 마시러 나간다고 하면 곧이곧대로 믿는 것이 아니라, 으레 그런 쪽으로 생각하는 것이 마음 편한 일이었다. 뭔가 채워지지 않는 성욕의 덩어리를 풀기 위해서 다방엘 나간다는 것으로 미리 알고 있었다.

아낙들은 한낮의 일들을 마치고 집으로 돌아갔다가 이장네 집으로 모여 들었다. 저녁을 먹고 나서 일찌감치 모인 아낙들이었다. 얼굴에 화장까지 하고, 제법 그럴싸한 옷치장을 하긴 했지만 모두 다 촌닭인 것만은 분명했다.

하나 둘, 모여들기 시작한 아낙들은 이야기꽃을 피우며 아직 나타나지 않은 아낙들을 기다리고 있었다.

"춘석이네는 왜 안 오는겨?"

누군가 빙 둘러보며 그렇게 물었다.

"그 샥시는 저녁상 물리고, 한 탕 뛰고 오느라고 늦남?"

젊은 아낙 축에 드는 속초댁이 까불어댔다. 그 말에 다른 아낙들이 깔깔 웃어댔다.

"아, 그야, 춘석네는 아직 그럴 때지. 아직 아새끼도 없으니 깐두루 저녁상 물리고 나서 배붙이 할 때지, 안 그래?"

"맨날 해봐야 그게 그건데 말이지우. 젊을 땐, 그거 안 하면 뭐가 빠진 거처럼 그랬는지 모르겄어, 호호."

"원래 그건 하면 할수록 더 감질나는 거잖우? 끝도 없는 없는 게 그거구. 남자들은 안 그렇남? 매일 싸대도, 그게 워쩜 채우지는지 자꾸자꾸 나오는지 모르겄어……남자들은 자꾸 싸대기만 하면 몸이 마른다카제."

"그럼, 그럼. 남자들은 자꾸 싸대기마 하면 몸이 마르제. 그러니까 옛날 왕들은 궁녀한테 푹 빠져서 맨날 그거 하다가 일찍 죽었잖아요. 산에 있는 나무들도 수액이 말라뿌리면 빼빼 말라서 죽어버리는 거처럼 남자들도 물을 너무 뽑아내면 마르는 기라. 나무나 사람이나 똑같제."

"호호호."

"호호."

아낙들은 둘러앉아 이야기를 들으면서 깔깔 웃어댔다.

그때, 방문이 열리면서 춘석이네가 나타났다. 바쁘게 달려왔는지 얼굴이 상기돼 있었다.

"늦었구만요."

춘석이네는 미안스러이 얼굴을 붉혔다.

"앗따. 왜 이리 늦었남? 다 왔는데 춘석이네만 기다리고 있었어. 초저녁부터 남자 깔고 누웠다가 이제 오는겨?"

나이가 든 아낙이 농짓거리로 나무라자, 춘석이네는 머리를 긁적이며 웃어보였다.

"히, 그랴요. 춘석이가 자꾸 몸살을 앓으면서 집적거리길래요. 잠깐 하라고 그랬는데…… 늦었구만요. 별장집 간다니까 안 보내줄 것 같아서요."

"앗따, 그 춘석이는 아직 팔팔하구만. 별장집 간다니까 샤시가 바람 날까봐 그러는 거지 뭘 그래."

다른 아낙이 얼른 핀잔을 주었다.

"쬐금 깔딱거리다가 말았어요. 그 이는 맨날 그래요. 오래 못하잖아요?"

그 말에 아낙들은 다시 웃음보를 터뜨렸다. 정색을 하고 능청스럽게 말을 하는 춘석네의 말이 너무 재미있어서였다.

"얼매나? 한 10분?"

은실네가 물었다.

"고것도 안 돼요. 그 이는 올라가면 금방 싸버려서요. 조루인가 봐요. 좋다는 약을 먹었는데도 그래요."

춘석네는 아직도 능청스럽게 말을 잇고 있었다. 늦었다는 데에 대한 미안함으로 하는 농담이었지만 얼굴색 하나 변하지 않은 채로 말하는 것이 다른 아낙들을 웃기게 만들었다.

"아, 그럼 조루네 뭐. 아직 젊었으니까 그럴겨. 젊었을 땐, 그저 넣었다 하면 곧 싸버리더라 마. 그래도 자꾸자꾸 하려고 대드는 것이 젊다는 증건기라. 그래도 너무 했구마. 춘석네가 뭘 느낄 정도는 해줘야지. 금방 싸버리면 쓰나?"

아낙들은 춘석네를 놓고 짓까불어 대느라 웃음이 그치지 않았다. 춘석이는 장가를 간 지 얼마 되지 않은 터였다.

"이제 일어서자 마. 너무 늦겠다."

한 아낙이 그렇게 말을 꺼내자, 아낙들은 후다닥 일어서는 것이었다. 춘석네가 와서 이야기를 하느라 좀 더 시간을 지체해버린 것이었다.

아낙들은 달빛에 비친 그림자들을 내려다보며 걷고 있었다. 바다 쪽에서 보드라운 봄바람이 불어오고 있었다. 봄날의 바닷바람은 그랬다. 맨살에 와 닿는 봄바람은 강한 듯하면서도 부드러움을 품고 있어 살갗에 닿을 때마다 어떤 성욕을 꿈틀거리게 만들었다.

그래서 바닷사람들은 남자나 여자나 섹스를 즐기는 건지도 모르는 일이었다. 바다 쪽에서 불어오는 소금끼의 바람 속에는 어떤 알지 못할 강인함을 품고 있는 듯했다. 거기다가 횟감을 자주 먹는 그들은 하루의 소일거리가 바로 섹스라고 해도 지나친 말이 아니었다.

남자들은 으레 배가 나가기 전에 한 번 여자의 배 위를 올라타야만 직성이 풀렸다. 그리고 여자들도 그런 편이었다. 바다회를 생식해서인지, 아니면 뱃사람들이 즐겨서인지는 몰라도 남자가 먼저 그걸 요구하면 여자들도 마다하지 않았다.

그리고 남자들은 바다에 나갔다가 들어오고 나서, 아이들이 학교에 나가고 없는 시간에 마누라의 배 위에 올라타는 습관 같은 것이 생겼다. 얼른 해치워야만 직성이 풀리는 그들이었다. 그리고 나선 마을로 나가 동네 남정네들끼리 모여앉아 술잔을 기울이는 것이 하루의 생활 습관 같은 것이었다.

배를 타고 바다 멀리 나가는 것과, 배를 타고 들어와선 아낙의 배 위에 올라타는 것이 그들의 유일한 낙이라면 낙일 수 있었다. 그리고 하루를 보내는 데에 필요한 술만 있으면 그들은 만족했다. 술이 취해야만 바다일을 할 수가 있었고, 술이 있어야만 하루를 곱게 지낼 수 있었다.

아낙들은 밤길을 걸으면서 별장집 불빛이 보이자, 가슴이 뛰기 시작했다. 마치 낯선 동굴을 탐험하러 가는 듯한 스릴을 맛보고 있었다. 왠지 모르게 낯선 이방인을 찾아가는 기분이었다. 서울서 내려온 사람들과 마주앉아 이야기를 나눈다는 것이 한편으론 두렵고 떨리는 일이었다.

아낙들은 걸으면서도 별장집에 갔다가 무시라도 당하고 오면 어떻게 하나, 하고 내심 마음이 졸여졌다. 자신들을 마치 무지랭이 아낙쯤으로 여길까봐서 걱정이 앞서는 마음이었다.

"뭐라고 안 할까?"

누군가 그런 말을 했다.

"뭐라고? 그쪽 사람들이 그렇게 말하겠어? 우리가 찾아가는데 뭐라고 하간? 이웃사촌끼리 찾아오는 게 뭐가 부담스럽겠어? 안 그래?"

"암, 암. 찾아오는 손님인데, 우리가. 문전박대까지야 할라고."

한 악의 말에 다른 아낙들도 내심 동조하는 듯했다. 아낙들은 밤길의 좁은 길을 더듬으며 별장집으로 걸어갔다.

별장집에는 환하게 불이 켜져 있었다. 둘만 사는 조용한 집인데도 마당에까지 환하도록 불을 켜두고 있었다. 아낙들은 이런 어촌에 저렇도록 환하게 쓸데없는 불을 켜놓는 것부터가 주눅이 들게 했다. 아까운 전기를 마구 쓰는 것만 같아서였다.

"우메, 아무도 없는 마당에다 저러콤 불을 켜놓았네."

누군가 소곤거리듯이 말했다.

"다 왔어. 조용히 해."

이번에도 누군가가 손가락을 입으로 가져가며 말소리를 낮추라는 듯이 시늉을 해보였다.

아낙들은 제일 연장자인 이장댁을 바라보며 서 있기만 했다. 이장댁은 대문간에 서서 안쪽을 바라보고 서 있다가 성큼 들어서며 뒤따라 들어오라는 손짓을 해보였다.

"……."

아낙들은 이장댁 바로 뒤에 서서 안으로 걸어 들어갔다. 마당 한가운데쯤 들어섰을 때, 방에서 도란도란 이야기 소리가 들려나오고 있었다.

"계세요? 안에 누구 있어요?"

이장댁의 말에 안에서 말소리가 뚝 멈추며 조용해졌다. 그리고 이윽고 거실문으로 사람의 그림자가 내비쳤다.

"누구세요?"

젊은 여자의 목소리가 들리고, 곧 문이 열림과 동시에 그 뒤로 남자의 얼굴이 보였다.

"누구?"

여자는 아낙들을 바라보고 서 있었다. 여자의 어깨 위에 손을 얹고 있는 종태는 아낙들을 바라보면서 웃고 서 있었다.

"아, 네. 이 동네에 사는 사람들이에요. 서울서 이사를 오셨다길래 한 번 찾아와 봤어요.”

이장댁의 말이었다. 희자는 얼른 마당으로 내려서서 그들을 맞았다.

“아유, 그러세요. 어두운 이 밤길에 저희 집까지 다 찾아와주시고. 어서 들어오세요.”

아낙들은 희자의 뜻밖의 친절에 잠시 어리둥절하면서 거실 안으로 들어갔다. 거실에는 29인치 정도의 티브이가 켜져 있었고, 소파 앞의 탁자 위엔 과일들이 있는 걸로 봐서 그들이 과일을 먹고 있다가 자신들을 맞는 듯했다.

아낙들은 거실 바닥에 원을 그리며 둘러앉았다. 종태와 희자 역시 아낙들의 틈새에 끼어 앉았다. 거실이 꽉 찬 듯했다. 종태는 크게 켜놓은 티브이 볼륨을 리모콘으로 작동해서 말소리를 줄이고는 아낙들을 둘러보았다.

“이렇게 밤늦게 와서…… 실례가 아닌지 모르겠네요.”

이장댁이 아낙들을 대신해서 그렇게 말하자, 종태는 얼른 무릎을 꿇으면서 말했다.

“아, 아닙니다. 저희들이 동네에 찾아가서 먼저 인사를 드려야 도리인데, 이렇게 찾아오신 것만 해도 감사합니다.”

종태의 그러는 모습에 아낙들은 더욱 몸둘 바를 몰랐다. 전혀 예상치 않은 종태의 그런 모습에 당황하는 듯한 표정들이었다. 그렇다고 아낙들도 종태와 같이 무릎을 꿇어 예의를 표한다는 게 더욱 어색한 일이었다.

아낙들은 종태와 희자를 물끄러미 쳐다보면서 웃기만 하고 있었다. 희자가 일어나 과일들을 바구니에 담아 내왔다. 희자가 과일을 깎는 동안, 아낙들은 자연스레 말머리를 꺼내기 시작했다.

"서울서 오셨는감요?"

"네."

이번엔 종태가 대답했다.

"아이는? 두 분만 사시는 건지 모르겠네."

춘석네는 말끝이 흐리면서 물었다.

"네, 아직 없어요. 늦게 결혼해서……."

종태 역시 말끝을 흐렸다.

"어이구, 두 분 다 너무 잘 생기셨다. 나중에 아이가 태어나면 되게 예쁠 거 같네요."

그렇게 말한 건 은실네였다. 부러운 듯이 종태와 희자를 번갈아 쳐다보며 말하는 것이었다.

"자, 드세요."

희자가 깎은 과일을 내밀자, 아낙들은 조금 더 자리를 좁히면서 과일들을 먹기 시작했다. 과일을 먹기 시작하면서 좀 더 어색한 표정들이 누그러드는 듯했다. 아낙들은 어색하게 과일을 집으며 거실과 방 안을 흘끔거렸고, 종태와 희자를 쳐다보기도 했다.

"서울은 어때요? 살기가 좀 어떤지 모르겠어요."

이장댁이 그쪽으로 말머리를 꺼내자,

"서울이야 맨날 그렇죠 뭐. 사람들 많고, 차들도 많고, 매일 복닥거리며 사는 데 아닙니까? 이렇게 바닷가로 내려와서 사니까 너무 좋은 데요."

그 말을 하면서 종태는 웃어보였다. 희자 역시 그 옆에 앉아서 웃고 있었다. 처음 보기엔 무척 앳돼 보였으나 보면 볼수록 나이가 좀 든 것같이 보였다. 옷차림이 니트여서일까. 윗도리도, 치마도 아이보리색의 니트를 입고 있었다. 시골 여인네 같지 않은 우아한 품위가 흘러나오고 있었다.

어촌에 사는 아낙들은 희자의 그런 모습에 매료되는 듯한 시선들이었다. 대화를 나누는 중에도 가끔씩 희자를 쳐다보거나, 종태를 바라봄으로써 어촌에서만 살아온 자신들과는 다른 부류라는 것을 새삼 느끼는 듯했다.

종태는 어촌 아낙들이 거리감을 살피고 있다는 것을 금방 알아챘다. 그래서 가능하면 더 많은 말을 하면서 그들과의 거리감을 줄이려고 노력했다. 희자도 역시 그랬다.

어촌에 산다고 해서 그들을 얕잡아보고 함부로 말하는 것을 삼갔다. 될 수 있으면 궁금한 것이 많은 것처럼 주로 묻는 편이었다.

"요즘은 주로 어떤 고기가 많이 잡혀요?"

종태가 물었다.

"그야, 봄에는 광어하고, 꽃게들이 주로 잡히고, 잡어들이 많죠. 그리고 지금쯤 멸치 떼들이 몰려올 때이기도 하고요."

이장댁이 그렇게 말하면서 다른 아낙들을 둘러봤다. 혹시 자신이 말한 게 틀렸을지도 모른다는 우려감에서였다. 다른 아낙들은 이장댁의 말이 맞을 거라는 듯이 고개를 끄덕거려 주었다.

"네에, 그렇군요. 그럼 이 동네선 주로 고기만 잡고 삽니까? 아니면 다른 일도 합니까?"

이번 역시 종태가 질문했다. 희자는 곁에서 아낙들이 하는 말을 주워듣고만 있었다. 그러면서 종태와 같이 고개를 끄덕거리기만 할 뿐이었다.

"주로 고기 잡아서 살고, 쬐끔 정도의 밭떼기는 갖고 있는 셈이죠. 밭에선 채소 나부랭이들이나 심어서 캐다 먹는 편이고요. 남자들은 전부 바다에 나가서 살아요. 맨날 술이나 퍼마시고, 고기나 잡으며 사는 셈이죠."

그렇게 말한 건 바로 춘석이네였다.

"그럼요. 바다를 끼고 있으니까 남정네들은 그저 고기나 잡는 것밖엔 몰라요. 바다에 나가면 술이나 취해서 돌아오고, 들어와서도 맨날 술타령이지요 뭐."

"……."

종태는 아낙들을 바라봤다. 남자들한테 불만이 많을 것처럼 말을 하는 아낙들을 재미있는 표정으로 바라보고 있었다. 희자는 아낙들이 한 말이 무슨 뜻인지를 몰라 잠시 허둥댔다. 아낙들이 한 말은 남정네들이 밤에 무심하다는 것을 빗대어 한 말이었다.

"……."

종태는 가만히 듣고만 있었다.

"말도 말아요. 여긴 바닷가라 뱃사람들 천지이라서인지 몰라도, 그저 술이나 마시는 것밖엔 몰라요. 여자들한테 뭘 해준다는 건 전혀 모르고요. 우리들이야 그저 잡아다주는 고기밖엔 쳐다볼 줄 모르지요. 그저 그물코나 꿰면서 아둥바둥 살아봐야 맨날 그게 그거고, 그렇고 그런 생활뿐이지라우."

여자들은 남정네들에 대한 한탄은 끝이 없었다. 종태와 희자가 그저 듣고만 있으려니까 아낙들은 점점 신이 나는 듯했다. 여자들은 두세 명만 모여도 남자들 흉을 보거나, 남자들의 성적인 것들에 대한 이야기를 하기 마련이었다. 옛날처럼 여자들이라고 해서 섹스에 관한 일들을 쉬쉬 하고만 있지는 않았다.

"우메, 가구도 차암 좋다아!"

춘석이네가 열려진 방 안을 기웃거리며 입을 침을 바르자,

"글씨 말이여. 주방의 싱크대도 좋은 거네. 색깔도 곱고, 커서 좋구만. 환하게 잘 꾸며 놓으셨네 뭐."

이장댁이 맞장구를 쳤다. 그러자, 아낙들은 전부 다 방이며 거실의 가구들을 둘러보는 것이었다. 그랬다. 희자는 바닷가 동네로 이사와서 꽤나 신경 써서 가구들을 골랐고, 또한 꼼꼼하게 신경 써서 가구들을 배치하느라고 애를 썼었다.

둘만의 영원한 보금자리를 만들기 위해 나름대로 애쓴 흔적이 역력하게 드러났다. 그리고 틈만 나면 새 가구임에도 불구하고 물걸레를 들고서 이리저리 닦았으며, 조금의 먼지라도 내려앉았을까 봐서 진공청소기를 돌려대곤 했다. 그만큼 희자는 살림살이에 맵고 짜다는 소리를 들을 만큼 정성을 다한 것이었다.

음식도 역시 마찬가지였다.

종태가 좋아하는 값비싼 굴젓을 담가, 싱싱한 가는 파를 썰어 보기 좋게 해서 내놓곤 하였다. 그러면 종태는 굴젓 하나만으로도 밥 한 공기를 다 비울 정도였다. 종태가 좋아하는 된장찌개도 정성을 다해 끓여냈다. 알맞게 된장을 집어넣고 알맞은 시간에 두부와 파 등을 썰어 넣어 후루룩 끓여낸 다음에 내놓으면 종태는 밥공기 하나를 다 비우고도 모자라 밥을 더 달라고 할 정도였다.

희자는 종태를 위해서만 살아가는 게 최고의 행복이라고 생각했다. 사랑하는 사람을 위해서만 모든 음식을 만들고 싶었고, 그가 맛있게 먹는 것을 보면서 다시금 행복을 느끼는 그녀였다. 그리고 그녀는 밤에 종태가 어루만져 주는 말할 수 없는 행복감에 몸을 떨었다.

낮은 그녀의 종태에 대한 헌신이었고, 밤은 그가 희자에 대해서 하는 지극한 헌신이었다. 희자는 밤마다 그가 선사해주는 황홀한 쾌감에 몸 둘 바를 모를 지경이었다. 혀끝으로 샅샅이 훑어 내려가면서, 심지어는 불두덩뿐만 아니라, 그 밑의 항문의 괄약근을 혀끝으로 간지를 때엔 그야말로 그를 부둥켜안고서 소리라도 내지르고 싶을 정도로 극심한 쾌감에 몸을 떨어댔다.

질식할 것만 같은 쾌감이 소용돌이 친 후엔 으레 가까운 곳에서 파도소리가 들려왔다. 바닷가 모래알을 쓰다듬을 듯이 잔잔히 핥아대는 듯한 조용한 파도소리가 있고, 바위를 깍아내는 듯한 커다란 파도소리가 있다는 걸 그녀는 깨달은 것이었다. 파도소리를 들을 때마다 그녀는 마치 종태가 파도처럼 덤벼오고 있다는 착각을 일으키곤 했다. 때로는 잔잔하게, 또 때로는 해일처럼 거칠게 몰아붙이는 그였다.

아낙들은 수다를 떨면서 과일을 먹느라 일어날 줄을 몰랐다. 이장댁이 제일 먼저 늦었다며 일어서는 바람에 다른 아낙들도 같이 일어서는 것이었다. 그들이 다 가고 나서 종태와 희자는 욕실로 들어갔다. 세게 틀어놓은 물줄기를 맞으며 서로를 부둥켜안은 채로 한참동안 서 있었다.

"사랑해."

"저두요. 전 너무너무 행복해요."

희자의 촉촉이 젖은 음성이었다. 그의 귓바퀴에 간지럼을 태우듯이 소곤거렸다. 떨어지는 물소리와 더불어 아련하게 들려왔다.

"당신은 이 세상에서 제일 아름다운 여자야. 모든 게 다 예뻐. 어떻게 하면 좋지?"

종태는 부둥켜안은 채로 팔심을 주었다. 희자가 부서질 듯이 품 안에서 으스러지는 듯했다.

"전 이 세상에서 당신이 젤 좋아요. 행복하구요."

그러면서 희자는 눈을 감았다. 그의 가슴에 달린 젖꼭지를 찾아 입술로 핥아주었다. 쏟아져 내리는 물과 함께 그녀는 오래도록 그것을 빨고 있었다.

"난 다시 태어난 기분이야. 당신이 나를 그렇게 만들었어. 아까 온 여자들을 보면서 새삼 당신이 돋보이는 걸 느꼈어. 당신은 천사 같아."

"……."

종태는 그녀를 번쩍 들어 올려 세게 끌어안았다. 그리고는 자신의 불끈 선 남성 위에다 꽂았다. 물기를 잔뜩 머금은 그곳은 쉽게 미끄러지듯이 들어갔다. 종태는 서 있는 자세로 그녀를 안아 들어 올리면서 자신의 남성을 거세게 밀어붙였다.

"아……."

희자의 입에서 단내가 새어나오기 시작하고 있었다. 가는 팔심을 끌어모아 종태를 꽉 부둥켜안고 있는 그녀는 두 다리를 한껏 오무린 채로 매달려 있었다.

종태의 아랫도리를 휘감은 그녀였다.

그녀의 손은 종태의 몸을 끌어안은 채로 안간힘을 쓰고 있었다. 종태가 한 번씩 물살처럼 들이밀 때마다 그녀는 출렁이며 더욱 목을 세게 끌어안았다가 힘을 풀어주곤 했다.

종태는 그녀의 알맞게 벌어진 엉덩이 부분을 꽉 붙잡은 채, 자신의 몸 쪽으로 세게 잡아당김과 동시에 자신의 남성을 돌진시키곤 했다. 그럴 때마다 그녀의 몸 안 깊숙이 가 박히는 듯한 쾌감을 느꼈다. 종태의 몸이 한 번씩 움직일 때마다 그녀는 온몸을 비틀며 괴로워하고 있었다.

"당신과는 영원히 안 떨어질 거야. 죽는 날까지."

희자는 종태의 목소리가 점점 아련하게만 들려왔다. 말할 수 없을 정도로 저 밑바닥 끄트머리에까지 내려앉는 듯한 절정감에 몸을 떨고 있었다. 온몸의 피가 거꾸로 치솟는 듯했다. 아무리 해도 사막의 끝이 보이지 않을 것처럼 아득하기만 했다. 현기증이 돋아날 지경이었다.

종태는 그녀가 몸을 거세게 비틀어대면서 괴로운 표정을 짓자, 이번엔 욕조 타일에 손을 짚고 엎드리게 하고선 뒤에서 공격하기 시작했다. 아까보단 좀 더 편한 자세였지만 그것 역시 다리가 후들거리기 시작했다. 고개를 숙이고서 바라본 그의 남성은 용맹스럽게도 자신의 연약한 부분을 들쑥날쑥하고 있는 게 다 보였다. 크고 튼튼한 뿌리였다. 검붉게 충혈된 그것은 우람하게 보였다.

그렇게 크고 튼튼한 것이 어떻게 자신의 몸속으로 들어올 수가 있는 것인지. 희자는 밑을 바라보면서 그런 생각이 들었다. 자신의 몸에서 흘러나온 애액이 묻어 번들거리는 게 보였다. 애액이 묻어서인지 크고 튼튼한 그것은 더 크게 확대되어 보였다.

희자는 힘이 딸려 욕조를 짚고 엎드린 자세로 움켜잡았다. 그가 힘껏 치미는 통에 제대로 서 있을 수가 없었다. 한 번씩 돌격해올 때마다 온몸이 다 출렁이는 듯했다. 미끄러운 욕조 테두리를 붙잡으려고 안간힘을 써댔지만 그가 뒤에서 치미는 까닭에 자꾸만 미끄러지는 것이었다. 그의 커다란 것이 불쑥 밀려 들어왔다가 빠져나갈 땐, 온몸이 뒤로 딸려 나가는 것 같은 느낌이었다. 그러한 동작의 반복이었다.

희자는 뒤에서 껴안는 그를 두 손으로 꽈악 붙잡았다. 그의 허리와 엉덩이 부분을 붙잡았지만 곧 놓치고 마는 것이었다. 그의 움직임을 붙잡을 수가 없었다. 그는 희자가 그러면 그럴수록 더욱 세게 나왔다. 흥분이 되었던 탓일까. 그가 거세게 치미는 동안, 희자는 꼼짝없이 흔들리고만 있었다.

그가 그녀의 등 뒤를 감싸안으며 엎드렸을 때에야 비로소 모든 동작이 끝나는 중이라는 걸 알았다. 희자는 고개를 뒤로 돌려 그의 입술을 찾았다. 그가 사정하기 전에 그의 달콤한 입냄새를 맡고 싶어졌다.

"아!……."

희자는 그의 혀를 힘껏 빨아들였다. 그가 잔뜩 웅크린 채로 그녀의 젖가슴을 두 손으로 꽈악 움켜잡았고, 이내 그녀의 몸속으로 뜨거운 것이 들어오는 것 같은 느낌이 들었다.

"으……."

그의 몸이 활처럼 휘어지면서 굳어지는 걸 느꼈다. 그의 튼튼한 뿌리에서 뜨거운 것이 솟아나왔다.

"……."

그녀는 자신의 몸에 박혀 있는 뿌리의 뜨거움을 맛보며 입으로는 그의 입술을 빨아당겼다. 온몸이 한 치의 틈도 없이 밀착되어 가쁜 숨을 몰아쉬고 있었다.

"으헉!……."

그는 마지막 정액까지 다 쏟아낼 것처럼 울컥거리며 자꾸만 정액을 토해내고 있었다. 이미 희자의 몸속엔 많은 양의 정액들이 쏟아져 들어와 있었다. 그의 뿌리 밑으로 허연 정액이 흘러내리고 있는 게 보였다.

"아아…… 사랑해요."

희자는 그걸 본 순간, 참을 수 없는 쾌감의 덩어리가 솟구치는 걸 느꼈다. 입으로 발설하지 않고서는 도저히 참을 수가 없을 정도였다. 그녀는 뒤로 그를 꽈악 끌어안으며 헐떡거렸다.

"나도…… 사랑해. 당신만…… 당신만……."

종태 역시 그랬다. 그녀의 입술을 마구 핥아대며 젖가슴을 움켜지고는 흔들어댔다. 입과 젖가슴, 그리고 뿌리와 계곡의 완전한 밀착으로 인해 무지막지한 전율을 느끼며 서 있었다.

그의 뿌리가 사그라들고 나서 천천히 빼냈을 때, 그녀의 몸에서는 기다렸다는 듯이 허연 정액들이 쏟아져 내렸다. 정액은 그녀의 사타구니를 타고 아래쪽으로 흘러내렸다.

"씻어줄까?"

그가 다정스레 말해왔다.

"됐어요. 제가 씻을게요."

희자는 그가 보는 앞에서 자신의 그곳을 씻는다는 게 부끄러웠다. 그래서 그를 거실로 나가 있으라고 말하고는 샤워 꼭지를 틀었다. 시원한 물줄기를 맞으며 그녀는 또 다시 가벼운 흥분을 느꼈다.

열려진 조그만 창문으로 가까운 바다소리가 들려왔다. 바람소리 같은 잔잔한 파도소리였다. 사그락대는 파도소리를 엿들으면서 희자는 오래도록 서 있었다. 물이 젖가슴께에서 흘러내리면서 살에서 뚝뚝 떨어지고 있었다. 검은 숲은 물줄기를 흘러내리면서 작은 고랑을 이루는 듯했다.

모든 게 행복했다. 어촌에 살고 있는 것 자체가 곧 행복이라고 느껴졌다. 파도소리, 바람소리가 한데 어우러지고, 먼 바다와 가까운 바다가 한꺼번에 시야에 들어오는 이런 곳에서 사랑하는 그와 같이 산다는 것이 무엇보다 좋았다. 서울에서의 지친 생활이 악몽 같았다면, 이곳에서의 생활이란 그야말로 천국과도 같은 생활이랄 수 있었다.

언제든지 바다를 볼 수 있고, 바닷바람을 쐴 수 있어서 좋았다. 그리고 바닷가로 걸어 나가면 뽀얀 먼지를 뒤집어쓴 해송 숲을 만날 수 있어서 좋았다. 해송 숲은 바다와 함께 산의 소나무를 연상시키고 있었다. 해송 숲에서는 언제나 은은한 소나무 냄새가 나는 듯했다.

희자는 낮에 가끔 해송 숲으로 들어가 하늘을 쳐다보는 게 기분 좋았다. 숲가지 위에 낮달이 걸려 있을 때가 있었고, 꿩들이 내려와 앉아 놀 때도 있었다. 그리고 수많은 새들이 날아와 잔솔가지 위에서 놀다간 가곤 했다. 두루미를 본 적도 있었다.

그녀는 열려진 조그만 창문으로 스며드는 바다소리를 들으면서 비누칠을 하기 시작했다. 그의 입술이 닿았던 흔적조차도 지우기가 싫었다. 하지만 잠자리에 들기 위해선 어쩔 수 없는 일이었다. 끈적한 몸으로 잠자리에 들 순 없는 일이었다. 물이 살갗에 닿을 때마다 그녀는 신선한 쾌감을 느꼈다.

비누칠을 하면서 느껴지는 미끌거림이란 이루 말할 수 없는 쾌감이었다. 젖가슴을 어루만질 때와 계곡의 보드라운 살결을 어루만졌을 때가 가장 민감했다. 손가락에 묻은 비누칠로 살결을 어루만질 때마다 그녀의 알몸은 마치 찬 비를 맞을 때처럼 후두둑 떨어댔다.

비눗물을 씻어내리기 위해 그녀는 한쪽 다리를 욕조의 턱에 들어 올린 채, 샤워기를 갖다댔다. 계곡에 찬 물이 떨어지면서 또 다른 상쾌함을 느끼게 해주었다. 샤워기에서 뿜어져 나오는 물살이 꽃잎을 건드릴 때마다 그녀는 새로운 쾌감을 느끼는 듯했다. 그녀는 좀 더 가까이 샤워기를 갖다 대서는 오래도록 그 기분을 맛보았다.

"음……."

오랜 시간이 흘러갔지만 그녀에게는 지극히 짧은 시간인 것처럼 느껴졌다. 문 밖에서 그가 걸어오는 발소리가 들렸을 때에야 그녀는 겨우 정신을 차릴 수가 있었다.

"밖에 있어요?"

그녀의 말에 그는 문을 똑똑 두드렸다.

"네, 다 됐어요."

그녀는 밝게 대답하고는 얼른 샤워를 끝냈다. 곧 이어 그가 안으로 들어왔고, 그는 여전히 알몸이었다. 환한 전구 불빛에 드러난 그의 몸에는 죽어 있어야 할 남성이 빳빳이 선 채, 그녀를 똑바로 쳐다보고 있었다.

"……?"

그녀는 그것을 보며 웃었다. 마치 자신을 바라보며 성이 나 있는 것처럼 보여졌기 때문이었다.

"많이 기다렸어요?"

"아니."

그는 곧 그녀의 알몸을 부둥켜안았다. 그리곤 다시 애무하기 시작하는 것이었다. 젖가슴을 핥으며 점점 밑으로 내려가던 그는 결국 타일 바닥에다 무릎을 꿇고서는 하늘을 향해 쳐다보듯이 얼굴을 쳐들고는 그녀의 꽃잎에다 입술을 갖다댔다.

"아!……."

희자는 다시 눈을 감았다. 자신의 밑에서 혀로 핥아대는 그의 모습을 보자, 갑자기 현기증이 날만큼 어지러워지면서 가슴이 박차 오르고 있었다. 물기가 채 마르지 않은 그녀의 몸이었다. 그녀의 몸에서는 향긋한 샴푸 냄새와 비누 냄새가 동시에 났다.

종태는 그녀의 두 다리를 넓게 벌리면서 더욱 깊숙이 들어갔다. 계곡의 벌어진 틈바구니 속으로 혀를 깊이 집어넣었다. 그리고는 클라이밍을 하듯이 안쪽의 절벽을 타며 아슬아슬하게 핥아나갔다.

희자의 두 다리는 후들후들 떨리고 있었다. 그녀는 쓰러지려는 알몸뚱이를 지탱하기 위해 종태의 머리를 붙잡고서 겨우 서 있었다. 그녀의 손길을 의식한 종태는 더욱 거세게 그곳을 핥아댔다. 흥건하게 고이기 시작한 그곳은 종태의 입과 얼굴까지도 뒤범벅을 만들고 있었다.

"아아……."

희자는 몸을 비틀면서 몸부림을 쳐댔다. 어서 빨리 그가 어떻게 해주기를 바랐으나 그는 아직도 여전히 꽃잎 주위만을 서성이고 있었다. 머리를 잡아당겨 위로 끌어올렸지만 그는 꿈쩍도 하지 않았다.

"어서요. 어서요."

희자는 다급하게 그 말을 뱉어냈다.

"아냐. 이게 좋아. 조금만 참아."

종태는 그녀가 후들거리며 가까스로 서 있는 것이 보기 좋았다. 몸부림을 치면서 자신의 머리채를 붙잡은 채로 가벼운 신음소리를 내는 것도 듣기가 좋았다. 좀 더 그랬다가는 완전히 허물어져 버릴 것처럼 그녀는 절정감으로 치닫고 있었다.

희자는 자신도 모르게 한껏 벌린 다리 사이로 그를 내려다보았다. 밑을 내려다보는 것도 곧 넘어질 것처럼 아슬아슬했다. 그가 자신의 양쪽 허벅지를 붙잡은 채로 정성을 다해 혀끝으로 애무하는 장면이 다 보였다. 희자는 이를 악물었다. 잇사이로 참을 수 없는 가느다란 신음소리가 튀어나왔다.

"으…… 됐어요."

그녀는 마구 그를 끌어올렸다. 더 이상 참았다가는 폭발해버릴 것만 같은 심정이었다. 더 이상은 견딜 수가 없을 것만 같았다. 희자는 그가 위로 올라오지 않자, 제 스스로 몸을 낮춰 쪼그리고 앉았다. 그제서야 종태는 하던 동작을 멈추고는 희자를 쳐다보는 것이었다.

"어땠어요?"

종태의 목소리는 힘이 있어 보였다.

"좋아요. 근데……."

희자는 아직도 가쁜 듯이 말했다.

"근데 뭐지?"

종태가 물었다.

"너무 좋아서…… 못 참겠어요."

그 말을 하면서 희자는 종태의 목을 끌어안으며 입술을 갖다댔다. 그 바람에 종태는 그녀를 꽈악 끌어안으며 뒤로 눕혔다. 시원한 타일 바닥이었다.

"……."

희자는 반듯이 누운 채로 그가 어서 들어와 주기만을 바라고 있었다. 그녀의 안개에 쌓인 듯한 눈빛이 그랬다. 종태는 다시 그녀의 아랫도리를 핥았고, 희자는 금방 또 다시 뜨거워지고 있었다.

"아, 어서요."

희자의 목마른 듯한 목소리는 갈라져 나오고 있었다. 그제서야 종태는 그녀의 몸에 깊숙이 뿌리를 집어넣었다. 이미 흥건하도록 젖어 있는 그곳은 뿌리를 만나자마자, 빨아들일 듯이 쑤욱 안으로 들어갔다.

처음부터 종태는 인정사정없이 거세게 방아질을 쳐댔다. 살갗이 맞부딪쳐 튀는 소리를 냈다. 마치 큰 파도장이 바윗돌에 부딪치듯이 커다란 소리가 들렸다. 그 소리는 종태와 희자를 더욱 실감나게 만들었다. 한 번씩 부딪칠 때마다 희자는 입을 벌리며 행복에 겨워했다.

"아아……."

"……."

종태는 희자의 그런 표정을 읽는 게 좋았다. 얼굴 미간을 찌푸리며 어쩔 줄 몰라 하는 그녀의 그런 표정이 순진하게만 느껴졌다. 그럴수록 그는 더욱 거세게 몸뚱이를 쳐댔다.

위로 자꾸만 밀려 올라가는 그녀의 어깨를 꽉 누른 채로 잡아당기듯이 하면서 거세게 치받아댔다. 마치 절구라도 찧을 듯이 거센 그의 박력에 희자는 자지러지는 듯한 신음소리를 내고 있었다. 그녀가 내지르는 신음소리와 몸에서 들려오는 철썩거리는 소리는 묘하게도 한데 어우러져서 흥분을 배가시키고 있었다.

종태의 느낌은 한참이나 들어가는 것 같았다. 천천히 들어가다가 마지막 부분쯤에선 있는 힘을 다해 힘껏 치밀어 넣었다.

그 바람에 희자의 알몸뚱이는 놀란 듯이 움찔거렸고, 밑에서는 요란한 소릴 냈다. 흥건한 물이 계곡 주위로 솟아나와서 살갗의 마찰이 내는 소리였다.

이미 종태의 아랫도리도 흥건하게 젖어 있었다. 세게 치면 칠수록 더 많은 양의 물이 흘러나오는 것처럼 아랫도리는 흥건하게 젖어들고 있었다. 한 번 부딪치고는 끌어올리듯이 깊숙한 곳을 정점으로 해서 압박감을 가하며 위로 밀어올릴 때는 고여 있던 물로 인해 살갗과 살갗이 미끌거릴 정도였다.

안쪽으로 깊숙이 들어가 만나지는 희자의 그곳은 끝이 닿는 것만 같았다. 종태는 분명히 그걸 느낄 수가 있었다. 그는 분명히 자신의 끝이 그녀의 안쪽에 닿는 것을 느꼈다. 닿을 때마다 가벼운 흥분이 새삼스럽게 일어나곤 했다. 그녀의 안쪽에 닿는다는 것은 매우 기분 좋은 일이었다.

얼마나 시간이 지났을까.

무릎이 얼얼할 정도였을 때, 종태는 두 다리를 쭈욱 펴며 온몸의 힘을 아랫도리로 끌어모았다. 그리곤 이내 사정을 했다. 뜨거운 기운을 내뿜으면서 종태는 희자의 어깨를 힘껏 끌어당겨 옥죄었다. 그녀의 어깨가 부서지도록 맹렬하게 옥죈 그는 있는 힘을 다해 정액을 토해냈다.

“아…….”

이번엔 종태의 입에서 무거운 탄성이 터져 나왔다.

"아아……."

희자 역시 그랬다. 그를 부둥켜안은 채, 꼼짝도 하지 못하게 했다. 그리고 조용해졌다. 그들은 서로를 꽉 껴안은 채로 휴식을 취하고 있었다. 그것이 곧 후희였다. 서로의 살갗이 맞닿아 있는 것만으로도 충분했다. 아랫도리는 그녀가 흘린 분비물과 더불어 정액이 흥건하게 고여 나왔다.

종태는 손으로 그것들을 훔쳐냈다. 손바닥에 가득 고인 물들을 보자, 마음이 기뻤다. 그는 손바닥을 펴보였다. 희자는 그걸 보면서 눈을 감았다. 사랑의 깊이를 느낄 수 있는 체액이었다. 절로 마음이 즐거워지는 그녀였다.

종태와 희자는 가까스로 몸을 떼고는 서로의 몸을 씻어주었다. 그리고는 거실로 나와 시원한 주스를 마셨다. 거실로 바닷바람이 들어왔다. 나른한 봄바람이었다. 약간 비릿한 듯하면서도 쾌청한 바람끼였다. 바닷바람 속에 소금끼가 들어 있어서일까. 아니면 섹스가 끝난 뒤의 개운함 때문이었을까. 그들은 곧 침실로 들어왔다. 스탠드의 불빛만 켜놓은 채, 그들은 나란히 누워 서로를 끌어안았다. 다시 입맞춤이 시작되었고, 알몸을 더듬는 종태의 손길을 느끼며 희자는 나직이 말을 건넸다.

"전, 지금 이 세상의 어느 누구보다도 행복해요. 당신만 곁에 있으면……."

"……."

종태는 그녀의 입술에 키스를 해주었다. 그녀가 종태의 뒷머리를 붙잡았다가 놓아주었다.

"잘 자요, 여보."

"으응, 잘 자요."

종태는 다시 희자의 입술에 키스를 해주고는 반듯이 누웠다. 희미한 스탠드의 불빛 아래 방 안이 조용해졌다. 바람이 부는 소리가 들리고, 파도소리가 들려왔다. 그 사이로 나직이 내리는 빗소리가 들리는 듯했다.

"어머, 비가 오나 봐요."

희자가 창문을 바라보며 말하자, 종태도 창문 쪽을 바라보는 것이었다. 그때, 창문 쪽이 환하게 밝아지면서 번쩍, 하고 천둥치는 소리가 들렸다. 방 안이 갑자기 밝아졌다가 곧 어두워졌다.

"비가 올 모양이야."

종태가 중얼거렸다.

"네. 잠이 잘 올 것 같아요. 자요."

"……."

종태는 스르륵 눈을 감았다. 곧 잠에 빠져들 것만 같았다. 옆에 누운 희자가 아직 잠이 들지 않고 있다는 것을 어렴풋이 느끼며 그는 깊은 잠 속으로 빠져들었다.

04

바닷바람

맑은 아침이었다. 간밤에 내린 비로 더욱 청명해진 하늘은 쪽빛이었다. 구름 한 점 없이 끝간 데 없이 푸른 하늘과 바다는 맞닿아 있는 것 같은 착각을 불러일으켰다.

새벽녘부터 출어하면서 내는 낡은 배 엔진소리가 툴툴거리며 들려왔지만 잠을 깨우기보다는 더욱 곤하게 만들었다. 새벽녘에 눈을 뜬 종태는 아직 잠에 빠져 있는 희자의 젖가슴을 어루만지며 누워 있었다. 작고 동그란 젖가슴이 살아 숨쉬고 있는 게 무척이나 부드럽게 만져졌다.

그는 곧 희자의 잠옷 속으로 손을 집어넣어 젖꼭지 주변을 어루만졌다. 점점 일어서기 시작하는 젖꼭지는 마치 깨어 있는 듯했다. 그리고 나중에 그녀가 눈을 떴을 땐, 이미 종태의 아랫도리는 뻣뻣하게 치솟아 있었다. 마치 바짓가랑이를 뚫어버릴 것처럼 팽팽해진 종태는 잠이 깬 희자의 입술에 키스를 해주고는 잠옷 치마를 걷어올리며 손을 팬티 속으로 밀어 넣었다.

"또요?"

희자는 빙긋 웃으면서 말을 했다.

"섰는 걸. 배가 나가는 소리에 잠이 깼어."

"자꾸, 너무 자주 하면 몸이 상하잖아요?"

그녀는 종태를 생각해서 한 말이었다. 조금 쑥스러운 말이었으나 이미 부부가 된 마당에 그리 부끄러워할 것까진 없다고 생각했다.

"그건 괜찮아. 난 좋은걸 뭐."

그의 손이 계곡 주위를 빙빙 돌면서 점점 안으로 들어왔다. 이미 촉촉이 젖어 있는 그녀의 계곡에선 어서 들어오라는 듯이 재촉하고 있었다. 이미 젖어 있었다. 그의 손길은 미끄러운 물기로 인해 부드러워지고 있었다.

"아……."

그녀는 자신의 꽃잎을 벌리며 이쪽과 저쪽을 번갈아가며 어루만지는 그의 손길을 느꼈다. 다리를 오므리며 그의 손을 붙잡았지만 그건 어디까지나 형식적인 것이었을 뿐이었다. 그녀는 점점 달아오르는 아침나절의 성욕을 주체할 수가 없었다. 이미 자신은 물 위에 띄워진 종이배였다. 그의 손길이 닿는 대로 이리저리 표류하고 있는 듯했다.

그녀가 눈을 뜨고는 그를 쳐다보았다.

“그렇게 해도 좋아요?”

“그럼. 자꾸 당신을 껴안고 싶어 죽겠는 걸. 당신은 안 그래?”

그가 되물어왔다.

“저도 그래요. 그렇지만 당신 몸이…….”

“그건 걱정마. 난 운동으로 단련된 몸이잖아. 그 정도 해서 몸이 축날 정돈 아니지. 이건 일종의 운동이야. 다리 좀 벌려봐.”

종태가 시키는대로 그녀는 다리를 벌려주었다. 그의 손이 좀 더 안으로 들어왔다. 계곡 사이를 비집으며 그 안쪽의 질벽을 건드렸다. 아련한 느낌이 그곳으로부터 위로 올라오는 듯했다.

“…….”

희자는 그에게 온몸을 내맡긴 채, 그가 하는 대로 내버려두고 있었다. 그의 손길은 언제나 뭉툭하고 거칠은 듯했다. 그렇지만 싫지 않은 손길이었다. 매우 감미롭고 황홀한 느낌을 주는 그런 손이었다.

그는 손가락을 그 안으로 집어넣어 얇디얇은 부분을 어루만지면서 입술을 찾아 혀를 내밀었다. 희자는 그의 혀를 받아 세게 빨아들이고 있었다. 그의 가슴을 좀 더 가까이 끌어당기듯이 끌어안았다.

아침은 성욕을 일으키기에 안성맞춤인 그런 시간이었다. 그가 그러는 것도, 희자가 지금 느끼는 것도 역시 그랬다. 이른 아침의 맑은 성욕 때문에서인지 더욱 애절해지는 건지도 몰랐다.

희자는 그가 하는 대로 내버려두면서 가끔씩은 그녀가 먼저 나서기도 했다. 종태가 희자의 발밑으로 거꾸로 누운 채로 애무를 하고 있으면, 희자는 희자 대로 종태의 아랫도리를 애무했다. 말하자면, 서로 반대인 방향으로 비스듬히 누운 채, 서로의 그것을 애무하는 방법이었다. 그건 누가 가르쳐줘서 그렇게 한 것이 아니라, 자연히 눈앞에 보여지는 것을 입으로 애무했을 뿐이었다. 서로 사랑하는 사이에서는 누가 먼저랄 것도 없이, 그저 상대방이 좋아하는 포즈를 취하면서 즐길 뿐이었다.

그는 역시 힘이 있는 남자였다. 어려서부터 조직세계에서 몸이 단련되어서인지 어젯밤의 길고 긴 섹스가 끝나고서 불과 몇 시간이 지나지 않아 또 다시 희자를 점령하려드는 그였다.

희자는 그의 튼튼한 것을 입에 물었다. 그리고는 삽입했을 때와 똑같이 움직여댔다. 점점 부풀어오르며 커지는 그것이 신기하게만 느껴졌다. 해면체의 물렁물렁한 그것이 검붉게 변하면서 딱딱해지는 것이었다. 마치 풍선처럼 불어난 그것은 금세라도 공격할 것처럼 전의를 갖추고 있었다.

이번에는 종태가 뒤에서 희자를 공격하는 것이었다. 다리를 넓게 벌린 채, 윗몸을 잔뜩 앞으로 구부린 희자는 침대 시트를 거머쥐고서는 납작하게 엎드렸다. 그 뒤로 종태의 튼튼한 뿌리가 계곡 속으로 들어왔다. 침대의 출렁거리는 탄력을 받아 한 번씩 들이칠 때마다 희자는 침대 위를 꼬옥 붙잡아야만 했다.

그의 뿌리가 들쑥날쑥하는 것이 다 보였다. 들어왔다가 빠져나갔다가 하는 동안, 희자는 자신의 엉덩이를 어루만지고 있는 그의 손길을 느꼈다. 잡아당길 듯이 엉덩이 부분을 움켜쥐고서는 힘껏 치받는 것이었다.

희자는 다리에 힘을 주면서 침대 바닥에다 고정시키려고 애썼지만 그게 마음대로 되지 않았다. 그의 움직임이 그대로 놔두질 않았다. 자꾸만 허물어져 내리려고만 그랬다. 점점 아래쪽으로 내려앉으면서 배가 닿았다. 희자는 엉덩이만 겨우 치켜든 상태였다. 이번엔 그가 위에서 비스듬히 찍어 누르듯이 떡방아를 쳐댔다.

"아아……."

희자는 가느다란 신음소리를 냈다. 그가 위에서 내려치면 침대에 납작 엎드려졌다가 다시 힘을 추켜세웠다. 그가 공격해올 때마다 여지없이 무너지는 그녀였다. 그럴 때마다 몸속에 숨어 있던 잘디 잔 쾌감들이 먼지가 풀썩풀썩 날아오르는 것처럼 온몸을 휘감는 것이었다.

그녀는 어떻게든 그를 끌어안으려고 애썼다. 아무리 세게 붙잡아도 그의 아랫도리는 멈추질 않았다. 종태 역시 희자를 거세게 끌어안았다. 숨이 막힐 듯했다. 희자는 계속적으로 움직이고 있는 그의 묵직한 아랫도리를 느끼면서 기쁜 숨을 몰아쉬었다. 아침나절의 황홀한 섹스였다.

부서질 듯했다. 거세게 몰아붙이는 그의 아랫도리의 힘에 짓눌려 그녀는 버둥거렸다. 그럴수록 그녀는 더욱 힘을 주어 그를 끌어안았다.

"사랑해요."

"……."

희자는 목소리는 완전히 젖어 있었다. 물이 뚝뚝 듣을 만큼 축축했으나 그는 아직도 끝나지 않은 섹스에 몰두하고 있는 중이었다. 희자의 일거수일투족, 얼굴을 찌푸리거나, 몸을 비트는 것도 그에겐 일종의 쾌감을 불러일으키는 것이었다.

그가 연발적으로 거세게 아랫도리를 부딪치며 나왔다. 아마 사정이 임박한 모양이었다. 희자는 있는 힘을 다해 그를 끌어안았다. 쾌감의 절정이 가까워지자, 더 이상 참을 수 없었던 것이었다.

"아……."

그의 몸동작이 뚝 멈추어졌다. 곧 이어 그의 몸에서 뜨거운 것이 흘러나왔다. 그녀의 몸속으로 뜨거운 물이 들어오면서 희자는 나른한 행복을 느꼈다. 이 세상의 그 어떤 것보다도 더욱 황홀한 행복감이었다. 그녀는 몸을 부르르 떨었다.

"사랑해요. 당신만 사랑해."

그녀는 이마에 땀방울 매달고 있는 그를 향해 나직이 속삭였다. 그리고 그의 입술에다 키스를 해주었다. 그녀의 얼굴에 그의 땀방울이 떨어졌다.

"나도 당신밖엔 없어."

종태의 말이었다.

그녀는 그 말을 들으면서 마치 꿈결을 헤매고 있는 듯한 착각에 빠졌다. 갑자기 현기증이 나면서 머릿속이 울렁거렸다. 그만큼 듣고 싶었던 말이기도 했다. 황홀했다. 그녀의 눈에서 눈물이 주르르 흘러내렸다.

"……."

그가 입술로 그녀의 눈물을 닦아내주었다. 부드러운 혀끝이 그녀의 눈시울을 적셔대자, 그녀는 다시 한 번 몸을 떨어댔다.

아침의 긴 섹스였다. 종태와 희자는 아침결의 섹스를 끝내고 나서 대충 세수만 하고는 바닷가로 걸어 나왔다. 눈부신 파도가 달려오는 게 보였으며, 햇빛이 바다 위 수면에서 산산이 부서지면서 유리알처럼 맑았다. 맑고 부드러운 공기였다. 그들은 바닷가를 거닐면서 햇빛과 공기를 듬뿍 받았다.

"이렇게 사는 게 꿈만 같아요."

희자는 걸으면서 멀리 수평선을 내다보며 말했다. 수평선상에는 새벽녘에 나간 고깃배들이 떠 있는 게 보였다.

"우린 오래오래 이렇게 살다 갈 거야. 희자는 내 색시고. 난 희자의 남편이야. 그렇지?"

종태는 그 말을 하면서 그 자리에서 희자를 돌려세워서 끌어안았다. 그녀는 그의 가슴에 안긴 채로 속삭였다.

"네, 맞아요. 이런 행복을 누가 뺏어 갈까봐 겁나요. 난 당신만 있으면 돼요. 더 이상 바랄 게 없는 걸요. 꼭 바라는 게 있다면……."

"……?"

종태는 물끄러미 그녀를 내려다보았다. 그녀의 또렷한 이목구비가 한 눈에 들어왔다. 짙은 눈썹이며, 오뚝한 코가 윤곽을 또렷하게 그려내고 있었다. 어딘지 모르게 우수에 젖은 듯한 얼굴 조화에 다시금 애절함을 느끼는 그였다.

"뭔지 말아요?"

그녀가 웃으면서 고개를 쳐들고는 쳐다보았다.

"뭔데?"

종태는 웃어보였다. 그러면서 그녀를 꼬옥 끌어안았다가 조금 풀어주었다.

"당신, 아이요. 남자면 좋겠어요. 당신과 똑같이 닮은…… 고추까지도 닮았으면 좋겠어요. 병원에 데려가 포경수술까지 해주고 싶어요."

희자의 그 말에 종태는 내심 마음이 기뻤다. 모든 걸 자신을 닮기를 바라는 희자의 염원을 알 수 있을 것만 같았다. 그리고 아이의 고추까지도 닮았으면 좋겠다는 말에 더없이 기쁘게 했다. 그녀가 아이를 안고 가서 병원에서 포경수술을 시키고 싶다는 말까지도 듣기가 좋았다.

"그래, 그래요. 나도 당신을 닮은 딸아이를 낳았으면 싶어. 당신을 꼭 닮은. 눈도 당신을 닮고, 코도 당신을 닮은 딸 말이야. 그러면 매일 바닷가에 데리고 나가 같이 놀다가 들어왔으면 좋겠어. 그러면 당신은 집 안에서 맛있는 반찬을 만들어놓고 기다리고 있고…… 우리가 늦게 들어오면 당신은 기다리다가 바닷가로 데리고 나오겠지. 그러면 우리 셋이서 바닷가를 거닐고…… 어때? 좋겠지?"

종태는 희자의 턱을 어루만져주며 말했다. 희자가 고개를 끄덕였다.

"네, 그래요. 빨리 아이를 낳았으면 좋겠어요. 너무너무 갖고 싶어요."

희자는 꿈에 부푼 듯이 말을 했다. 바다 쪽을 바라보는 그녀의 눈빛이 아련하게 젖어들고 있었다. 종태는 그녀의 볼에다 키스를 해주었다. 그리고는 그녀를 포옥 감싸안은 채, 걷기 시작했다.

"곧 생기겠지. 당신이 건강해야 돼. 난 건장하니까."

"네, 신경 쓰고 있어요."

그녀의 눈빛은 아침 햇살을 받아 반짝거렸다.

바닷물이 발밑에서 찰랑거렸다. 모래톱을 핥느라 밀려왔다가 멀어지는 파도를 피해 그들은 최대한 바다 가까이에서 걸어갔다. 모래가 젖어 있었으므로 발걸음을 옮길 때마다 발밑의 감촉이 부드럽게 느껴졌다.

아침의 바닷바람은 정말 시원스러웠다.

마치 비단결 같은 부드러움 을 품고 있었다. 그러면서도 강인한 듯한 소금끼가 느껴지는 그런 바람이었다. 강인함과 부드러움을 함께 공유한 듯한 것이 바로 바닷가의 봄바람이었다.

바닷바람을 쐬고 돌아오니 마음이 한결 즐거워졌다. 희자는 서둘러 아침상을 차렸다. 그와 나란히 앉아 아침밥을 먹으면서 창밖을 바다를 내다본다는 것은 정말 기분 좋은 일이었다.

"바다가 참 푸른 빛깔이에요, 그렇죠?"

희자의 그 말에 종태는 밥을 먹다 말고 바다를 바라보았다. 푸른 수평선이 유리알처럼 맑게 보였다. 긴 백사장 너머로 바다가 보였다. 바다와 백사장의 전체적인 조화가 잘 어울린다는 생각이 들었다. 그런 바다와 백사장을 보고 있노라면 절로 마음이 가벼워지는 듯했다.

"그래. 봄바다는 유난히 더 푸른 것 같네."

종태의 말이었다. 종태는 바다를 유심히 바라보고 있었다. 바람이 조용한지 잔잔한 파도가 밀려오고 있었다.

봄날의 바다는 한가롭기 그지없었다. 바다를 보고 있으면 언제까지나 그대로 앉아 있고 싶은 욕망이 생길 정도였다. 나른하면서도 포근한 듯한 봄기운이 몸속으로 스며들면서 편안하게 해주는 무엇이 있는 듯했다.

아침을 먹고 나서 종태는 거실에서 공기총을 꺼냈다. 단발 윈스턴 공기총이었다. 간단히 총구 청소를 하고는 다시 총집에다 집어넣으며 희자한테 말했다.

"사냥이나 갈까?"

"어디로요?"

희자가 마악 설거지를 끝내고 나서 소파로 다가와서 앉았다.

"아무 데로나. 산이면 다 되는 거지 뭐. 꿩이나 토끼나 잡으러 갈까."

종태의 말에 희자는 얼굴을 찌푸렸다.

"왜요? 싫어?"

종태가 웃으며 묻자,

"전 동물을 죽이는 건 싫어요. 그걸 어떻게 봐요?"

희자는 약간 무서운 듯한 표정을 지으며 고개를 흔들었다.

"그럼 나 혼자 갔다 올까? 저녁엔 꿩이나 토끼로 포식이나 하는 거지. 그거 얼마나 맛있다고. 맛이 담백한 게 닭이나 오리하곤 맛이 전혀 틀려. 아마 당신이 먹어보면 매우 좋아할 거야."

"그래요? 그렇게 맛있어요?"

희자는 자신을 위해 사냥을 나가겠다는 종태의 의중을 읽어내고 있었다. 그렇게 자신을 생각해주는 종태의 마음이 고맙게 느껴졌다.

"그으럼. 그거 먹다가 한 사람이 죽어도 모를 정도일 걸. 하하하."

"그 정도로 맛있어요? 그럼 갔다 와요. 나도 따라가고 싶지만 짐승이 죽는 장면을 보는 건 끔찍해서 싫어요."

희자는 마치 눈앞에서 그러한 것을 보기라도 하듯이 끔찍스러운 표정을 지었다.

"……."

종태는 그녀가 왜 그러는지를 처음엔 몰랐다가 나중에서야 알만했다. 그녀가 정부를 마취 주사기로 살인을 했다는 것이 문득 생각나서였다. 분명 그녀는 그때의 일을 떠올리고 있는지도 몰랐다.

"……."

희자는 종태를 쳐다보고 있었다. 그 눈빛이 점점 애처롭게 변해가고 있었다. 아마도 가지 말았으면 하는 그런 눈빛이었다.

"가지 말까, 그럼?"

무심코 중얼거린 말이었다.

"아뇨. 가지 말라고 그런 건 아니고요. 다만 그런 거 보기가 싫어서일 뿐이에요. 짐승이나 사람이나 죽을 때의 모습이란 너무…… 영등포 구치소에 있을 때, 옆방에 있던 여자 사형수가 있었어요. 매일 나한테 물 좀 달라고 그랬는데, 눈빛이 차암 이상했어요. 어딘가 모르게 정신이 나가버린 것처럼 공허한 눈빛이었어요. 침착하려고 애쓰는 눈빛이 분명한데도, 어딘지 모르게 그 여자는 항상 불안한 눈빛이었어요."

"……."

종태는 가만히 듣고만 있었다.

"사형을 기다리는 사람의 마음을 알겠더라고요. 죽음을 앞둔 사람의 초조함이 어딘가 모르게 드러나는 것 같았어요. 어떤 땐, 비가 오는 날, 혼자 우는 것도 봤어요. 그리고 새벽 일찍 일어나 방 안을 초조하게 왔다갔다 하는 것도 다 언제 불러낼 지 모르는 사형수의 마음이잖아요. 그래서 전……."

희자는 말끝을 흐렸다.

하긴 그랬다. 종태도 누구못지 않게 그런 걸 잘 알고 있었다. 폭력세계에 몸을 담은 이래로 언제 어디서, 누가 먼저 칼날을 날려보낼지 모르는 불안한 생활의 연속이었다. 조직을 일으켜 세우기 위해선 사람의 목숨쯤이야 파리 목숨 만큼 가볍게 여기는 그들이었다.

내가 살기 위해선 먼저 남의 목을 쳐야 한다는 것이 조직의 생리였고 자신의 안전수칙이었다.

사람을 살상한다는 것이 왜 심사숙고한 일이 아니었겠는가. 종태 역시 칼날을 뽑아들기까지엔 많은 결심이 필요했던 것이다. 죽여야 하는가, 아니면 아킬레스건을 잘라놓는 것으로 만족할 것인가 하고 망설이게 마련이었다. 어차피 칼을 뽑았을 때엔 그 뒤에 일어날 일들까지 고려하지 않을 수가 없었다.

뺑끼통에 들어가서 몇 년 살아야 할 것이라는 것과, 잘못 돼서 상대방이 죽었을 때엔 넥타이공장으로 가서 교수형에 처해져야 한다는 것도 잘 알고 있는 그였다. 피를 봤으면, 자신에게도 피의 대가가 뒤따른다는 걸 모르는 종태가 아니었다.

희자가 그런 말을 하는 것도 이해가 되었다. 영등포 구치소에 있으면서 재판을 받는 동안 내내 양손에 수갑을 차고 있었던 그녀가 아니었던가. 살인을 한 사람에게 으레 재판이 확정이 확정될 때까지 수갑을 채우는 게 그곳의 규율이었다.

그렇게 하는 것은 만에 하나 중형에 대한 불안감을 이기지 못해 스스로 창틀에다 목을 매달고 자살하는 것을 방지하기 위함이었다. 그리고 다른 이유로는 사형이나 중형을 받을만한 그런 사람들은 신경이 꽤나 날카롭게 곤두서 있어서 다른 재소자들을 위해할 소지도 있었기 때문이었다. 자포자기하는 사람이 무슨 짓인들 하지 못할 것인가.

24시가 하루 종일 수갑을 차보지 않은 사람은 그러한 심정을 모른다. 밥을 먹을 때도 개밥을 먹는 것처럼 마룻바닥에 밥그릇을 놓아두고서 목을 최대한 구부려서 입으로만 밥을 먹을 수가 있었고, 뺑끼통에 들어가서도 뒤처리를 하려면 여간 불편한 것이 아니었다. 옷을 내리는 데만도 한참이나 시간이 걸렸다. 앞으로 수갑이 채워진 손으로 옷을 끄르고, 옷을 내리고 나서 용변을 보면, 다시 뒤를 닦는 데만 해도 시간이 많이 걸렸다. 그리고 다시 옷을 추스려 입는 데에도 수갑이 철그렁거리도록 한참이나 씨름을 해야 했다.

그것뿐인가? 밤에 잠을 잘 때에도 수갑을 차고 있어 항상 웅크린 자세로 잠을 자야 했고, 일어나려면 몸을 이리저리 굴려가면서 가까스로 일어날 수가 있었다. 그러니 자연 수갑을 찬 사형수들은 옷을 입은 채로 잠을 자게 마련이었다. 옷을 하나라도 덜 벗고, 덜 입기 위해선 입고 자는 것이 편했던 것이다.

남자들보다 여자들이 더욱 불편한 건 사실이었다.

희자 같은 경우만 하더라도, 한 달에 한 번 있는 생리날이 되면, 신경이 온통 날카로워지고, 패드를 갈아끼우기 위해선 여간 고역이 아니었다. 다른 재소자들한테 좀 해달라고 부탁해도 될 일이었지만 희자는 그렇게 남한테 폐를 끼치는 것도 좋게 생각하지 않았다.

그런 고생과 좌절을 맛본 희자로서는 사형수의 심정을 알고 있었다. 그런 고통이란 순전히 육체적인 고통에 불과했겠지만, 정신적으로 감당할 수 없는 사형의 무거운 중압감으로부터는 헤어날 수가 없는 것이었다. 어떻게 하다가 이런 고통을 당해야 하며, 극악무도한 죄인에게나 가해지는 사형의 오랏줄을 목에다 걸어야 하는가 하고 자문하기 시작하면 한도 끝도 없었다.

자신에 대한 자괴감으로 목을 매다는 사람들이 있었다. 그들은 자신이 죄인이라는 것을 깨닫는 순간부터 살고 싶지 않기 때문이었다. 죽어서라도 속죄하고 싶은 마음과, 사형장의 교수형에 처해져서 목줄에 대롱대롱 매달려 죽어가는 자신이 무서워서였다.

누구라도 사람들은 사형장으로 불려 나가는 것이 가장 두려운 일인 것처럼 생각되었다. 그것도 이른 새벽에 소장이나 보안과장의 면담이라면서 뻔한 거짓말에 속으면서 새벽이슬이 내린 길을 걸어 사형장 안으로 들어가야 한다는 것은 정말 죽는 그 순간보다도 더 캄캄한 불안일 수 있었다.

대개 사형수들은 새벽 일찌감치 불려나가 걸어가는 동안, 양쪽 날갯죽지를 꼼짝 못하도록 움켜잡은 교도관들에 의해 발버둥을 치며 울부짖었다. 새벽의 조용한 시간에 짐승의 고통스런 울음소리 같은 괴음을 내며 울부짖는 자신을 상상한다면 차마 사형보다는 차라리 자신의 목숨을 스스로 끊어버리는 것이 더 행복하다고 생각하는 그들이었다.

대개 사형장은 교도소의 귀퉁이 진 곳에 허름하게 나무로 지어져 있었다. 그곳을 발견한 순간, 사형수들은 땅바닥에 발이 딱 붙어버려서 꼼짝도 하지 않았다. 더 이상은 도저히 발걸음을 옮겨놓을 수가 없었다. 차라리 죽이고서 데려갔으면 갔지, 제 스스로 발걸음을 옮겨 놓을 수가 없었다. 그래서 새벽이면 사형수와 교도관들의 실랑이가 시작되고, 사형수의 아우성치며 우는 울부짖음을 들으며 재소자들은 선잠에서 깨어나 눈시울을 붉히기 일쑤였다.

또 한 생명이 오랏줄에 묶여 저 세상으로 가는구나, 하고 숙연해지기 일쑤였다. 그만큼 사형이란 제도는 사람을 숙연하게 만드는 것이었다. 아무리 죄인이라고 할지라도 사람이 사람을 사형시킨다는 것은 도저히 납득이 되지 않았다. 법이란 게 무엇이고, 사람이 사람을 사형시킨다는 것은 또 무엇인가. 전쟁에서 사람과 사람이 싸우다가 죽이는 것은 그래도 이해가 될 수 있지만, 죄를 지은 사람의 목에다 강제로 오랏줄을 걸고, 방심한 순간에 순간적으로 스위치를 내려 사형수가 서 있는 마룻바닥이 덜컹, 하고 내려앉으면서 목이 대롱대롱 걸려서 죽게 하는 방법은 그야말로 끔찍한 것이었다.

희자는 그런 방법으로 사람을 사형시킨다는 것을 들어서 알고 있었다. 그 고통을 이겨내려고 열심히 하나님을 찾았던 그녀였다. 죽음에 대한 공포로부터 헤어나려고 더욱 열심히 기독교를 믿었던 것이었다. 그럼으로써 조금이나마 위안을 얻고 싶었던 것이었다.

종태는 지금 그녀의 심정을 알만했다. 한 여자가 겪었을 정신적인 고통에 대해서. 그리고 지금 행복을 되찾은 그녀가 다시 새삼스러이 그때의 장면을 회상한다는 것이 미안스러울 따름이었다. 괜히 사냥을 가겠다고 해서 그녀의 마음에 그늘을 만들어준 것만 같았다.

“가지 말까…….”

종태는 그 말을 하면서 소파 뒤로 기댔다. 거실 창밖으로 푸른 바다가 한눈에 다 들어왔다. 바닷가로 산책이나 나갔다가 왔으면 하는 마음이었다.

“왜요? 아깐 사냥을 가시겠다고 하구선.”

희자는 다소 안심이 되는 듯한 표정으로 종태를 쳐다봤다.

“으응, 그냥 바닷가나 한 번 나갔다가 올까?”

“답답하죠? 맨날 집에만 있으니까…….”

“응, 그렇군. 하는 일 없이 가만히 있기만 하니까 그래. 바닷가에나 갔다 오지 뭐.”

그는 곧 일어섰다. 그리고는 밖으로 나갈 채비를 했다.

“저도 가요?”

희자가 일어서면서 물었다.

"할 일이 없으면 같이 가고."

"저야 뭐, 할 일이야 많죠. 집안 청소도 하고, 아침 먹은 설거지도 남아 있으니까요. 저도 같이 가요?"

희자는 그가 원한다면 같이 따라나서겠다는 표현이었다.

"할 일이 있다면서? 나 혼자 그냥 갔다가 올까? 아니면 차를 몰고 해안가를 따라 드라이브나 하다가 올까?"

종태는 딱히 자신이 하고자 하는 걸 결정짓지 못하고 있었다. 한가로움을 잊기 위해서 무언가 할 일을 찾고 있을 뿐이었다.

"그럼, 양양 읍내엘 다녀오세요. 차를 가져가신다면요."

희자가 반색을 하며 말했다.

"왜?"

"오늘 저녁엔 맛있는 저녁을 만들어 드릴게요. 양양에 가서 당신이 좋아하는 잡채를 만드는 재료를 좀 사다줘요. 당면이란, 고기랑, 당근이랑, 시금치도요. 그리고 와인이나 포도주도 좋고요."

"술도?"

종태는 의아해서 물었다.

"네. 그것도 있으면 좋을 거 같아요. 모처럼만에 둘이 앉아서 바다를 바라보며 마시고 싶은 걸요. 알았죠?"

희자는 환하게 웃었다.

"그러지. 나도 술을 오랫동안 안 마셨군. 좀 많이 사다 놓을까?"

종태의 말에 희자는 펄쩍 뛰었다.

"안 돼요. 그건. 당신 술 마시기 시작하면 또…… 그래선 안 돼요."

희자는 한쪽 눈을 찡긋이며 말을 했다.

"왜? 내가 술을 마시면 사고라도 칠까봐? 하하하. 여긴 따로 외따로 떨어진 곳이야. 누가 시비를 걸어올 사람도 없고, 술을 마셔봐야 어디 갈 데가 있어야지. 오로지 당신밖에 더 있어? 안 그래요, 여보?"

종태는 그 말을 하면서 크게 웃어젖혔다.

"아녜요. 그런 뜻이 아니라…… 난 당신이 술을 마시는 건 싫어요. 그저 나랑 같이 있는 게 좋아요. 내가 없으면 또 모르겠지만…… 알아요? 제 말?"

희자는 어떻게든 그가 술을 마시는 건 말릴 생각이었다. 조직세계에 있으면서 가졌던 버릇들은 그것이 좋은 것이든, 나쁜 것이든지 간에 무엇이든지 깡그리 버렸으면 했다. 그리고 다시 새 출발하는 마음으로 결혼 생활에 임했으면 하고 바랬다.

그가 다시 조직세계로 빠져 들어가는 걸 원치 않았던 것이다. 만일 그가 그런 세계와 다시 연을 맺는다면 목숨을 걸고서라도 희자는 말리고 싶은 마음뿐이었다. 이미 종태는 조직세계에서 손을 씻고 완전히 떠나왔지만 희자의 마음속에는 일종의 불안감으로 남아 있었다.

"알았죠? 와인이나 포도주 외엔 절대 안 돼요?"

희자는 마치 다짐이라도 받듯 그렇게 물었다.

"알았어. 나도 술을 끊은 지 오래 됐어요. 봐, 내가 언제 술을 마시는 거 봤어?"

종태는 자신이 이때까지 술에 취한 적이 한 번도 없었음을 상기시키면서 당당하게 말을 하고 있었다.

"그래요. 당신은 내 소중한 남편이에요. 이제부턴 제 말도 들어야 해요. 술은 둘이 같이 마셔요. 난 와인이나 포도주 외엔 아무것도 안 마셔요."

그렇게 말을 하는 희자가 귀엽게 보였다. 종태는 자신을 생각해주는 희자의 그러한 말이 마음에 와 닿았다. 희자는 일부러 종태와 같이 마시지 않으면 안 마신다는 말을 했고, 그것도 와인이나 포도주만 마실 거라는 말을 했다. 그것은 곧 종태에게 술을 마시지 말라는 말이나 마찬가지였다.

"아, 알았어, 알았어요."

그러면서 종태는 웃어보였다. 그리고는 겉옷을 걸치고는 일어섰다.

"이거 보고 그대로 사 오세요."

그녀가 내민 쪽지에는 잡채를 만들 재료들과 와인이나 포도주, 그리고 음료수 이름이 씌어져 있었다. 적힌 대로 사 오라는 희자의 주문에 종태는 알았다는 듯이 고개를 끄덕이고는 거실 밖으로 나왔다.

"나 뽀뽀 해줘요."

바깥에까지 따라나온 희자가 볼을 내밀자, 종태는 잊었다는 듯이 그녀의 볼에다 입술을 갖다댔다.

"잘 다녀와요. 조심하고요."

희자는 짚차에 올라타는 그를 바라보며 말했다. 종태가 다시 고개를 끄덕여주었다. 그리고는 키를 돌려 시동을 걸었다.

"……."

희자는 종태가 차에 올라타고 앉아 있는 걸 지켜보면서 내심 흐뭇했다. 짚차에 올라탄 그가 더없이 믿음직스러워 보였기 때문이었다.

종태는 차를 출발시키면서 다시 한 번 손을 흔들어 보이고는 대문을 빠져나갔다. 희자는 송림 사이의 작은 길을 빠져나가는 짚차를 한참동안이나 지켜보고 서 있다가 거실로 돌아왔다.

창문을 활짝 열어 바닷바람이 들어오도록 했다. 그리고 환기가 되게 욕실의 조그만 창문도 열어놓았다. 이내 거실로 시원한 바람이 들어왔다. 희자는 소피로 가서 앉았다. 창밖으로 햇빛을 받은 새하얀 바다가 보였다. 갈매기들이 나지막이 떠서 날아다니는 게 무척 한가로이 보였다.

희자는 설거지나 집안 청소를 하기 전에 이렇게 앉아서 바다를 바라보는 게 무엇보다 기분 좋았다. 아침나절의 여유라고나 할까. 우선 마음이 편해져서 좋았다. 무한한 꿈을 주는 듯한 바다를 보고 있노라면 절로 행복감에 빠져 들었다. 그와 같이 어젯밤을 지샜구나, 하는 만족감이 일어나는 것이었다.

희자는 아직까지도 악몽처럼 영등포 구치소에서의 생활이 문득문득 기억나는 것이었다. 그래서 이렇게 살아가는 행복이 마치 타인의 행복인 것처럼 낯설어질 때가 있었다. 자신은 마치 낯선 타인의 행복에 그저 동참하고만 있는 그런 존재인 것처럼 느껴지는 것이었다.

그럴 때마다 희자는 무서운 생각이 들었다. 자신이 누리고 있는 이 행복이 순식간에 깨어져버릴 지도 모른다는 불안감 같은 것이었다.

그녀는 바다를 바라보면서 다소 위안을 얻곤 했다. 바다는 거짓말을 할 줄 몰랐다. 그저 바라보고만 있어도 실존하는 자신을 느끼도록 해주었다. 아침마다 희자는 바다를 쳐다봄으로써 자신이 누리고 있는 이 행복이 자신의 것이라는 것을 실감하곤 했다. 오늘 아침에도 종태가 혼자 양양 읍내로 나가게 한 것도 이런 이유에서일 것이다.

이렇게 여유있게 바다를 바라보는 것이 좋았다. 아마 희자도 양양으로 나갔다면, 내내 마음이 불안했을지도 모른다. 종태와 같이 양양으로 나가는 것도 중요했지만 그것보다는 혼자 있는 것도 중요하다고 생각되었다. 어차피 그는 몇 시간 후면 돌아올 터이었다.

그동안 그를 맞을 준비를 하고 있는 게 더 마음 뿌듯했다. 그녀는 집안 청소를 하기 전에 커피를 끓여 마시는 것이 또한 빼놓을 수 없는 아침 일과였다. 가스레인지에서 커피물을 끓여 원두커피를 내렸다. 그리고는 소파로 돌아와서 앉았다.

"……."

그녀는 바다를 바라보며 천천히 커피를 마셨다. 커피 향이 실내에 가득 퍼져서 은은하게 느껴졌다. 혼자만이 느낄 수 있는 행복이었다. 그녀는 바다를 바라보다가 목이 마를 때쯤 해서야 겨우 입술을 축였다. 커피 향을 음미하면서 조금씩 마셨다.

그녀는 커피를 다 마시고는 일어나 주방으로 걸어갔다. 마신 커피잔을 물에 담궈 놓고 설거지를 하기 시작했다. 커피를 마셔서인지 설거지를 하는 그녀의 입에서 가느다란 찬송 소리가 흘러나오고 있었다. 희자가 구치소에 갇혀 있을 때부터 자주 불렀던 찬송가였다.

양양의 수산포로 내려와서도 그녀와 종태는 교회에는 빠지지 않았다. 수산포의 동호리 송림 속에 있는 조그마한 교회에 나가고 있었다. 동네라고 해봐야 겨우 열 다섯 집이 될까 말까 했다.

동네로 들어가는 입구 쪽에 교회가 있었다. 별장집에서 걸어서 10분 정도의 거리였다. 동네가 작은 것치고는 제법 큰 교회가 솔밭 숲 속에 서 있는 게 너무 신기하게만 느껴져서 희자는 마음이 들었었다. 그건 종태 역시 그랬다. 집에서 제일 가까운 교회가 그곳밖엔 없었던 것이었다.

희자는 찬송을 부르면서 흥겹게 설거지를 끝내고는 다시 집 안 청소를 하기 시작했다. 거실 바닥과 안방의 바닥은 진공청소기로 대충 청소를 하고는 다시 물걸레질을 하기 시작했다. 환한 햇빛이 들어오는 방 안에서 그녀는 문득 말할 수 없는 행복감에 젖어들곤 했다. 바다가 바로 옆에 있어 파도소리가 들려오고, 환한 햇빛이 쏟아짐을 느낄 때마다 그녀는 영등포 구치소의 음습한 뼁끼통을 연상하곤 했던 것이다.

뼁끼통의 어둡고 칙칙한 방 안.

5.54평의 좁은 방 안에 열 명에서 많게는 열 두 명 정도의 여자들이 서로 몸을 부비며 살아가야만 했던 추억이었다. 한여름에는 몸에서 나는 비릿한 몸내음으로 인해 코를 막아도 소용이 없을 정도였다. 그래서 궁여지책으로 생각해낸 것이 몸에서 나는 악취를 막아보기 위해서 비누알을 코에다 대고 앉아 있는 것이었다. 독한 비누향 때문에 몸에서 나는 악취를 막아낼 수가 있었던 것이었다.

비닐을 댄 창문을 아예 걷어내 버렸지만 바람은 한점도 들어오지 않았고, 햇빛이 비스듬히 들어와 방 안을 달굴 때면, 여자 재소자들은 못 견뎌 했다. 앉아 있기조차 힘들 정도로 뜨거운 곳이 바로 뼁끼통이었다.

하루에 한 번 몸을 씻는 목욕 시간이 있었지만 물바가지로 몇 바가지밖에 쓸 수 없는 통에 겨우 몸에다 물기만 찍어 바르는 정도에 그치고 마는 것이었다. 여자들은 주로 냄새가 많이 나는 사타구니를 제일 먼저 씻어냈다. 그곳만 씻어도 시원했다. 그리고 겨드랑이였다.

여자들은 목욕시간이 되면, 한 방씩 무더기로 나오는데, 전부 알몸이었다. 미리 방에서부터 완전히 옷을 벗고 나와 복도에 쪼그리고 앉아서 기다리고 있다가 목욕을 할 수 있는 세면장에 미리 들어가 있던 여자 재소자들이 나오면 그때서야 세면장 안으로 들어갈 수 있었다.

"앉아!"

복도에서 기다리는 동안, 여자 교도관은 자꾸만 앉으라고 그랬다. 괜히 일어서서 소란스럽게 굴지 말라는 것이었다. 여자 재소자들은 대개 5분 정도 앉아서 기다리게 되는 시간 동안, 지루함을 참지 못해 일어서는 경우가 종종 있었다. 쪼그려 앉아 있으려니까 다리도 아팠고, 우선은 지루했기 때문이었다.

"앉으라니까!"

그러면 여자 교도관은 또다시 호통을 쳤다. 더운 여름날, 짜증이 나는 모양이었다.

"……."

여자 재소자들은 쪼그려 앉아 순서를 기다리고 있었다. 앉아 기다리면서 미리 몸에다 샴푸나 비누칠을 하며 기다리는 여자들이 많았다. 여자의 중요한 곳에 비누칠을 하면서 그녀들은 킬킬거렸다.

"미끌미끌한 게 감촉이 좋네."

한 여자가 그렇게 말하면,

"살금살금 문지르다 보면 공알이 점점 커져. 호호호. 이것도 물건이라고. 기분은 좋네. 호호호."

다른 여자가 말을 받았다.

여자들은 전부 다들 그렇게 하면서 킬킬거렸다. 무료한 시간을 때울 겸해서 미리 하는 비누칠이었다. 세면장 안으로 들어갔을 때에 조금이라도 시간을 벌기 위해서 미리부터 비누칠을 하는 그녀들이었다.

"이걸 한 번 집어넣어 볼까? 그러면 더 기분이 좋겠지?"

좀 더 진한 농담이 튀어나왔다.

"앗따. 집어넣을 게 없어서 그걸 거시기에다 집어넣냐? 비누칠을 하고 나서 손가락을 집어넣어 봐라. 그러면 쫄깃쫄깃한 게 기분 좋아. 미끌미끌한 게, 쫄깃쫄깃하고, 물이 막 나오네."

그 말에 여자 재소자들은 또 한 바탕 웃음을 터뜨렸다.

"조용히 못해! 너무 시끄러워!"

여자 교도관은 세면장의 재소자들을 살펴보느라, 복도에 쪼그리고 앉아 있는 여자 재소자들을 살피느라 정신이 없었다.

교도관이란 직업이 그랬다. 재소자가 샤워를 하다가 다치기라도 한다면 곧 시말서를 써야 했다. 그래서인지, 아면 여름철의 무더위 때문인지 몰라도 걸핏하면 화를 냈다. 신경이 곤두서 있는 것처럼 보였다.

"……."

그러면 여자 재소자들은 찔끔, 하고 목소리를 낮추어 소곤거렸다.

"저 황 선생님은 어젯밤에 남편이 안 죽여줘서 스트레스 받았나 보다. 그지? 걸핏하면 화를 내고 그래. 남자가 시원하게 안 해주니깐 우리더러 곱징역 살리는 거야, 뭐야."

누군가 그 말을 하자,

"저런 얼굴을 데리고 사는 남자 알아볼 만하지 뭐. 여자란 자고로 얼굴이 예뻐야 남자가 자주 집적거린다고. 저런 여자 면상을 누가 쳐다보겠어? 히히."

이번엔 여자 재소자들이 여자 교도관을 갖고 놀고 있었다.

여자 교도관은 세면장 입구에 붙어서서 시간을 체크하고 있었다. 세면장 안으로 들어간 여자들이 겨우 머리를 감고, 몸에 물이라도 끼얹을 때쯤 되면, 호루라기를 불어 목욕 그만! 이라는 구호를 외쳐댔다.

그러면 세면장 안의 여자 재소자들은 잔뜩 뒤집어쓴 비눗물을 훔쳐내느라 욕탕안의 물을 갖고 싸움이 일어났다. 좁은 탕 속에 서로 팔을 디밀어 물을 퍼내느라 몸싸움을 벌이고 있었다.

여자 교도관은 문짝을 탕탕 치면서 다시 한 번 소리치는 것이었다.

"동작 그만! 하나, 둘, 셋! 빨리 나와!"

그렇게 다그쳐도 세면장 안의 여자들은 밖으로 나오질 않았다. 일단 몸에 칠해놓은 비눗물을 다 지워야만 나올 생각들이었다. 그러면 다시 문짝을 쳐대는 여자 교도관과 재소자들은 한 바탕 싸움을 하는 것 같았다.

"빨리 나오라니까! 안 나오면 벌 세워놓을 거야! 하나, 둘, 셋! 셋까지 헤아리는 데도 안 나와? 늦게 나오는 년은 따로 꿇어 앉혀 놓을 거야!"

그제서야 슬금슬금 밖으로 나오는 그들이었다. 그들은 허연 알몸인 채로 머리에서 물을 뚝뚝 듣으며 나오는 것이었다. 그나만 물을 끼얹는다는 것 하나만으로 기분이 좋았는지 히죽 웃어대는 그녀들이었다.

덜렁거리는 젖탱이, 그리고 새카만 숲…… 걸을 때마다 사타구니 사이에서 움직이는 계곡의 주름진 것이 다 보였다. 여자들마다 갖가지 모양과 형태를 하고 있었다. 털이 거의 없는 여자가 있는가 하면, 너무 무성해서 입구가 거의 안 보일 정도인 여자가 있고, 바깥에 있을 때 섹스를 너무 많이 해서인지 음순이 늘어나 털 바깥으로 너덜거리는 모양인 여자도 있었다.

반면에 작고 앙증맞도록 잘 생긴 성기를 가진 여자도 간혹 있었다. 털 속으로 보이는 계곡의 패여진 부분을 쳐다보며 기다리고 있던 여자 재소자들은 다른 여자들의 물건을 감상하는 것이었다.

"우와, 넌 보지가 왜 그리 크냐? 너무 많이 해서 그래?"

제법 나이가 든 여자의 말에 다른 여자들이 킥킥거렸다.

"그래. 바깥에서 많이 했다 왜? 내가 그거 하는데 니가 뭐 보태준 거 있어? 미친 년!"

그것이 크다고 핀잔을 들었던 여자가 톡 쏘아붙였다. 나이는 좀 어린 것 같았으나 여기선 별로 나이를 따지지 않았다. 기분이 나쁘면 그대로 곧바로 쏘아붙이는 그들이었다.

"씨팔년아! 그래, 그것도 보지라고 달고 다니냐! 나 같으면 떼다 내버려 버리겠다. 얼마나 했으면 보지가 다 너덜거려. 이 안에 들어와 있으니깐 넌 나이도 영치 잡혀뒀냐!"

나이 많은 여자는 이제 나이값을 들고 나오는 것이었다.

"그래. 씹할년아. 난 여기 들어오면서 나이도 영치 잡혔어. 그러니까 막 말도 함부로 하는 거야. 넌 보지에 금테 둘렀냐? 어디 일어서봐. 한 번 보게."

나이가 어린 여자도 지지 않으려 했다. 머리의 물기를 수건으로 닦으면서 복도에 그대로 서 있었다. 서로 말싸움을 하면서 시간을 죽이는 것이었다. 그들은 언제나 무료했고, 그래서인지 말상대만 있으면 물고 늘어지는 습성이 있었다.

"그래, 잘 났다. 이년아. 젊은 년이 그 정도로 허벌레해졌으면 얼마나 씹을 했겠어. 니 년 배 위로 한 도라꾸는 지나갔겠네 뭐."

"그래. 이년아. 내 배 위로 두 도라꾸는 지나갔을 거다. 너 같이 못 생긴 년은 꿈도 못 꾸지. 그거 하는 재미를 어떻게 알겠어? 넌 나이만 처먹었지, 넌 그거 하는 재미는 모르지?"

"이년이!"

쪼그리고 앉아 있던 여자가 드디어 화가 났는지 벌떡 일어섰다. 그러자, 복도에 서 있던 젊은 여자가 얼른 피하며 소리쳤다.

"담당님! 이 년이 싸움을 걸려고 그래요!"

젊은 여자의 말에 문 쪽에 서 있던 여자 교도관이 이쪽을 쳐다봤다. 한 번 인상을 찌푸려 보이자, 일어섰던 나이 든 여자는 얼른 그 자리에 주저앉았다. 혹시라도 말싸움을 했다고 해서 관구실로 잡아가기라도 한다면 오늘 목욕은 그야말로 못하고 그냥 지나갈 형편이었기 때문이었다.

여자 교도관이 다시 세면장 안으로 신경을 쏟는 것을 보고는 다시 말싸움이 시작되었다.

나이 든 여자가 화가 나서 말했다.

"이년아. 비겁하게 담당을 불러? 그래, 니는 목욕을 했다 이거지? 나중에 목욕 끝나고 나서 한번 보자. 니 보지 가랑이를 찢어놓을 테니. 어디 말을 함부로 막 해?"

나이 든 여자가 속이 부글부글 끓는지 눈알을 부라렸다.

"앗쭈구리! 싸움이라면 나도 안 져. 니 보지 가랑이 구멍에다 콱 발길질을 해버릴 테니까. 니가 쭈그리고 앉아 있는 걸 보니까 너도 많이 했구만 그래. 니 보지가 그게 뭐냐? 쭈그렁텅 바가지같이 생겨갖고, 털만 많아 가지고!"

"이, 이년이."

나이 든 여자가 다시 일어서려고 하자, 젊은 여자는 얼른 달아날 듯이 하면서 담당을 쳐다보는 것이었다. 여차하면 다시 여자 교도관을 부를 작정이었다.

"그래, 이년아. 너 나가서 씹 많이 하고 다시 간통으로 들어와라. 실컷 하고 아예 여기서 곱징역살이 하면 꼭 맞겠다, 이년아!"

악담이었다. 또 들어오라는 말만큼 악담은 또 없었다. 그 말을 듣고 가만히 있을 재소자들은 없었다. 그 말은 곧 최악의 악담이었다. 그 어떤 욕지거리보다도 더 마음에 상처를 주는 욕이었다. 그것도 곱으로 징역을 살아라 하는 말이었다.

서로 간통으로 들어와서 맞붙은 싸움이었다. 말싸움에서 지지 않으려는 것은 이곳 징역에서는 곧 잘 나가는 사람으로 각인되기 위해서였다. 말이라도 좀 더 거칠게, 몸짓으로는 더욱 험악하게 나오는 것이 마치 남자들의 조폭세계를 닮은 것 같았다. 이곳에 들어오면 여자들도 남자들처럼 닮아가는 것이었다.

"씨팔년이! 넌 보지에 에이즈나 걸려버려라! 알아들었냐?"

어느 누구도 지지 않으려했다.

그때, 여자 교도관이 이쪽을 보며 소리쳤다.

"야, 그만 두지 못해! 얼릉 들어가!"

그 말에 복도에 쪼그리고 앉아 있던 여자들이 우르르 일어나서 세면장으로 들어갔다. 그 바람에 두 여자의 말싸움은 거기에서 끝이 났다.

"목욕 시간은 5분! 하나 둘 셋, 하면 재빨리 나와야 돼. 물은 너무 많이 퍼 쓰지 말고!"

여자 교도관의 말이었다. 여자들은 그 말에는 아랑곳없이 서로 세면기를 잡으려고 다투었다. 세면기를 집어든 여자는 벌써 욕탕에 고인 물을 퍼서 끼얹고 있었다.

"어, 시원해."

"어그그, 살맛나네."

여자들은 물을 보자, 환장을 한 것처럼 대들었다. 이미 복도에서 기다리면서 온몸에 비누칠을 해 두었기 때문에 몸에 물만 끼얹으면 되었다. 그리고 머리를 감는 것이 끝이었다.

여자들은 너나 할 것 없이 세면기 위에 쪼그리고 앉아 사타구니를 씻기 시작했다. 그 모양이 정말 기괴했지만 여자들은 저희들끼리 키득거리면서 씻는 데에 열중하고 있을 뿐이었다.

"아, 그래도 여그가 젤 중요한 데제. 이거 없으면 무슨 재미로 사나. 뽀드득 소리가 날 정도로 씻어내야제."

누군가 그 말을 했다. 여자들은 저마다 아래쪽을 씻으면서 깔깔 웃었다.

"남자들은 이걸 냄비라고 부른다더라. 냄비."

누군가 그런 말을 했다.

"왜 냄비지? 그럼 남자들은 뭐야? 냄비 뚜껑이야?"

여자들은 다시 웃어젖혔다.

"그거 잘 하는 여자보고 남자들이 뭐래는 줄 알아? 냄비 잘 돌리는 여자래. 씹 잘 하는 여자한테 냄비를 잘 돌리는 여자라고 그러나 봐."

"하하하."

여자들은 재미있다는 듯이 웃어댔다.

"남자들은 물총이고. 물총을 쏜다고 하잖아. 거기에서 물이 나오니까. 호호호."

여자를 두고 냄비라는 말에 다시 응수하는 말이 튀어나왔다.

"그럼, 물총이 냄비를 쏘는 거야? 그러면 냄비가 이기겠네?

물총이야 쏴봐야 물밖에 없잖아? 냄비는 그래도 쇠붙이니까.”

“호호, 그렇네. 그러니까 여자보다 남자가 먼저 나가떨어지잖아. 남자는 원래 다 조루 동물이래. 여자한테 끝까지 당할 수 있겠어? 여자는 남자 한 트럭이 와도 다 해낼 수 있잖아.”

구석에서 다른 여자가 응수했다.

“후후, 그럼 여자 정신대게? 여자 정신대는 서너 트럭도 받아냈대. 남자들이 쏜 정액들만 해도 몇 드럼이 나왔겠다. 호호.”

여자들은 물을 끼얹으면서 즐거운 비명들을 질러댔다. 농담도 진하면 진할수록 더욱 듣기가 좋은 모양이었다.

“군인들은 3분도 못해. 들어가면 금방 팍 싸버리지. 남자들은 다 조루야. 보통이 5분에서 10분 정도밖엔 못하는걸, 뭐. 그런데도 무신 놈의 남자들은 입만 뻥긋했다 하면 자기가 제일이라고 그래요. 여자를 죽여놨다든지, 홍콩 가게 만들었다고 자랑하는데 그거 다 새빨간 거짓말이더라고.”

“맞아. 남자란 동물들은 그래. 맨날 그거 할 때마다 자기가 젤 세다고 자랑하거든. 실제로 해보면 10분 정도밖에 못하면서 말야. 근데 실리콘 넣은 좆 봤어?”

“실리콘?”

누군가 물었다.

“응, 거 왜 좆에다 실리콘을 넣어서 크게 키운 거 말야. 마치 말 좆 같이 커다랗게 키운 건데 몰라?"

"으응, 그거……."

"그거 한 번 박으면 되게 아프다. 입이 짝 찢어지지. 근데 힘은 못 써. 물렁물렁한 게 크기만 컸지, 힘은 못 쓰더라고."

"호호호. 그거 별거 아니더라 뭐. 나도 해봤는데 큰 것만 빼면 아무것도 아니더라 마. 나중엔 똑같다는 느낌이 들데. 근데 남자들은 그거 좆 하나 큰 게 무슨 유세나 되는 것처럼 자랑하고 그래."

어자들의 밀은 남자의 성기 쪽으로 옮아가고 있었다. 자신들의 성기를 씻으면서 남자들의 성기에 관심이 옮아가는 모양이었다.

"다마는 어떻고?"

"으응, 그건 좀 기분이 좋더라. 질벽이 간질간질한 게 느낌이 오더라. 근데 너무 큰 거 박은 무식한 놈 건 싫더라. 나중엔 아파."

"거기에다 뭘 박았지? 다마가 뭐야?"

누군가가 물었다.

"그건, 이 안에서 칫솔을 깎아서 박은 거래. 유리 조각으로 찢어선 껍질 속에다 집어넣은 거래. 동글동글하게 깎아 만든 다마를 집어넣은 건데, 너무 크게 만든 건 남자 좆이 일어서면 툭 튀어나온 게 여자가 아파. 그런데도 남자들은 왜 그걸 박는지 모르겠어. 좀 작게 만들면 여자들도 좋아할 건데 말야."

"그러니까 멍충이들이지 뭐. 그게 뭐가 그리 대단한 건 줄 알고 말야."

여자들은 여자 교도관이 문 입구에 서서 지켜보고 서 있는데도 농 짓거리를 나누느라 정신들이 없었다. 여자 교도관도 그녀들이 하는 말을 듣고는 빙긋이 웃고만 있었다.

"자, 이제 1분 남았어! 빨리 해!"

그 말에 여자들은 후다닥 마무리를 하기 시작했다. 몸에 물바가지를 끼얹고는 다시 쪼그리고 앉아서 밑을 씻는 것이었다. 조금이라도 더 많이 씻기 위해서 안간힘을 쓰는 것이었다.

"그만!"

여자 교도관의 말이 떨어지자, 그제서야 여자들은 밖으로 나올 채비를 하는 것이었다.

세면기가 없어서 나중에 차례가 돌아온 여자들은 물을 끼얹느라 정신들이 없었다. 한 방에 있던 여자 재소자들이 한꺼번에 세면기를 들고, 다 같이 물을 퍼 쓰기란 어려웠다. 그래서 앞쪽의 여자들이 먼저 씻고 나면 뒤쪽의 여자들이 씻을 수가 있었다.

샤워가 끝난 여자들은 하나 둘, 바깥으로 나가고 있었다. 커다란 엉덩이를 출렁거리면서 나가는 여자들이 있었고, 나가면서 샅의 털을 터는 여자들도 있었다. 발가벗은 여자들의 알몸뚱이는 그야말로 천차만별이었다. 작은 엉덩이, 큰 엉덩이, 긴 다리, 숏다리, 가는 몸매, 뚱뚱한 몸매, 쳐진 젖가슴, 착 달라붙은 젖가슴, 짝짝이 젖가슴, 유두가 유난히 큰 여자, 유두가 움푹 들어간 여자, 대음순이 털 밖으로 너덜 튀어나온 여자, 털이 무성한 여자, 작은 여자, 큰 여자, 위쪽에 붙은 여자, 아래쪽에 붙은 여자, 예쁘게 생긴 여자, 못 생겨먹은 여자, 계곡이 벌어진 여자, 평소에도 조갯살처럼 입 다문 여자, 유난히 조갯살이 연분홍 빛깔인 여자, 시커먼 여자, 클리토리스가 튀어나와 있는 여자, 전혀 안 보이는 여자, 항문에까지 털이 난 여자, 그렇지 않은 여자, 지저분하게 생긴 여자, 깨끗하게 생긴 여자…….

여자들은 각양각색이었다.

한 여름날에 한 바가지의 물도 귀한 구치소 안에서 그녀들은 물을 끼얹었다는 사실 하나만으로 만족한 듯이 기분 좋게 걸어나가는 모습이 그야말로 천태만상이었다. 제왕절개 수술을 받아 배 아래쪽에 칼 댄 흔적이 남아 있는 여자도 있었다. 그리고 유난히 몸매에 비해 덜렁거리는 커다란 유방을 가진 여자들도 있었다. 대체로 여자들은 유방이 큰 편이었다.

이미 그곳엘 들어올 만한 여자들이라선지는 모르겠지만 대개가 유방들이 컸다. 탐스럽도록 큰 유방이었다. 그리고 수많은 섹스 경험을 가진 듯했다. 대개 유방은 일찍 조숙했거나, 자유분방한 섹스를 한 여자들이 대체로 잘 발달된 듯했다. 그곳에 온 여자들은 젖가슴이나 보지들이 이미 닳을 대로 닳을 듯했다. 아직 결혼을 안 한 처녀들도 그랬다.

열 명 정도의 발가벗은 여자들이 복도를 걸어가는 모습을 바라보고 앉아서 목욕 차례를 기다리고 있는 여자들은 지나가는 여자들의 아래쪽을 바라보는 것이었다. 전부 다 모양이 조금씩 틀린 보지를 쳐다보는 것도 여자들의 관심일 수 있었다. 남자가 남자의 자지를 바라보며 관심을 가지는 것이나 마찬가지였다. 여자들은 더욱 타인의 그것에 대해 많은 관심을 가지고 있었다.

얼마나 큰가. 또 얼마나 예쁘게 생겼는가가 관심이었다. 전체적으로 잘 빠진 몸매도 호기심의 대상일 수 있었다. 그만큼 여자들은 몸매와 아래쪽에 대해 관심이 많았다.

희자는 독방이었다.

독방의 쇠창살에 붙어서서 바깥을 내다보는 일이란 즐거운 일이었다. 목욕을 하고 방으로 들어가는 여자들의 몸매를 바라보는 일이 재밌는 일이었다. 여자의 알몸뚱이에 새카맣게 돋아난 털을 바라보면서 괜히 마음이 즐거워지는 것이었다.

복도를 걸어오다가 그 자리에 서서 엉거주춤 다리를 벌린 채로 수건으로 아래쪽을 닦아내는 여자도 있었다. 다리를 벌린 여자는 몸을 아래로 숙이면서 최대한 가랑이를 벌렸는데 털 속으로 보이는 계곡의 선명한 연분홍빛이 다 보였다.

마치 보란 듯이 서서 그러는 여자를 보는 것도 그리 이상하지도 않았다. 희자는 그저 호기심어린 눈으로 바라만 볼 뿐이었다.

어떤 여자는 손가락으로 양쪽을 벌린 채로 그곳을 닦아내는 여자도 있었다. 그리고 복도에 앉아 있는 여자와 안면이 있는 여자와 서서 대화를 나누는 여자도 있었다. 멀건 알몸뚱이를 그대로 드러내놓은 채, 스스럼없이 대화를 나누는 여자는 밑에서 쪼그리고 앉아 자신의 꽃잎을 바라보는 깃도 의식하지 않았다. 역시 여자들끼리도 신기한 모양이었다.

여자들은 방 안에 들어가서도 얼른 옷을 입지 않았다. 조금이라도 시원한 느낌을 더 간직하고 싶어서일까. 물기를 닦아낸 알몸뚱이로 있고 싶어했다. 그래서 방 안에서 저희들끼리 키득거리며 장난을 치기 시작하는 것이었다.

"야, 말자야. 넌 왜 보지가 그 모양이니?"

"왜? 내 꺼가 어때서? 호호호."

여자들은 수건으로 부채질을 하면서 그곳을 말리는 흉내를 내고 있었다.

"얼마나 씹을 했길래 쭈욱 찢어진 거 같으냐? 지저분하게 생긴 게, 바깥에 있을 때, 몇 놈이나 잡아먹었냐?"

하고 물으면 같은 방에 있는 여자들끼린 서로 낄낄거리며 웃어대는 것이었다.

"많이 했지. 신물이 나도록. 고거, 많이 하면 쭈욱 찢어진다냐?"

일부러 모른 척하고 대꾸하는 것이었다.

"그으럼! 그러니까 거시기가 늘어나는 거제. 음순이 왜 바깥으로 늘어난지 알아? 남자 자지가 거시기 입구를 하도 비벼싸니까 음순이 딸려 나왔다가 들어갔다 하니까 늘어나는 거지. 안 그러면 음순이가 왜 보기 싫게 늘어나냐?"

"호호호."

여자들이 웃어댔다. 여자들은 저마다 물기를 닦아내느라 야단들이었다. 창가의 햇빛에 그곳을 말리는 여자들도 있었고, 부채를 들어 가랑이를 말리는 여자들도 둘이 하는 이야기를 듣고 있으면서 재미있어 하는 중이었다.

"그래, 씹 많이 했지. 난 달라고 조르는 놈 있으면 인정사정없이 줘버리는 타입이야. 이거 아껴서 뭘 해? 나도 같이 즐기는 건데. 처음에 한 번 주기가 뭣해서 그렇지, 일단 한 번 주고 나면 일사천리야. 그저 같이 즐기는 거지 뭐. 그거 아낀다고 해서 누가 나한테 상 주남. 열녀문 세워준데?"

"호호, 그래. 니 말도 맞다. 근데 남자들은 대개 몇 분이나 하는 거 같애? 난 도통 모르겠더라? 어떤 때는 빠른 것 같기도 하고, 또 어떤 때는 늦게까지 하는 것 같기도 하고 말야."

"그건 다 틀려. 남자들은 대개 5분이야. 길어봐야 10분인 거고. 그 사이에 다 사정을 하는 거지. 대개 그 이상은 못 참더라고. 기분이 좋을 땐, 길게 느껴지는 법이고. 기분이 나쁠 땐, 고것도 싫은 거 있지? 그래서 그건 기분에 좌우된다는 말도 있잖아? 안 그래?"

"맞아. 남자들은 세다고 말만 해놓고선 금방 싸버리더라. 뻥만 잔뜩 튀긴 거야. 그러면서 뭐래는 줄 아니? 오늘은 컨디션이 안 좋아서 그런다나 뭐라나. 전희라는 것도 안 하고 그대로 처박아버리는 놈도 있더라. 그럴 땐, 얼마나 아픈지 몰라. 막 때려주고 싶은데도 어떻게 하나 한 번 보자 하고 벌려주면, 올라가서 몇 번 쿵더쿵거리다가 금방 싸버리는 거야. 그런 땐, 김이 팍 새지 뭐. 지만 혼자 쿵더쿵거리면서 흥분하고선 혼자 싸버리는 거야. 나도 싸야 되는데 지만 혼자 싸버리면 고게 되게 밉더라."

여자는 정말 미운 듯한 얼굴 표정을 지어보였다. 마치 옛날의 즐거움을 회상하며 안타까워하는 눈빛이었다.

"그럼. 그렇지 머. 지 혼자 싸고 내려가는 인간은 다음에 다신 하고 싶지 않아. 그런 놈은 좆을 짤라 버려야지. 그것도 좆이라고 갖고 다니는 거 보면, 한심해. 호호. 고것도 좆이라고!"

여자는 깔깔 웃었다. 그러면서 가랑이를 벌린 채로 자신의 꽃잎을 쫙 벌려 보이는 것이었다.

"봐. 이 구멍 속으로 몇 놈이나 지나갔겠는가. 이게 그래도 얼마나 많은 놈들을 잡아먹었는지 몰라. 헤아릴 수도 없을 정도야. 그래도 아직까지 쌩쌩하잖아. 나가면 실컷 해버릴 테다. 좆 힘이 센 놈만 있으면 막 줘버릴 거다. 호호호."

그 말에 방 안의 여자들은 킬킬거리며 웃어댔다. 일부러 자신의 그것을 벌려 보이기까지 하면서 그 말을 하는 데에 웃지 않을 수 없었다.

"여기서 칫솔로 보지를 문질러서 굳은 살 박히게 해서 나가? 아예 그래서 꽃뱀으로 나설까부다. 안 그래?"

이번에는 다른 여자가 그 말을 했다.

"어이구, 거시기에 굳은 살 박히게 하려면 다 헐어버리겠다. 그러면 넌 느끼지도 못하고 뭐할래? 여자도 같이 느껴야지, 못 느끼고서 뭣을 해? 느껴져야 자꾸 하고 싶어지는 거야. 알아?"

이번에는 방 안에 앉아 있는 여자가 말했다.

"맞다. 그건 그래. 느껴야 물이 나오는 거지. 맞어."

그 여자는 아까 자신이 한 말에 수정을 가했다.

구치소의 뺑끼통에 있는 여자들은 그런 농담으로 하루를 소일하는 것이었다. 시간을 죽인다는 것이 그리 쉽지 않았다. 그런 이야기라도 하고 있어야만 하루가 빨리 깨지는 것이었다.

그래서 같은 방 안에 간통이나, 사기꾼 같은 여자가 있으면 재미있다는 말이 나올 정도였다. 잡범들이 많이 있어야 재밌는 이야기들이 오가는 것이었다. 그만큼 다양한 이야기들이 나올 수가 있었다.

희자는 혼자 독방에 있었지만 앞쪽 방의 대화를 다 들을 수가 있었다. 그런 대화를 엿들으면서 인생의 삶과 삶의 가치에 대해서 곰곰 생각하곤 했다. 인생이란 저렇게들 살다가 가는구나 하고 생각했다. 그리 특별할 것도, 그리 애석할 것도 인생을 나만 혼자 아둥바둥 고민하며 처절하게 살아온 것이 아닌가 하는 반성을 하기도 했다.

사랑하는 남자의 배신…… 그가 비록 유부남이라고 할지라도 그녀는 그를 사랑할 수 있을 것만 같았다. 그러나 더욱 야비하게 나오는 그가 더없이 미웠다. 자신의 순수한 사랑을 이때껏 이용한 것에 지나지 않았다는 생각이 든 것은 한참 뒤였다.

그걸 깨닫는 데에도 많은 시간이 필요했다. 모든 것들이 냉정하게 보여졌을 땐, 그녀는 더 이상 살고 싶지 않았다. 자신의 몸을 유린하기 위해서만 친절을 베풀었던 그가 죽이고 싶도록 미워졌다. 나중에 부인이 알았을 때에 그가 차갑게 헤어지자는 말을 불쑥 꺼냈을 때는 하늘이 무너지는 듯했다.

온몸의 신경이 다 곤두서고, 머릿속이 텅 비어버린 것처럼 굳어지는 걸 느꼈다. 그리고 소름이 돋아났다. 더 이상 어떠한 말도 할 수 없을 정도로 혀가 굳어지는 걸 느꼈다. 그녀는 눈물이 나올 구멍도 막혀버린 것 같았다. 그를 똑바로 쳐다봤지만 그가 어디에 있는지조차 알 수 없었다. 눈앞이 자꾸만 침침해졌다. 그녀는 결국 그 앞에서 쓰러지고 말았다.

그녀가 그를 만난 게 잘못이었다. 이미 마음이 돌아선 남자한테 무엇을 찾겠다고 그랬던지…… 희자는 그래도 자신의 몸을 바친 남자에게 지독한 미련의 그리움이 남아 있었다. 그 어떠한 난관이 있다고 하더라도 그를 놓치고 싶지 않았다. 죽음이 두 사람의 앞을 가려놓는다고 하더라도 그의 마음만 그녀에게 있어준다면 그의 그늘에 숨어 조용히 살아갈 수도 있었다.

그런데 그는 드디어 남자의 본색을 드러냈다. 이 핑계, 저 핑계를 둘러대면서 만나자는 것조차 치사하게 피했다. 이쪽의 심정일랑 아예 무시한 듯, 자신의 이기심만으로 채워진 남자한테서 다시 한 번 실망했지만 그래도 그녀는 자신을 다독거려가면서 마지막으로 그를 만나고 싶었다.

결국…… 희자는 무심코 준비해간 병원의 마취제 주사를 놓아버렸다. 이미 그가 완전히 떠났다고 생각했을 때, 그녀는 더 이상 살아갈 수 없을 것 같은 칠흑 같은 어둠을 바라보고 있었다. 같이 죽어버리겠다고 마취제를 놓았는데 자신만 살아난 것이다. 운명이란 그랬다. 죽고 싶었어도 죽지 못하는 것이 하늘의 운명이었다.

희자는 지금 거실에 앉아 바깥의 바다를 바라보며 옛날로 거슬러 올라가고 있었다. 결코 기억하고 싶지 않은 것이었다. 하지만 오늘따라 왜 그런 기억들이 갑자기 튀어나오는지 알 수 없었다.

지금의 행복에 대한 반대 개념으로 옛날의 지독한 기억들이 튀어나왔는지도 모르는 일이었다. 그녀는 조용히 눈을 감았다. 파도소리가 가까이 들려왔다. 파도소리는 언제나 정신을 맑게 해주었다.

희자는 지금의 생활이 마치 꿈을 꾸고 있는 것만 같았다. 이렇게 살아 있다는 것이 믿기지 않을 만큼. 그리고 자신이 누리고 있는 종태의 사랑을 어떻게 표현할 수 있을런지. 그런 생각을 하자, 그녀는 가슴이 벅차올랐다. 서울을 떠나 이런 오지의 바닷가에 정착한 것은 정말 잘한 일이라고 생각되었다. 그와 단 둘이 살아간다는 것이 무엇보다 좋았다. 더 이상의 그 어떠한 욕심도, 미련도 없이 살아가는 것이 바로 행복이라고 생각될 만큼 그녀는 지금의 생활이 만족스러웠다.

창밖으로 맑은 햇빛이 부서지고 있는 게 보였다. 모래알에 반사된 햇빛이 유난히 강렬하게 느껴졌다. 바닷가의 공기가 맑아서일까. 백사장에서 부서지고 있는 햇빛을 바라보고 있노라면 눈이 아플 지경이었다. 그녀는 바다 쪽을 바라보았다. 푸른 바다가 넘실대고 있었다. 파도가 하얗게 무리지어 달려오고 있었다. 푸른색 바탕의 바다 위를 힘껏 달려오고 있는 하얀 파도가 유난히 희게 보였다.

희자는 지금 할 일들을 마쳐 놓고 나른한 해바라기를 하고 있었다.

거실에 앉아 바깥의 바다를 바라보는 일이란 언제 봐도 지겹지 않은 풍경이었다. 바다를 보고 있노라면 아무런 생각도 들지 않을 만큼 고요하기만 했다. 마치 물속 깊이 잠긴 것 같은 침잠함으로 안온해지는 느낌이었다. 그러고 있으면 조금씩 졸음이 달려들었다.

너무 바다가 넓어서일까. 아니면 수평선이 하늘에 맞닿아서일까. 눈부신 햇빛 때문에 바다와 백사장이 너무 환해서일까. 자꾸만 졸음이 달라붙었다. 그리고 실크결 감촉 같은 봄바람이 솔솔 집 안으로 흘러들고 있어서일까. 희자는 금방 졸음이 왔다.

소파에 앉아 있으면서, 좀 전에 집안 청소를 했던 탓이었는지 나른한 오수가 밀물처럼 밀려들었다. 지극히 편안했다. 마음이 느슨해지면서 몸도 덩달아 안온해지는 것이었다. 그녀는 눈을 감은 채로 편안하게 잠들었다. 거실에 온통 햇빛이 쏟아져 들어와 따뜻한 기운이 온몸을 감쌌다.

잠깐 잠결에 파도소리가 나는 듯했으나 그녀는 다시 깊은 잠에 빠져들었다. 낮에 잠깐 소파에 앉아서 잠드는 것이 그 무엇보다도 기분이 좋았다. 얼굴과 손등에 내려앉는 따사로운 햇빛이 더욱 깊은 잠에 빠져들게 했다.

얼마나 시간이 흘렀을까. 잠깐 눈을 붙였는데 깊이 잠이 든 것 같았다. 어젯밤의 피곤과 오늘 아침의 피곤이 한꺼번에 몰려드는 것이었다. 종태와의 두 번의 섹스에서 그녀는 지금 나른함을 느끼고 있었다. 행복한 피곤이었다. 온몸이 스펀지에 감싸인 것처럼 편안해졌다.

그녀는 다리를 길게 뻗어 포개고는 편안한 잠을 청했다. 소파 팔걸이에 한쪽 팔을 올려두고는 최대한 뒤로 누운 채로 잠이 들었다. 낮 시간에 잠깐 눈을 붙이는 식으로는 그런 자세로 잠을 자는 것이 꽤나 편안했다.

꿈결에 바람소리를 들은 듯했다. 마치 송림이 흔들리는 것 같은 흔들림이 잠깐 있었으나 그녀는 눈을 뜨지 않았다. 살갗에 느껴지는 포근한 바람기를 느끼며 그녀는 더욱 깊은 수면 속으로 빠져 들어갔다.

다시 그녀가 눈을 떴을 때는 이미 그녀의 몸 위에는 얼룩무늬 군복을 걸친 군인의 얼굴이 보였다. 그녀는 화들짝 놀라면서 일어나려 했다. 그녀의 몸을 짓누른 남자의 몸무게가 더 무거웠다.

"꼼짝 말고 있어. 소리치면 죽여버려!"

"……!"

그녀는 입이 얼어붙어버렸다. 완강한 군인의 목소리에 놀라 벌어진 입이 다물어지지 않았다. 순간적인 놀램이었다.

무언가 말을 꺼내려고 그랬을 때, 이미 군인의 손이 다가와 그녀의 입을 틀어막아 버린 뒤였다.

"조용히 해. 소리치면 죽어버려. 내 말 잘 들어."

군인은 아직 앳된 나이였다. 20대 초반이나 되었을까. 짧은 머리에 흰 얼굴이었다. 이미 그 청년은 이성을 잃어버린 듯했다. 거실 바닥에는 탄띠와 총 한 자루가 놓여져 있었다.

"이 집에 사는 남자는 어디 갔어? 서울 갔어?"

군인이 물었다. 그러면서도 그는 희자의 입을 틀어막은 손바닥을 떼어놓지 않았다.

"윽!…… 윽!"

희자는 말을 하려고 발버둥을 쳤지만 군인의 완강한 힘에 어쩔 수가 없었다. 소파 뒤쪽을 꽉 붙잡은 채, 희자의 작은 몸뚱이까지 꼼짝 못하게 찍어누르고 있었다.

"어디, 갔어? 그 남자? 부부가 아니지? 맞지?"

군인은 꽤나 다급했다. 한꺼번에 여러 가지 질문들을 쏟아내놓고 있었다. 그러면서도 그녀의 입에서 손은 떼어놓지 않았다. 희자는 세게 도리질을 했지만, 그의 손이 그렇게 하지 못하도록 억세게 붙잡았다.

"빨리 내 말 들어. 만일 그 남자가 지금 들어오면 총을 쏴버릴 지도 모르니까! 조용히 얌전하게 굴어!"

군인은 한 손으로 희자의 입을 틀어막은 채, 한 손으로 들쳐안아서는 소파에 길게 눕히는 것이었다. 군인은 재빨리 손을 떼면서 총을 집어들었다. 그리고는 희자의 입 근처에 총구를 겨누었다.

"자, 말을 하면 죽일 테니까! 한 번 입만 벙긋하면, 난 쏘고 도망갈 테니까 그렇게 알아. 그 남자가 짚차를 타고 나가는 거 봤어. 돌아올 때까진 시간이 좀 걸리겠지. 양양 나갔어? 조용히 입 다물어!"

군인은 막무가내렸다. 희자가 대답을 하려고 하면 곧 총구를 입 근처에 갖다댔다. 마음만 성급했을 뿐, 대답할 기회조차 주지 않았다. 희자는 고개를 끄덕이고는 애절한 눈빛으로 그를 쳐다봤다. 그냥 나가달라는 뜻으로 애절한 눈빛을 보냈지만 그는 거칠게 나왔다.

"조용히 하면 살 수 있어. 이 총구가 불을 뿜기 전에. 입 다물고 있어."

그는 곧 거실의 커튼을 획 잡아당겨 가리고는 입구의 문을 잠궜다. 순식간에 해치운 그는 다시 총구를 들이대며 희자에게로 다가왔다.

"눈 감아!"

"……."

희자는 불안한 마음으로 눈을 감았다. 그리고는 마음속으로 기도했다. 이 청년이 지금 자신을 겁탈하려고 하는 것을 막아달라고 간절한 기도를 올리고 있었다. 청년이 옷을 벗는 소리가 났다.

희자는 얼른 눈을 뜨며 애원했다.

"제발…… 그냥 나가요. 없던 일로 할 수 있어요. 아직 군인이잖아요? 왜 나를 겁탈하려고 그래요? 이러다가 사고라도 나면 어떻게 하려고 그래요? 그이가 곧 돌아와요. 제발 그냥 두세요, 네?"

희자는 두 손을 모아 싹싹 비는 시늉을 했다.

"입 다물어! 쏴버린다!"

그는 다시 총구를 희자의 입에다 갖다댔다.

"!……."

희자는 입을 다물어 버렸다. 이럴수록 냉정해야 했다. 외딴 별장집이라 소리쳐봐야 아무런 소용이 없다는 것을 알고 있었다. 그렇다고 달아날 수도 없는 노릇이었다. 군인은 군화를 신은 그대로였다.

"내 말 잘 들어! 소리치면 곧 죽는 거야."

그러면서 그는 얼른 주머니에서 청테이프를 꺼내 북, 찢어서는 희자의 입에다 붙여버렸다. 순간적인 일이었다. 그리고는 곧 그는 바지를 끌어내렸다.

"으 으!……."

희자는 이제 꼼짝할 수 없는 상태에서 뒤늦은 후회가 들었다. 발버둥을 쳤지만 그가 붙잡는 바람에 곧 중지되었다. 희자는 두 손을 가슴 위로 올려진 채로 군인의 한 손에 의해서 제압되었지만 두 다리를 버둥거리며 안간힘을 써댔다.

"가만 못 있을래? 죽인다!"

군인의 군화발길질이 날아왔다. 어디에 맞았는지 기억도 할 수 없을 정도로 세찬 발길질이었다. 희자는 다리를 부르르 떨며 버둥거리던 것을 멈췄다. 하체에 힘이 쭉 빠져 달아나면서 극심한 고통만 느껴지는 것이었다.

"아!……."

희자는 겨우 그 소리만 낼 수 있었다. 입에 테이프가 붙여져 있어 입안에서 내는 소리였다.

"……."

군인은 황급히 서둘렀다. 희자의 치마를 위로 걷어 올린 채로 팬티를 벗겨 내렸다. 다시 한 번 희자는 정신을 차리고는 안간힘을 썼지만 다시 두 번째의 가격이 가해져 왔다. 이번엔 주먹이었다.

어디를 맞았는지 정신을 잃어버릴 정도였다. 희자는 가물거리는 정신을 붙잡으면서 겨우 목소리를 냈다.

"우……."

그 목소리는 겨우 들릴까 말까 했다. 그리고는 정신이 가물거려졌다. 눈물이 나오면서 아득해졌다.

"……."

그는 곧 희자의 얇은 팬티를 걷어내고는 자신의 남성을 박았다. 희자는 무언가가 자신의 몸속으로 들어왔다는 걸 느꼈지만 더 이상 움직일 수가 없었다. 그의 두 손이 완강하게 그녀의 두 손을 옭아매고 있었기 때문이었다.

그가 격렬하게 움직이기 시작했다. 처음부터 인정사정없이 거세게 박아대는 것이었다. 그녀는 마치 폭풍에 휘말린 조각배처럼 마구 흔들렸다. 어떻게 할 수가 없었다. 이미 정신이 가물거려서 무엇을 어떻게 해야 좋을지 몰랐다.

그의 입이 다가왔다. 그녀는 얼굴을 돌려버렸다. 그의 입이 다시 다가왔지만 그녀는 한사코 발버둥을 쳐댔다. 그의 손이 얼굴을 붙잡았지만 그녀는 한사코 얼굴을 돌렸다. 이번엔 그의 손이 날아왔다. 희자는 한쪽 볼이 번쩍 하는 걸 느끼면서 도리질을 멈췄다.

"우우……."

희자는 눈물을 흘리면서도 목 안의 울음소리를 끄집어내려고 애를 썼다. 테이프가 붙여진 입안에서는 가냘픈 동물의 신음소리 같은 소리가 흘러나오고 있었다.

"가만 있어 봐. 그러니까 맞는 거야!"

군인은 다시 희자의 입에 입을 맞추려고 그랬다. 희자는 다시 고개를 돌렸다. 그의 입술이 볼과 귓볼에 와 닿았다. 그녀는 소스라치게 놀라며 발버둥을 치기 시작했다.

"이년이! 가만 못 있어!"

군인은 씨근덕거리며 아래쪽의 움직임에 몰두하는 듯했다. 그는 이제 입술은 포기한 듯했다. 완강한 희자의 반대에 부딪친 그는 아래쪽의 운동에만 신경을 쓰는 것이었다.

"헉!"

군인은 곧 사정을 하고 마는 듯했다. 불과 몇 분 되지 않았는데 사정을 하는 것인지 뜨거운 것이 흘러 들어왔다. 그녀는 눈을 감았다. 이미 자신의 몸속으로 뜨거운 기운이 흘러 들어오는 것으로 자포자기의 심정이 되고 말았다.

"……."

그녀는 숨을 멈추었다. 갈기갈기 찢어진 영혼을 어떻게 수습할 것인가. 울음부터 새어나오기 시작했다. 울음소리는 목 안에서 맴돌며 망설이는 듯했다.

군인은 사정을 끝냈는지 얼른 바지를 입고는 총을 거머쥐었다. 그리고는 소파에 널브러져 있는 희자를 바라보는 것이었다. 자신이 사정한 정액이 계곡 틈바구니를 통해 밑으로 흘러내리는 게 보였다. 허연 액체였다.

"미안해요. 난 그동안 당신을 흠모해왔어. 어떤 남자랑 같이 사는 게 너무 행복해 보여서 기회를 노린 거야. 당신 남자는 뭘 하는 남자지?"

군인이 물어왔다. 그는 이미 모든 수습을 끝내고 서 있었다.

"……."

희자는 말하고 싶지 않았다. 그의 얼굴조차 쳐다보기가 싫었다. 마치 짐승이 울부짖는 소리 같아서 귀를 감싸 쥐었다.

"그래, 난 널 정복했어. 내 정액이 그 속으로 다 들어갔어. 그렇게 꼭 하고 싶었어. 신고는 안 하겠지? 만일 신고를 하는 날엔 둘 다 쏴 죽여 버리고 자살해 버릴지도 몰라. 내 말 명심해."

군인은 그 말만을 남기고는 후다닥 밖으로 뛰어나갔다. 거실 바닥을 쿵쾅거리는 소리가 들렸지만 희자는 일어날 수가 없었다. 어쩌면 그녀는 악몽을 꾸고 있는 것만 같았다. 이게 꿈이라면 좋으련만 하는 생각이 들었다.

그녀는 엎드린 채로 꼼짝도 하지 않았다. 몸속에서 정액이 빠져나오는 걸 느꼈다. 그러나 그녀는 어떻게 해야겠다는 생각조차 들지 않았다. 갑자기 당한 일이라 무엇부터 손을 써야 좋을지 몰랐다. 흐르는 건 눈물뿐이었고, 몸이 움직여지지 않았다.

"……."

그녀는 종태를 생각했다. 그가 왜 이 시간에 자신의 곁에 없었는가 하는 생각만 들 뿐이었다. 그가 원망스러웠고, 군인이 거실로 들어올 때까지 모르고 있었던 자신이 바보처럼 여겨졌다. 그러한 일이 대낮에, 그것도 집 안에서 일어나리라곤 도무지 믿겨지지가 않았다.

어떻게 이럴 수가 있는 일일까.

그녀는 마치 무엇엔가 홀린 듯했다. 그렇지 않고서야 이런 일이 일어날 수 없을 거라고 생각되었다. 마치 악마가 숨어서 기다리고 있다가 종태가 나간 사이에 침범한 것만 같았다.

이럴 수가……?

그녀는 벗겨진 팬티를 쳐다보았다. 조그맣게 말려진 채로 바닥에 나뒹굴고 있는 팬티를 보자, 알 수 없는 눈물이 다시 솟구치기 시작했다. 자신의 몸에서 벗겨져 나간 팬티조차도 흉물스럽게 느껴졌다.

아!……

그녀는 눈을 감은 채로 머리를 감싸 쥐었다. 그리고는 바닥을 뒹굴었다. 눈에서는 눈물이 흘러내리고, 마음은 찢어지는 듯했다. 벌건 대낮에 어떻게 해서 이런 일이 일어날 수가 있단 말인가. 괴롭고 답답한 마음뿐이었다. 가슴 속엔 뿌연 안개가 서려 한 치 앞도 보이지 않을 것처럼 암울할 뿐이었다.

무엇보다도 그를 바라보기가 죄스러웠다. 어떻게 그를 대할 것인가. 인간으로서는 도저히 그를 똑바로 바라볼 수가 없는 일이었다. 어떻게 변명을 하고, 어떻게 용서를 빌어야 할지. 그녀는 괴로웠다. 한 순간의 실수가 이러 엄청난 괴로움이 될 줄이야. 그녀는 울면서 자신의 행동을 후회하고 있었다.

벌건 대낮인지라 거실의 문을 잠그지 않은 것이 자신의 탓이었다. 한낮이라 방심했던 탓이었다. 바다 바로 옆 별장에 누가 들어오리라곤 꿈에도 생각지 못할 일이었다. 거실의 문을 잠그기라도 한다면, 바다소리를 들을 수 없을 것만 같았다. 그리고 바다를 외면하는 것만 같아서 그녀는 그러질 못했다.

모든 게 내 잘못이라고 생각했다. 누구에게 원망할 성질의 것도 아니었다. 그녀는 눈물을 훔쳐내며 가까스로 일어나 앉았다. 그리고 자신의 아래쪽을 내려다보았다. 벌어진 계곡 사이로 허연 정액들이 흘러내리는 게 보였다. 그녀는 티슈를 뽑아 닦아내고는 바닥의 팬티에 싸서 돌돌 말아놓았다.

그리고 옷장에서 새 팬티를 꺼내 입으려고 발걸음을 옮기려는데 무엇인가 바닥에 떨어져 있는 게 눈에 보였다.

"?……."

그녀는 그것을 주워들었다. 투명한 비닐에 싸인 종이에 상병 한영일이라는 글자와 함께 계급장이 그려져 있었다. 아마 군인이 흘린 표식 같았다. 비닐이 찢어져 너덜거리는 것으로 보아 총의 멜빵에서 떨어져 나온 것으로 보였다.

"……."

그녀는 망연히 그것을 내려다보고 있었다. 한영일이라는 청년…… 그녀는 군인의 이름을 아무 뜻도 없이 불러보았다. 그리고 눈을 감고서는 기도를 하기 시작했다. 그의 잘못과 자신의 잘못을 함께 비는 용서의 기도였다.

다시 그녀의 눈에 눈물이 흘러내렸다.

그녀는 새 팬티를 꺼내 입고서는 대충 얼굴을 매만졌다. 엷게 화장을 덧하고는 아까 주웠던 총의 표식표를 옷장 깊숙한 곳에다 넣어두었다. 그리고는 화장지를 말아놓은 팬티를 거머쥐고는 밖으로 나갔다.

마당을 가로질러 바닷가 쪽으로 조금 걸어가서 걸음을 멈췄다. 해안 초소 쪽을 바라보았다. 별장집에서 불과 4,500미터 떨어져 있는 초소의 옥상에는 허리에 거총을 한 군인이 바다 쪽을 바라보고 있는 게 보였다.

"……."

그녀는 바다를 쳐다보았다. 말없이 그저 출렁거리기만 하는 바다였다. 그녀의 시야가 뿌옇게 흐려왔다. 더 이상 지체해서는 안 되겠다 싶었던지 그녀는 발밑의 모래사장을 파헤쳐서는 팬티를 깊이 묻었다.

거실로 돌아와 그녀는 앉아 있었다. 이제부터 어떻게 해야 하나. 그녀는 이제부터 자신이 할 일이 없어져 버린 사람처럼 망연해지기 시작했다. 이 집에서 자신이 할 수 있는 것이라곤 아무것도 없는 듯했다. 마치 이방인 같은 느낌이 들었다. 그가 돌아오면 당장 어떻게 해야 할지를 몰랐다.

그를 속인다는 건 커다란 죄악인 것만 같았다. 그렇게 할 자신이 없었다. 이 세상에서 가장 사랑하는 남편을 속인다는 것이 괴로운 일이었다. 그렇다고 해서 그에게 낱낱이 고백할 수도 없는 입장이었다. 불같은 성격의 그에게 신나를 던져주는 결과밖엔 되지 않을 거라는 생각이 들었다. 그런 생각을 하자, 그녀는 더럭 겁이 났다.

종태의 옛날 성격이 그대로 나타나기라도 한다면 물불을 안 가릴 거라는 생각이 들었다. 다시 옛날로 돌아가게 하고 싶진 않았다. 종태의 그런 성격에 이야기해서 좋을 게 없을 거라는 생각이었다.

희자는 눈가에 맺히기 시작하는 눈물을 닦아내고는 주방으로 갔다. 무슨 일이라도 해야만 불안하지 않을 것만 같았다. 그릇들을 물에 담그고, 다시 씻기 시작했다. 새것인 그릇들을 다시 씻었다. 그리고 프라이팬을 꺼내 다시 한 번 깨끗이 씻어냈다. 찻장의 커피잔들을 꺼내 씻었고, 나중에는 그릇들을 다시 정돈해서 깔끔하게 놓아두었다.

"……?"

그때까지도 종태는 돌아오지 않고 있었다. 그녀는 욕실 안으로 들어가 밀린 빨래들을 세탁기 안에 집어넣고는 스위치 버튼을 눌렀다. 물이 쏟아져 내리면서 시원한 물소리를 냈다. 그리고 물살을 일으키며 돌아가는 소리가 들렸다.

그녀는 세탁기 옆에 서서 모터가 돌아가는 소리를 듣고 있었다. 빨래를 헹구느라 내는 소리가 크게 들렸다. 그러나 아까부터 일어나기 시작한 불안한 생각을 멈추지는 못했다. 그녀는 크게 한 번 심호흡을 하고는 거실로 다시 나왔다.

소파에 앉아 있으면서 그녀의 눈길은 자꾸만 문 쪽으로 가는 것이었다. 문을 걸어 잠궜지만 그가 돌아오기 전까지는 불안하기만 했다. 일어나 다시 한 번 문이 잠겼는지를 살피고는 소파로 와서 앉았다.

'왜 안 오지?'

그녀는 입속으로 중얼거렸다. 바깥에 나가서 기다리며 서 있고 싶었지만 굳이 그러고 싶진 않았다. 어쩌면 아까 그 군인이 이 근처를 어슬렁거릴 지도 모른다는 생각이 들었다.

그런 생각을 하자, 갑자기 소름이 돋아났다. 그녀는 힐끗 문 쪽을 바라보고는 안방으로 들어와서 문을 잠궜다. 그리고는 벽에 등을 기댄 채, 주르르 미끄러져 앉았다. 온몸에서 힘이 쭉 빠져나가는 걸 느꼈다.

아직까지도 군인의 낯선 뿌리가 스멀거리는 것만 같았다. 그녀는 최대한 다리를 오므렸다. 무릎을 감싸쥔 그녀는 그 위에 턱을 괴었다. 눈을 감았지만 좀 전의 그 광경이 자꾸만 떠올라졌다. 마치 꿈속에서처럼 순식간에 일어난 일에 대해 그녀는 어이가 없었다. 이런 대낮에 그런 일이 일어나리라곤 미처 생각지도 못한 일이었다.

자꾸만 불안해졌다. 그 군인이 평소에도 자신과 남편에 대해 관심이 많았던 것이 자꾸 신경에 거슬렸다. 아마 이 근처에 있는 초소에 있는 군인임이 분명했다. 그랬으므로 종태가 차를 몰고 나가는 것을 보고는 집 안으로 몰래 숨어든 것이 분명했다.

희자는 다시 한 번 몸을 부르르 떨었다.

잠들어 있는 자신을 보고서 그 군인이 가까이 다가올 때까지도 모르고 있었다는 사실이 점점 무서워졌다. 죽일 수도 있었을 거라는 생각이 들자, 끔찍해졌다.

그때, 바깥에서 차소리가 들려왔다. 그가 돌아온 모양이었다. 희자는 얼른 일어나서 얼굴을 매만지고는 옷매무새를 고쳤다. 그리고는 밖으로 나갔다. 마침 집 안으로 들어오던 종태가 그녀를 보고는 씽긋 웃어보였다.

"좀 늦었지? 봐. 많이 사왔어. 마침 장날이라 볼 것이 많아서 늦었어."

"……."

희자는 그저 웃고만 서 있었다.

"자, 받아. 많이 샀지?"

그의 양손에 들려져 있는 커다란 비닐봉지에는 무언가가 가득 들어 있었다. 그녀는 그것을 받아들었다. 꽤나 무거웠다.

"이게 다 뭐예요?"

"으응, 시킨 것하고. 내가 사온 것들이야. 이것저것들을 샀지. 떡도 사왔는 걸."

그가 얼른 비닐종지 안에서 떡을 꺼냈다.

"이거 먹을까? 당신이 좋아하는 바람떡하고 콩을 넣은 송편이야."

"……."

희자는 그가 떡을 꺼내 그릇에 담아 오는 것을 보고 콧등이 찡해졌다.

"왜? 왜 그래? 기분이 안 좋아?"

그가 얼굴을 빤히 들여다보며 물었다. 희자는 얼른 고개를 외면하며 말했다.

"모르겠어요. 좀 자고 났더니…… 집안 청소를 하고, 그릇을 씻었는데…… 피곤한가 봐요."

희자는 이 말을 하면서 내심 마음이 무거웠다. 마치 그가 알고 있는 것 같은 두려움이 앞섰다. 더듬거리며 말을 해서 그런지 그는 더욱 가까이 다가와서 얼굴을 쳐다보는 것이었다.

"아파? 울었어?"

"아니예요."

"눈가가 벌겋게 젖었는데 뭘."

그는 집요하게 알려고 그랬다. 혹시라도 희자가 아픈 건 아닌가 하는 걱정이었다. 그가 다가와 희자의 어깨를 붙잡았다. 그리고는 꼬옥 끌어안으며 말했다.

"힘든 데 무슨 일을 했어. 그냥 가만 있지. 그러면 몸살이 나잖아. 난 당신이 편하게 있는 게 좋아. 아무 일도 안 하고 있어도 돼. 내가 할께."

그는 그 말을 하면서 더욱 세게 끌어안았다.

"……."

희자는 아무 말도 할 수 없었다. 금방이라도 울음이 터져나와 버릴 것만 같았다. 애써 참고 있었다. 조금이라도 감정이 흐트러지기라도 한다면 걷잡을 수 없이 울음이 쏟아질 것만 같았다.

"좀 들어가 쉬어."

그가 부드럽게 말했다.

"아녜요. 계속 쉬었어요."

그녀는 종태의 가슴에서 떨어지지 못했다. 그가 다시 얼굴을 쳐다볼 것 같아 두려웠다.

"이것 먹자고. 떡이 따끈따끈해. 금방 사왔으니까 맛있을 거야."

그러면서 그가 먼저 팔을 풀고는 떡이 든 그릇을 탁자 위로 가져왔다.

"……."

희자는 소파에 앉아 떡을 내려다보고 있었다. 흰 떡과 쑥떡이 같이 섞여 있었다.

"……?"

그가 자신을 바라보고 있다는 것을 느꼈다. 그녀는 마지못해 떡 하나를 집어 입으로 가져갔다. 입에 넣었는가 싶었는데 속이 니글거렸다. 도저히 씹을 수가 없었다.

"욱!"

그녀는 결국 토할 것만 같아 입가를 손으로 막으며 싱크대로 가서 뱉어냈다. 그리고는 싱크대를 붙잡은 채로 가만히 서 있었다. 이상했다. 떡을 먹었는데 속이 메스꺼워지는 것이었다.

"왜 그래? 우리 아이 생겼나?"

그는 반신반의하면서 그런 말을 했다. 희자가 그러는 것이 내심 즐거운 듯한 말투였다.

희자가 말이 없이 그대로 서 있자,

"맞아? 임신한 거야?"

"아니에요. 뭘 잘못 먹었나…… 아까부터…… 그랬어요."

희자는 그 말을 하고는 눈물이 핑 돌아나와 있는 눈가를 쓰윽 문질렀다. 그에게 이런 꼴을 보이는 것이 부끄러웠다. 마치 죄인이 된 듯한 기분이었다. 어찌할 바를 몰랐다.

"들어가서 누워요. 심한 것 같으면 읍내 병원에 나갈까?"

종태의 그런 말이 무척 고마웠다. 하지만 오늘따라 그리 달갑지가 않았다.

"병원에는 왜 가요? 조금 누워 있으면 곧 나아질 거예요."

그녀는 곧 일어나서 안방으로 들어갔다. 그가 따라 들어올까 봐 걱정이 앞섰지만 그는 들어오지 않았다.

그녀는 창문의 커튼을 닫아버리고는 침대로 가서 누웠다. 방 안이 어둑컴컴했다.

"……."

천정을 쳐다보던 그녀의 눈에서 눈물이 흘러나왔다. 주체할 수 없는 눈물이었다. 흐느끼지 않으려고 희자는 시트 자락을 끌어 얼굴까지 덮어버렸다. 모든 행복이 순식간에 깨져버린 것처럼 암담하기만 했다. 그렇게 느껴서일까. 그녀의 마음은 지금 걷잡을 수 없는 혼란에 빠져 있었다.

그를 똑바로 바라볼 수가 없었다. 그녀는 자신이 점점 나약해지는 것을 느낄 수 있었다. 종태의 사랑이 크면 클수록 자신에겐 괴로움으로 남아 있었다. 그녀는 지금 그와의 끈질긴 사랑을 되새기면서 하염없이 울고 있었다.

종태는 거실에 앉아 떡을 먹으면서 바다를 내다보았다. 푸른 바다에 배를 타고 나가 낚시줄을 드리우고 싶었다. 마음 같아서는 희자를 데리고 나가 같이 낚시를 하는 것도 좋을 거라는 생각이 들었다. 마른 햇빛이 부서지는 뱃전에 앉아 시간가는 줄 모르게 낚시를 하다가 어느덧 어스름이 내리깔리는 장광을 보는 것도 꽤나 기분 좋은 일이었다.

그런 바다 한가운데서 희자를 안고 싶었다. 출렁이는 배 위에서 그녀와 단둘이 긴 섹스를 하고 싶었다. 그리고 그렇게 했던 섹스를 통해서 아이를 한 명 갖고 싶은 욕심이 생겨났다. 집이 아닌, 바다 한가운데서의 섹스를 통해 임신한다면 아마 그 아이는 씩씩한 사내아이가 될지도 모른다고 생각했다.

"……."

그는 안방을 바라봤다. 조용해진 안방으로 들어가볼까 하다가 그만두었다. 혹시 잠들었을지도 모른다는 생각이 들었다.

그는 소파에 기댄 채, 거실 중간에까지 들어온 햇빛을 받으며 나른한 잠이 들었다. 파도소리가 귀에 들려왔다. 파도는 가까이 다가왔다간 다시 멀어지는 듯했다. 쏴아아, 하는 소리가 잠결 속으로 더 깊이 빠져들게 했다.

05

사랑하는 당신에게

“이제 일어났어요? 몸은 좀 어때?”

종태는 마악 일어나 거실로 나오는 희자한테 물었다. 부스스한 희자의 얼굴이 창백해 보였다.

“괜찮아요. 잠깐 눈을 붙였어요. 잤어요?”

“응.”

“여기서?”

희자는 깜짝 놀라는 투로 물었다.

“그렇지. 나도 여기서 잠깐 잤는걸. 왜 그래?”

종태는 이상하다는 듯이 물었다.

“왜 여기서 자요? 혼자. 안방으로 들어오잖고요.”

희자는 약간 화가 난 듯한 말투였다. 그저 지나칠 일이었지만 그게 아니었다. 좀 전에 자신이 당한 일이 떠올랐다. 그래서 더욱 짜증이 난 것이다. 얼떨결에 그렇게 말한 것이었다.

"왜? 여기서 자면 어때? 당신이 깰까봐 그런 거지. 몸은 괜찮아?"

"……네."

희자는 대답을 하면서도 언짢은 기색이 역력했다. 아직도 몸이 개운치 않은 듯했다.

"그런 건 염려 말라니까. 난 건강해요, 여보."

종태는 그녀가 자신을 위해서 그런 말을 하는 것으로 알아들었다. 자신은 몸이 아프면서도 정작 자신을 챙겨주는 그녀가 더욱 사랑스러웠다.

"내 걱정은 말아요. 난 몸이 단단하잖아. 우리, 언제 한 번 바다에 나가서 낚시나 할까?"

"바다요?"

희자는 무슨 소리냐는 듯이 되물었다.

"응, 아까 생각했는데, 바다에 나가서 바다낚시나 하면서 회도 직접 쳐서 먹고. 바다를 구경하는 것도 좋잖아? 바다에서 보는 어촌의 풍경도 기막힐 거고. 당신이랑 바다에 떠서 지내다 돌아오고 싶어서 그래."

종태는 신기한 것을 발견이라도 한 것처럼 의기양양하게 말했다. 그녀는 위해서 배를 세내어 꼭 그렇게 해주고 싶었다.

“무서울 건데…… 바다 한가운데로 가면…… 무서울 것 같아요.”

“무섭지 않아. 내가 옆에 있잖아. 구명조끼를 입고 나가면 돼요. 나도 수영은 자신 있으니까.”

종태는 그녀가 평소에도 바다를 너무 좋아한다는 것을 알고 있었다. 그래서 그런 생각을 한 것이었는데 막상 이야기를 꺼내놓고 보니 희자는 난색을 표하는 것이었다.

“무서운 덴 가고 싶지 않아요. 그냥 집에 같이 있어요.”

그녀는 간절한 표정으로 그렇게 말하는 것이었다.

“왜 갑자기 겁이 많아졌지? 내가 있는데도 그러네. 그건 걱정 안 해도 되는데…….”

“…….”

종태는 더 이상 그녀를 성가시게 하고 싶지 않았다. 그래서 좀 전에 했던 말은 없던 것으로 치부하고는 거실 바닥에 앉아 TV를 켰다. 유선 방송이 나오고 있었다. 액션 영화였다.

희자가 바다를 쳐다보다가 주방으로 걸어가는 것이었다.

“…….”

종태는 희자가 주방으로 걸어가는 걸 바라봤다. 그가 사온 것들을 꺼내놓고 반찬을 만들기 시작하는 그녀였다.

종태는 TV에 신경을 쓰고 있었다. 흘러간 옛날 영화였다. 김두한의 일대기를 그린 폭력 영화여서 관심을 가지고 보는 중이었다. 사나이로 태어나서 주먹 하나로 세상을 주름잡은 김두한의 의리있는 주먹세계가 맘에 들었다.

지금 종태는 비록 주먹세계에서 손을 씻었지만 아련한 추억 같은 건 남아 있었다. 다시 회귀하고 싶다거나, 미련이 남아 있진 않았어도 한때의 젊은 청춘을 바쳐 충성했던 피묻은 시절이어서 더욱 새삼스러웠다. 어떤 일이던 간에 노력과 피땀이 없이는 하나도 이룰 수 없다는 것을 깨달은 종태였다. 내가 살기 위해선 먼저 상대방의 급소를 단 한 방에 찔러야만 했고, 잔인하고 냉혈동물 같다는 이름을 얻기까진 감정에 치우치지 말아야 했다.

오로지 주먹세계의 일인자만 꿈꾸고서 사소한 감정과 사치스러운 감정의 낭비를 냉혹하게 뿌리쳐야만 했다. 보스에게 그러한 점을 강하게 인식시킴과 동시에 밑의 부하들에게도 그러한 인상을 강하게 심어둘 필요가 있었다.

가령, 바로 밑의 동생이 실수를 했다고 하더라도, 그가 얼마나 충성심을 발휘해서 싸웠으며, 잔인하게 나왔는가에 우선 초점을 맞추었다. 그래서 설사 치욕스런 패배가 있었다손 치더라도 그런 동생에겐 일부러 독한 술을 사주며 무언으로 위로해주는 종태였다.

말이 필요 없었다. 조직이란 행동으로 보여주는 것뿐이었다. 말이란 자주 하면 할수록 사나이의 체통을 무너뜨리기가 쉬운 법이다. 말에서 실수가 튀어나오고, 약점이 드러나게 마련이고, 나약해지기가 쉬운 법이었다.

종태에겐 변명 따위가 가장 치사한 것으로 인정되었다. 부하들은 그러한 종태의 성격을 알고 있었으므로 최선, 아니면 죽음이라는 식으로 훈련을 받아왔다. 말이 필요 없었다. 조직에서는 2등이란 있을 수 없고, 오로지 1등만이 살아남아서 존재할 뿐이라는 것을 깊이 명심시켰다.

1년에 두 번 정도 조직원들을 대리고 산 속 훈련으로 들어가는 것도 종태의 특이한 방법이었다. 가장 더울 때인 한여름과, 가장 추울 때인 정월달에 산 속으로 들어가 텐트를 치고는 보름 정도의 합숙 훈련을 시키는 것이었다. 가장 더울 때, 사람들이 느슨해지기 쉬운 때를 골라 지독한 훈련을 받고 나면 부하들의 눈에서 생기가 돌고, 눈에서 불꽃이 튀게 마련이었다.

그리고 한겨울엔 산 속에서 나무불을 때서 식사를 하고, 얼음 구덩이 속에 들어가 명상하는 시간, 산등성이를 뛰어넘는 훈련, 사시미칼을 가지고 아름드리 나무를 찍어 넘어뜨리는 지독함을 훈련시켰다. 수도 없이 찍고 또 찍어야만 겨우 넘어가는 아름드리 나무를 보며 그들은 조직원의 단합심을 고조시켰다.

인간은 가장 잔인할수록 가장 이성적일 수 있다는 것이 종태의 생각이었다. 잔인하지 않으면, 여자와 술과 돈의 맛에 빠지기가 쉽다고 믿었다. 남자에게서 가장 적이랄 수 있는 건 바로 술과 여자와 돈맛이었다. 타락하지 않기 위해선 1년에 두 번 정도의 피나는 훈련을 거침으로써 더욱 강인해지는 것이었다.

표창을 던져 그려놓은 심장에 단번에 맞히는 것이라던지, 바윗돌을 내리찍어 부숴버리는 것이라던지, 오리걸음으로 산을 올라가고 산을 내려오는 것은 어떠한 상황에서도 상대방에 지지 않는 강인함을 단련시키는 것이었다.

사람은 훈련을 통해서만이 강해질 수 있었다.

영화에서는 김두한의 전성기만 나오고 있었다. 종태가 궁금했던 것은 그의 유년기, 청년기인 초기였다. 영화 속에서는 별로 나오지 않는 그의 성장 환경이 궁금했지만 할 수 없었다. 짧은 시간 동안에 영화 속에 다 집어넣을 수 없는 영화의 한계를 느끼며 지켜보고 있었다.

너무 아름답게만 그려놓은 것이 흠이라면 흠이랄 수 있었다. 남자의 세계란 사랑도 의리도 중요하겠지만 미국의 서부 영화처럼 냉철함이 끝까지 있어야만 남자로서의 매력이 넘쳐나는 것이라고 생각되었다.

"뭘 그렇게 열심히 봐요?"

희자가 음식을 만들다 말고 다가와 옆에 앉았다.

"으응, 김두한에 대해서 나오는 영화야. 김두한 알지?"

종태가 물었다.

"알아요. 저런 거 보면 어때요?"

희자가 은근히 물어왔다.

"어떻긴? 그저 선배로서…… 어떻게 살았는가를 보고 있는 거지. 너무 감정적으로 그린 것 같은 점은 있어."

"……."

희자는 말이 없었다. TV를 쳐다보는 종태의 옆얼굴을 바라보고 있을 뿐이었다.

"여보, 다른 프로 봐요. 저런 거 자꾸 보면……."

희자가 말끝을 흐렸다.

"왜? 하하하. 내가 다시 주먹을 말아쥘까봐? 희자가 옆에 있는데 다신 그런 일 안 하지. 걱정이 돼서 그래? 나 이렇게 당신이랑 행복하잖아?"

"그래도요……."

희자는 약간 불안했다. 그가 그런 세계를 들여다보는 것 자체가 곧 불안이었다. 이런 생활에 싫이 나면 언제든지 뛰쳐나갈 수도 있을 거라는 생각이 들었다.

희자는 다시 주방으로 걸어갔다. 그리고는 반찬을 만들면서 곰곰 생각했다. 내가 이 남자를 사랑하지 않으면 종태는 다시 죄의 길로 빠져들 수밖에 없을 거라는 생각이었다.

그러나 자신의 몸이 더럽혀진 지금, 그를 떳떳이 대하기가 쉽지 않았다. 마치 무언가를 숨기고 있는 듯한 자신이었다. 만일 그걸 눈치라도 챈다면? 느낌으로나마 그걸 어렴풋이 느낀다면 어떻게 할 것인가? 희자는 그런 생각으로 골몰해졌다.

그냥 아무 일도 없었던 것으로 자신을 숨기기는 매우 어려웠다. 태연한 척하면서 그를 대하기가 무척 어려웠다. 희자 자신이 그걸 용납하지 못하고 있었다. 물론 시간이 흐르고 나면 좀 덜하겠지만, 지금 같아서는 그에 대한 죄책감으로 견딜 수 없을 정도였다.

희자는 가끔 하던 일을 멈추고 한숨을 내쉬었다. 주방 앞의 유리창을 통해 산이 보였다. 온통 푸르름으로 가득 차기 시작하는 봄산이었다. 활기에 찬 초록빛으로 단장한 산은 싱그러움 그 자체였다. 마치 희자를 부르는 것만 같았다.

"……."

희자는 산을 바라보면서 자기도 모르게 눈물이 찔끔 나왔다. 어떻게 해서 그러한 일이 일어났는지 상상조차 되지 않았다. 자꾸만 뒤쪽이 신경 쓰였지만 TV 소리가 나는 것으로 봐서 종태는 여전히 TV를 보고 있는 중인 것 같았다.

희자는 눈을 껌벅거려 눈물을 말려냈다. 혹시라도 그가 눈치를 챌까봐 일하던 손을 올리지 않았다.

잡채에다 나물을 넣어 볶고서는 간장으로 양념을 했다. 맛을 보기 위해 잡채 몇 올을 손으로 집어 올리면서 그녀는 얼른 눈물을 닦아냈다. 그리고 다시 태연하게 반찬들을 만들기 시작했다. 잡채와 같이 먹기 좋도록 생선을 넣은 시원한 매운탕을 같이 만들어냈다.

"저녁 먹을까요?"

희자는 뒤돌아서면서 그 말을 했다.

"응, 으응. 다 끝났어."

종태는 얼른 대답을 해왔다. 영화가 다 끝날 때까지 꼼짝도 않고 앉아 있었던 그였다.

희자는 식탁을 차리고는 그와 마주보며 앉았다. 먹음직스럽게 차린 식탁이었다. 종태가 빙긋 웃으면서 말했다.

"많이 차렸어. 힘들었겠어."

희자를 위로하는 말이었다.

"그럼, 기도하세요. 식사 기도."

희자의 말에 종태는 두 손을 모았다. 나직하면서도 무거운 목소리로 기도를 하기 시작했다.

하늘에 계신 하나님 아버지.
오늘 이렇게 좋은 식사를 주시니 감사합니다.
사랑이 많으신 주님,
저희 가정을 눈동자 같이 살펴주시고
저희들에게 건강을 허락하여 주사
……

종태는 잠시 기도를 그쳤다. 왜 그랬는지 모르겠지만 잠시 생각하는 듯하다가 다시 기도를 하기 시작했다.

제 처에게도 건강을 허락하여 주시옵소서.
더욱 믿음을 허락하여 주셔서
쓰러지지 않는 믿음을 주옵소서.
이 음식 먹을 때마다 주님의 은혜를
생각하게 하옵소서.
예수님의 이름으로 감사 기도드리옵나이다. 아멘.

"아멘."

희자도 그의 기도가 끝남에 따라서 아멘을 했다. 눈을 뜨자, 그는 멋쩍은 듯이 빙긋 웃어보였다.

"왜요? 잘 하셨는데요 뭘."

희자도 웃었다.

"조금 쑥스러워서 그래. 잘 한 거야?"

"네, 잘 했어요. 그만하면."

그들은 같이 식사를 하기 시작했다. 희자가 만든 반찬들은 특히 맛있었다. 종태의 입맛에 딱 맞도록 애쓴 흔적이 역력했다. 벌써 그녀는 종태의 식성을 알고 있었다. 음식에 간을 얼마나 해야 하고, 어떤 종류의 반찬을 좋아하는 지를 미리 알고 있었다.

사랑하는 사람을 위해 음식을 장만하고, 그를 위해 무엇인가를 준비한다는 것은 매우 기분 좋은 일이었다. 오로지 그를 위해서만 살아가고 싶었다. 자신의 그 어떠한 것보다도, 그를 위해서 사는 게 진정한 행복인 것 같았다.

그러나 그녀의 지금 기분은 그렇지 못했다.

종태가 기분 좋게 식사를 하고 있는 동안에도 그 일이 내내 마음에 걸렸다. 오늘 낮에 자신이 당한 일을 어떻게 처리해야 할지 몰랐다. 고백할 수도 없고, 그렇다고 영원히 숨길 수도 없는 일이었다. 그건 신앙적인 양심의 문제였다. 차라리 그에게 모든 걸 다 고백하고 용서를 받고도 싶었지만 만일 그렇게 했다가 혹시라도 그가 다시 옛날의 종태로 돌아가는 게 무엇보다 두려웠다.

아직까지도 종태는 옛날의 습성을 깨끗이 다 씻어버린 건 아니었다. 가끔 화가 날 때나, 마음이 급해질 때는 옛날의 그 과감성이 드러나곤 했다. 희자에겐 전혀 그러질 않았지만 차를 몰고 가다가도 누군가가 시비성의 트집을 잡아오기라도 하면, 그는 못 참는 그런 성미였다.

그런 그에게 사실 그대로 이야기를 했다간 어떻게 일을 처리할지 모르는 일이었다. 그의 순수한 가슴에 다시 못을 박고 싶진 않았다. 이미 그는 그리스도의 품 안으로 돌아와 있었지만 설질만은 아직 못 고치고 있다는 걸 희자는 알고 있었다. 조금 더 시간이 지나고 나면 언젠가는 그도 옛날의 종태가 아니라, 과격했던 지난날의 성질을 버리고 순수한 사람으로 돌아오리라고 확신하고 있는 그녀였다.

어떻게든 그를 새사람으로 만들고자 기도했던 자신이 아닌가. 희자는 구치소에 있을 때부터 그를 위해서 기도를 해왔다. 이렇게 둘이 같이 살게 될 줄은 꿈에도 몰랐고, 다만 자신을 사랑하는 그가 잘 되기만을 기도해왔을 뿐이었다. 그런데 두 사람이 같이 출소를 하고, 이곳 수산포에 보금자리를 마련할 수 있게 된 것이었다.

희자는 마음이 괴로웠다. 아무것도 모르고서 밥을 먹고 있는 그가 측은해 보이기까지 했다. 마치 자신이 먼저 그를 속이고 있다는 자책감이 일어나고 있었다.

"……."

그를 쳐다보았지만 그는 그저 밥을 먹다 말고 웃기만 할 뿐이었다. 희자는 얼른 밥숟갈로 시선을 내렸다.

"여보, 참 맛있어."

종태는 스스로 멋쩍었는지 그 말을 했다.

"……."

희자는 그저 웃어주었다.

"너무 맛있는데. 내가 무슨 선물해줄까?"

종태는 자꾸만 희자에게 말을 붙이고 싶어하는 눈치였다. 오늘따라 조용한 희자가 마음에 걸리는 모양이었다. 그는 그랬다. 희자가 시무룩하면 어떻게든 즐겁게 해주려고 노력하는 사람이었다.

원래 말이 없고, 무뚝뚝한 사람이 그렇게 나올 때는 순전히 자신을 위해서 그러는 것이라는 걸 아는 그녀였다. 그가 밥을 먹느라 고개를 숙인 잠깐 사이, 희자는 그를 바라보면서 속으로 한숨을 내쉬었다.

희자는 오늘따라 별로 밥맛이 없었다. 종태가 숟갈을 놓는 동시에 슬그머니 밥숟갈을 놓았다.

“아니, 왜 그만 먹어? 아직도 안 좋은 거야?”

종태가 물었다. 그는 희자의 안색을 살폈다. 약간 창백한 듯했다. 입술이 마른 듯 까칠하게 보여졌다. 희자는 지금 마음속으로 애가 타고 있었다. 내면의 열기가 입술로 발산되는 모양이었다.

“아녜요. 됐어요. 그냥…….”

“좀 더 먹어. 그렇게 먹고선 어떻게 해?”

종태의 그녀를 염려하는 채근이었다.

“됐어요. 입맛이 없어서요. 더 드세요.”

희자는 종태에게 더 먹으라는 말을 하고는 가만히 앉아 있었다. 그가 다시 먹기 시작했지만 그녀를 살펴보는 눈빛이 애절하게 보였다. 좀 더 먹지? 하는 그런 눈빛이었다. 희자는 그에게 웃어주기만 했다.

이른 저녁을 먹고 나서 그들은 옷을 갈아입었다. 수요일 저녁 교회에 가기 위해서였다. 종태가 미리 시동을 걸어놓은 차에 올라탄 희자는 성경책을 무릎 위에 단정히 올려놓았다. 그리곤 기도를 하는 것이었다.

언제나 그녀는 차에 올라타거나, 무슨 일을 시작하기 전에 잠깐 기도를 하는 것이었다.

"……."

종태 역시 마음속으로 기도를 했다. 두 사람은 언제나 그런 식으로 기도를 했다. 처음엔 희자가 그랬으므로 종태가 따라서 그랬지만 이제는 종태 스스로도 그런 기도를 할 수 있었다.

약간 어두워진 길을 짚차는 달리기 시작했다. 집에서 불과 오분 정도밖에 되지 않은 곳에 조그만 교회가 있었다. 송림이 우거진 숲 속에 교회가 있었다. 어촌이라선지 별로 모이지 않는 그런 교회였다. 그러나 교회 목사님은 꽤나 인자한 분이었다.

처음 종태와 희자가 교회에 나갔을 때의 설교 제목을 잊어버리지 않고 있었다. 짐진 자들아 다 내게로 오라, 라는 내용의 설교였다. 희자는 그때 첫 설교를 들으면서 감격했는지 연신 손수건을 꺼내 눈물을 닦아내고 있었다. 그리곤 종태의 손을 가만히 붙잡았다. 그녀가 가끔 손에 힘을 주며 세게 붙잡았을 때, 종태는 마음이 뜨거워졌다.

이 여자한테 평생 동안 사랑을 하리라는 마음의 다짐을 했던 순간이기도 했다. 그 첫날의 설교를 듣고부터 그들은 그 교회에 등록을 해버렸다. 그 교회 외에는 근처에 교회가 없었다. 좀 더 멀리 나가면 또 교회가 있긴 했지만 희자가 이 교회로 정하자는 말에 종태는 순순히 따랐다.

교회는 안온한 듯이 송림 숲 속에 서 있었다.

예배를 시작하기 직전이라선지 환하게 불이 켜져 있었다. 종태는 교회 앞 공터에 차를 세우고는 얼른 내렸다. 그리고는 희자의 문을 열어 주었다.

"……."

희자는 아무 말 없이 차에서 내려서는 종태의 뒤를 따라 교회 안으로 들어갔다. 교회 안에는 이미 몇몇 나이 많은 할머니들이 앞자리를 잡고 앉아 기도를 하고 있었다. 아직 이른 시간이었다.

그들은 노인들 뒤편에 앉았다. 그리고는 두 손을 모아쥐고는 기도를 하기 시작했다. 희자는 앞쪽으로 엎드린 채, 기도를 하기 시작했다. 그녀는 엎드리자마자, 눈물부터 솟아나기 시작했다.

왜 그런 일이 일어날 수 있었는지 원망스럽기만 했다. 마치 마귀가 자신을 시험하는 듯했다. 그와 누리고 있는 자그마한 행복까지도 송두리째 빼앗아가려는 마귀의 음모인 것만 같아

마음이 무거웠다. 그래서 희자는 더욱 두 손을 꼬옥 붙잡고서 간절히 기도하는 것이었다.

자신에게서 그러한 불행이 일어나지 않도록 간구하는 것이었다. 불행은 예고 없이 순식간에, 부지불식간에 찾아온다는 것을 그녀는 그동안 잊고 있었던 것이다. 단지 든든한 종태가 옆에 있었으므로 그러한 것들에 대해선 까마득히 잊고 있었다. 이럴 수가 있는 것일까. 그녀는 기도를 하면서 수없이 그런 생각이 들었다.

아직 예배가 시작되기 전이었다.

사람들이 하나 둘 자리를 잡기 시작했고, 그녀는 그때까지도 기도의 손을 놓지 않고 있었다. 그와의 행복을 위해 더 많은 기도와 간구가 필요했다. 그녀는 마음속에 있는 모든 죄악들을 털어놓으며 회개했고, 그것도 모자라 다시 회개하기를 계속했다. 모든 것이 다 죄악이라는 생각이 들었다.

자신이 옛날에 사랑했던 남자의 기억도 떠올랐다.

비록 자신을 멀리하고, 피하려고 그랬던 그를 마취제 주사를 놓아 숨졌다는 사실이 그녀에겐 커다란 바윗돌인 것처럼 마음속의 잔디밭을 마구 뒹굴고 있었다. 같이 죽어버리려고 그랬던 그 순간이 번개처럼 떠올랐다.

한 번의 섹스가 끝난 뒤에 곤히 잠들어 있는 그의 팔뚝에 마취제 주사를 놓으면서 그녀는 이제 같이 죽는다는 생각밖엔 없었다. 그것이 커다란 죄악이라고는 들지 않았다. 어차피 자신도 같이 마취제 주사를 맞고서 곧 죽을 거라는 생각뿐이었다.

사랑했던 남자의 변심과 무관심을 참고선 도저히 살아나갈 자신이 없었다. 그래서 동반 죽음을 택한 것이었으므로 더 이상 두려울 것도 없었다. 그녀는 자신이 그렇게 선택한 것에 대해 조금이라도 후회되거나 미련 같은 건 남아 있지 않았다. 차라리 자신이 좋아했던 남자와 같이 일찌감치 저 세상으로 가버리는 것이 마음이 편할지도 모른다는 생각이 들었다.

사랑은 한 순간의 물거품이라고 했던가.

모든 것이 끝났을 때엔 더 이상의 어떠한 미련도 남아 있지 않았다. 어서 빨리 그 남자와 이 세상을 떠났으면 하는 마음뿐이었다. 마음의 괴로움도 잊고, 서러움도 잊어버릴 수 있는 건 오로지 그 길밖에 없는 듯이 생각되었다. 모든 세상과의 인연의 끈을 끊어버리는 것만이 그녀가 할 수 있는 유일한 길인 것처럼 느껴졌다.

희자는 그때의 일들이 기억났다. 죽음이 그리 무섭지 않았던 그때가 오히려 자신에겐 가장 충실했을 때라고 생각되었다. 모든 걸 사랑 하나에만 걸고서 자신의 인생과 미래를 내다보던 시기였다. 가장 뜨겁고 치열했던 것 같았던 그 순간이 지나고 나서 그녀는 곧 현실로 되돌아올 수 있었다. 이미 그의 시체는 싸늘히 식어 부검실에 있었고, 그녀는 중환자실에 누워 있었던 것이다.

사랑의 기나긴 종말이 그런 식으로 끝이 났다. 그리고 희자는 병원에서 곧바로 구치소로 수감되었던 것이다. 그때부터 희자는 냉정을 되찾기 시작했다. 양 손목엔 수갑이 채워지고, 그것도 모자라 허리를 졸라 손목을 칭칭 감는 혁수갑을 덧차게 되었다.

쇠붙이로 된 수갑 하나와 가죽으로 된 혁수정을 차고 나니 짐을 진 것처럼 몸이 무거워졌다. 하루 24시간 내내 그것을 차고 지냈던 것이다. 모든 자유가 구속되고, 몸의 움직임마저도 자유스럽지 못했다. 처음에 제일 불편했던 것이, 잠을 잘 때에도 무거운 수갑을 차고 자야 한다는 것이었다. 잠이 오질 않았다. 왜 이러 고생을 해야 하나, 하고 자신이 짐승처럼 느껴졌다.

살기 위해서 이런 고생도 감내해야 하는 것이라면 금방이라도 쇠창살에 목을 매달고 죽어버리고 싶은 생각이 하루에도 몇 번씩이나 나곤 했다. 인간의 삶이 아니었다. 마치 작은 짐승을 포획해 움직이지 못하도록 쇠사슬로 칭칭 동여매 놓은 것 같았다.

재판이 끝나고 형이 확정되어 출역할 때까지 그 긴 시간 동안을 희자는 쇠붙이 수갑과 가죽 수갑에 묶여 살았다. 손때가 묻어 반질반질해진 가죽 수갑을 볼 때마다 희자는 슬펐다. 누군가 이 가죽 수갑을 차고 있다가 형장의 이슬로 사라졌을 거라고 생각하니 마음이 무거워지는 것이었다.

그때부터 희자는 교회당엘 나가기 시작했다.

신앙심을 갖고부터 자신의 죄를 회개하기 시작했고, 어느 정도 마음의 평정을 찾을 수가 있었다. 차츰 얼굴에 화색이 돌기 시작했다. 그리고 방 동료들과도 어울리게 된 것이다. 그들도 역시 인성을 가진 사람들이었다. 희자가 어려워할 때, 주위에서 따뜻한 말 한 마디라도 해주지 않았다면 희자는 그만 자살해버리고 말았을지도 모른다.

그만큼 그 안은 인생의 종착역리라고도 할 수 있었다. 고독과 소외감. 이런 것들에게서 놓여나는 데만 해도 무척 많은 시간들이 흘러가야만 했다. 처음엔 그저 불안하기만 했고, 그 이후로부턴 점점 고독감이 밀려들었다. 혼자라는 생각만 들 뿐, 그 누구도 자신의 편이 되어주질 않았다. 희자의 시골 할머니만이 귀여운 손녀한테 눈물을 짓다간 돌아가곤 했었다.

희자는 시골에서 물어물어 올라와서 구치소로 면회를 온 할머니를 볼 적마다 눈물이 앞을 가렸다. 오지 말라고 그렇게도 당부했지만 할머니는 그게 아니었다. 서울 지리를 몰라 아무나 붙잡고서 물어물어 면회를 온 할머니의 얼굴에는 세상의 모든 시름이 다 가라앉은 듯한 체념과 피곤기가 역력했다.

시골에서 그저 허드렛일이나 조금 해주고 받은 곡식으로 겨우 하루를 연명하는 할머니가 먹을 것들을 넣어주고 가면 저녁 무렵에 영치물을 받아쥐는 희자의 마음은 내내 우울해졌다. 할머니에게 못할 도리인 것 같아 괴로웠다. 그동안 희자에게 그런 일이 있기 전에는 간호사 월급에서 거의 대부분을 할머니한테 송금했었지만 이젠 그 누구도 할머니한테 돈을 줄만한 사람이 없다는 것이 못내 마음 아팠다.

희자는 마음이 복잡했다. 죽은 그 남자에 대해서 용서를 빌었고, 할머니를 위해서 기도를 했다. 요즘 와서 다시 송금을 하고는 있지만 할머니의 건강이 늘 걱정이었다. 그리고 종태와 자신의 문제에 대해서 기도했다. 희자 자신보다도 종태에 대한 기도에 더 열성적이었다. 다시는 그런 불행이 찾아오지 않도록 간절히 기도하고 또 기도했다.

그리고 마지막으로 그 군인에 대해서 기도하기 시작했다. 어쩌면 그 군인도 젊은 시절의 성적인 충동을 이기지 못해 저질러진 우발적인 행동이리라고 생각하면서 그 군인 깊이 후회하고 뉘우치기를 하나님께 빌었다. 그래서 그 군인이 다시는 그러한 일을 저지르지 않도록 해달라고 기도했다.

그의 앞날을 위해서 기도했다. 그런 성적인 범죄에 빠져서 인생을 망치는 일이 없도록 해달라고 간구했다. 희자의 눈에서는 쉴 새 없이 눈물이 쏟아지고 있었다. 나중엔 눈물과 콧물이 범벅이 되어 훌쩍거리는 목소리가 새어 나오려고 그랬다. 그녀는 옆에 있는 종태가 이상하게 생각할까봐 가까스로 참아내고 있었다. 다만 은혜를 받은 신도처럼 눈물만 흘릴 뿐이었다.

희자는 자신의 인생을 생각하면 할수록 더욱 마음이 아팠다. 첫 번째의 사랑은 자신의 맹목적인 사랑에 대해 그 남자의 냉혹한 배신이었지만, 이번의 종태와는 정말 진실되고 생명이라도 바쳐서 지키고 싶은 애절한 사랑이었다. 그렇지만 자신의 몸속에 쏟아 부어진 불순한 타인의 정액이 자신의 행복을 망가뜨리고 있었다.

전혀 다른 형태의 두 가지의 사랑에 가해지는 절망이란 또 다른 것들이었다. 앞의 것이 사랑하는 첫 남자의 철저한 배신이라면, 뒤의 것은 군인의 짓밟음이었다. 희자는 생각하면 할수록 더욱 눈물이 나왔다. 가까스로 얻은 행복에 누군가가 악마처럼 재를 뿌리고 달아난 것만 같았다.

"……?"

종태는 옆자리에 앉아 엎드려 있는 희자를 바라보았다. 처음부터 엎드린 자세 그대로였다. 연신 눈물을 닦아내며 나지막이 훌쩍이고 있는 그녀의 입술이 기도중이라는 것을 알 수 있었다.

종태는 괜히 마음이 찡해졌다. 사랑하는 여자가 이렇도록 열심히 기도를 하고 있다는 것에 비하면 자신은 겉껍데기 신앙에 불과하다는 생각이 들었다. 사실 종태는 희자의 신앙에 감화를 받았던 탓에 그녀보다 신앙심이 깊지 못했다. 그녀가 하자는 대로 따라 하면서 돈독한 신앙심을 가지려고 애를 쓸 뿐이었다.

예배가 시작되면서 목사의 설교가 시작되었다. 죄의 본성에 대해서 한 설교였다. 죄란 원래 하나님이 만든 것이 아니라, 사탄이 만든 것이라는 것을 강조했다. 최초의 인류인 아담과 이브가 에덴 동쪽의 하나님이 따로 만든 동산에다 자신이 손수 흙으로 만든 사람을 두어 갖가지 아름다운 과실을 맺는 나무도 같이 두셨다. 그런데 동산 중앙에는 생면 나무와 선악을 알게 하는 나무도 두셨다고 설교했다.

에덴에 강이 흐르고, 동산을 적시며 흐르다가 거기서 다시 네 개의 강으로 나뉘어졌는데, 그 첫째 강은 비손 강이요. 그 비손 강은 순금과 진귀한 향료와 보석이 있는 땅을 굽이쳐 흘렀다.

두 번째 강은 기혼 강이요. 구스 땅을 가로질러 흘렀으며,

세 번째 강은 티그리스 강으로 앗시리아 동쪽을 흘렀으며,

네 번째의 강은 유프라테스 강이었다.

하나님은 자시니 만든 사람들로 하여금 동산을 지키게 하고는 동산 중앙에 있는 선악을 알게 하는 과실만은 먹지 말라고 엄명하셨다. 그리하면 네가 정녕 죽으리라 하고 말했지만, 교활한 뱀이 이브에게 다가와 말하기를, 너희들이 그 선악을 알게 하는 과실을 먹게 되면 너희 눈이 밝아져서 하나님과 같이 선악을 분별하게 될 것이므로 그렇게 말한 것일 뿐이라고 꼬드겼다.

이브가 남자인 아담을 꼬셔 과일을 먹은 이후로부터 최초 인류의 타락이 시작되었고, 인간은 죽으면서 최초로 태어난 곳인 흙으로 돌아갈 것이라고 말씀하셨다. 인간은 언제나 질그릇 같이 나약한 존재일 뿐이다. 죄란 어느 순간에, 부지불식간에 틈타는 것이므로 항상 깨어 있어서 죄를 경계해야 한다는 요지의 설교 내용이었다.

목사의 설교를 듣는 동안, 희자는 가벼운 한숨을 토해냈다. 전부 다 자신에게 경고하는 말씀인 것처럼 느껴졌다. 한 순간을 방심한 탓에 일어난 일에 대해 그녀는 마치 자신이 죄인인 것처럼 여겨졌다. 그래서인지 눈물이 자꾸만 솟아나왔다. 손수건을 꺼내 닦았지만 멈추질 않았다.

"……."

종태는 희자가 목사의 설교에 감명을 받아 속으로 뜨거운 눈물을 흘리는 줄로만 알고 있었다. 적어도 종태의 생각으로는 그랬다. 이런 순수한 여자를 옆에 앉혀 두고 있는 자신의 마음이 더 뿌듯해지는 듯했다.

이미 종태와 희자는 두 사람 다 구치소에서 만났으므로 서로의 마음에 가지고 있는 상처를 모르는 바가 아니었다. 서로를 감싸주는 것만이 최선의 치유책이라고 할 수 있었다. 설교를 듣는 동안에도 종태는 희자를 아끼려는 마음이 더욱 깊이 솟구쳤다.

설교가 끝나고 나서 그들은 교회 앞마당으로 걸어 나왔다. 미리 마당에 나와 있던 목사가 손을 먼저 내밀었다.

"아이구, 고맙습니다. 보기가 참 좋습니다."

목사는 종태와 희자를 번갈아보며 그런 말을 했다. 종태와 희자가 나란히 서 있는 걸 보고서 하는 말이었다. 어디로 보나 다정한 부부였다.

"네, 목사님. 오늘 설교를 듣고서 희자 씨가 많은 감명을 받았는가 봅니다."

종태가 그 말을 하자,

"왜요?"

하고 희자를 돌아보는 것이었다.

희자는 얼굴에 얼룩져 있었으므로 얼른 시선을 회피했다. 그런 모습을 내보이기가 싫어서였다.

"마음에 와 닿는지 설교를 듣는 동안에 계속 울고 있었습니다. 하하하."

종태의 말에 목사는 다시 한 번 희자를 돌아보았다. 희고 갸름한 얼굴에 핏기가 없는 듯한 그런 얼굴이었다. 희자가 붙잡고 있던 종태의 손을 잡아끄는 듯하자, 목사는 빙그레 웃으면서 묻는 것이었다.

"그래요. 사람들이란 원래 죄성이란 게 있는 거니까요. 목사인 나도 죄성이 없다랄 수 없지요. 매일매일 기도하면서 죄를 씻어내는 겁니다."

목사의 목소리는 따뜻함이 묻어 있었다.

"언제 한 번 저희 집엘 심방 오십시오. 희자 씨가 좋아할 겁니다."

종태는 선불리 그런 말을 꺼냈지만 희자가 좋아하리라는 것을 미리 알고 있었다. 그제서야 희자는 목사를 똑바로 쳐다보는 것이었다.

"맞아요. 목사님이 언제쯤 저희 집엘 심방 와주세요. 그리 준비는 못하겠지만 맛있는 음식 차려 놓을게요."

희자의 목소리는 어느덧 밝아져 있었다.

"네, 그러지요. 너무 준비를 많이 하는 건 좋지 않습니다. 그냥 있는 대로 내어 놓으십시오. 그러면 가지요. 고맙습니다."

목사는 진정으로 고마워하는 인사였다. 마치 잃어버린 양 한 마리를 되찾은 듯한 그런 말투였다.

종태와 희자는 목사님께 인사를 하고는 차에 올랐다. 헤드라이트를 켜서 솔밭을 나올 때, 불빛에 비쳐지는 소나무들의 그림자들이 아름답다고 느껴졌다. 모래밭에 서 있는 소나무들이었다. 제법 굵은 소나무들이 길가에 빽빽하게 심어져 있었다.

"오늘 은혜를 많이 받은 것 같군. 당신, 오늘 많이 울었어."

종태는 차 안으로 밀려들어오는 바닷바람을 깊이 들이마시면서 기분 좋게 그 말을 했다.

"……."

희자는 말이 없었다. 오픈 돼 있는 짚 차 위로 둥그렇게 떠 있는 보름달을 쳐다보고 있었다.

"바닷가로 해서 갈까?"

"……?"

희자는 종태를 쳐다보았다. 이 밤중에 바닷가로 나가고 싶다는 말이 얼핏 가슴에 와 닿지를 않았다.

"짚차니까 괜찮아. 모래밭에 빠질 염려도 없고……."

종태는 모처럼만에 희자랑 같이 백사장을 달리고 싶었다. 그것도 이런 달 밝은 밤에. 그래서 해본 말이었다.

"아녜요. 그냥 가요. 저쪽 초소에 군인들이 있잖아요."

그 말을 하는 희자는 가슴이 덜컹 내려앉는 기분이었다. 밤에는 바닷가로 나간다는 것이 매우 위험하다는 것을 알고 있었다. 밤이 되면 군인들이 백사장으로 나와 보초 경계를 선다는 것을 알고 있었다.

"그런가? 군인들이 있겠지…… 안 되겠군."

그제서야 종태는 낭만적인 생각을 거두었다.

차는 불빛을 앞세우며 천천히 달리고 있었다. 1km마다 있는 해안 초소에서 바다 쪽을 향해 서치라이트 불빛이 움직이고 있었다. 마치 바다 위에서 무엇인가를 찾는 듯이 헤집고 다니는 불빛을 바라보며 희자는 마음속으로 가녀린 한숨을 내쉬었다.

설교 시간에 밝아졌던 마음이 점차 어두워지는 듯했다. 그렇지 않았다면 희자가 졸라서 곧바로 집으로 들어가지 않고서 바닷가를 한 바퀴 돌아 집으로 들어갔을 것이었다. 희자는 차에 타고 있으면서도 생각이 복잡해졌다. 목사님의 설교와 낮에 일어났던 일들이 한 데 겹쳐져서 떠오르곤 했다.

그건 분명히 선과 악의 분명한 대비였다.

희자의 내면에서 일어나고 있는 싸움이었다. 군인을 용서하려고 애를 썼지만 용서 이전에 그가 원망스러웠고, 그런 일이 일어나도록 자신이 잠을 잔 것이 용서받지 못할 죄인 것처럼 부끄러워지는 것이었다.

"달빛이 참 밝아…… 밤길을 달리는 게 좋거든. 바닷소리가 들리고 말야. 당신이랑 같이 이렇게 바닷가를 달릴 수 있다는 게 얼마나 좋은지 모르겠어. 정말 꿈만 같은 거야."

그는 넋두리처럼 중얼거렸다.

"……."

희자는 그를 쳐다보았다. 운전을 하느라 앞쪽을 바라보는 그의 옆얼굴이 부드럽게 느껴졌다.

"우리, 저번에 갔던 데로 가볼까?"

그가 물었다.

"어디요?"

"으응, 저번에 양양에서 들어올 때…… 거기서 당신 껴안았잖아."

그가 멋쩍은 듯이 빙긋 웃어보였다.

"그냥 집으로 가요."

그녀는 기분이 그렇게 좋지 못했다. 더구나 차 안에서 섹스를 하고 싶은 마음이 아니었다. 왠지 불안했고, 집으로 빨리 돌아가고만 싶었다.

"왜 그래요? 그냥 드라이브나 하지, 그럼."

그가 다시 물어왔다.

"……."

그녀는 가만히 있었다. 그의 고집을 꺾는다는 건 어려울 것이라는 생각이 들었다. 그의 기분을 상하게 하고 싶지 않았다.

"달빛이 너무 좋아서 그래요……."

그는 곧 차의 방향을 돌려 찻길로 들어섰다. 비포장된 해안도로였다. 마을과 마을을 잇는 버스길이었다. 하루에 기껏해야 몇 번밖에 들어오지 않는 버스가 다니는 길이었다.

오픈돼 있었으므로 시원한 바람이 그대로 들어왔다. 희자는 머릿결이 자꾸만 날려서 머리카락을 붙잡았다. 싱그러운 밤이었다. 오른쪽으로는 하얀 물보라를 일으키며 어둠 속을 달려오는 파도가 어렴풋이 보였다. 그리고 쏴아 하는 파도 소리가 잔잔하게 들렸다.

바다 위를 비추는 서치라이트 불빛이 이리저리 움직일 때마다 파란 바다가 환하게 드러났다가 다시 어두워졌다. 바다 옆을 달리는 동안, 희자는 조금 마음이 가벼워졌다. 바람 탓일까. 아니면 파도소리 탓이었을까. 아무튼 그녀의 마음은 조금씩 밝아지고 있었다.

종태도 그랬다. 바다를 끼고 달려서인지 마음이 가벼워지는 듯했다. 옆에 앉은 희자의 마음이 밝아지는 것이 무엇보다 기뻤다. 집으로 곧장 들어가는 것보다 이렇게 드라이브를 나온 것이 백 번 나았다고 생각하며 천천히 속도를 낮추었다. 좀 더 여유있게 운전을 하기 위해서였다.

"전에 몰랐는데, 바다를 보면 참 좋아. 마음이 넓어지는 것 같고 말야. 당신은 어때?"

종태가 물었다.

"네, 저도 그래요. 아까보다 마음이 편해졌어요."

그녀는 조금 웃었다. 그러면서 종태의 오른손을 붙잡았다. 굵고 튼튼한 손이 만져졌다. 그녀는 어루만지듯이 그의 손등을 덮어 쥐었다. 믿음직스러웠다. 항상 그가 옆에 있기만 하면 마음이 놓이는 그녀였다.

사랑하는 사람과 같이 있는다는 건 기분 좋은 일이었다. 아무리 힘든 일이 있었어도 사랑하는 이의 체온을 느끼고 있으면 저절로 마음이 녹아져 내렸다. 희자는 달밤의 산길을 달리는 차 안에서 그의 존재를 더욱 실감하는 것이었다. 낮에 군인에게 당할 때엔 정말 괴로웠었다. 그가 영원히 없어져 버린 건 아닌가 하는 불안감 때문에 견딜 수가 없었다.

그가 없었던 탓에 더욱 비참해지는 그녀였다. 그가 조금이라도 더 빨리 돌아와 자신을 구출해주기만을 바랐는지 몰랐다. 그래야만 겨우 숨통이 트일 것만 같았다. 그러나 끝내 군인의 남성이 안으로 깊숙이 들어오고 나서도 그가 나타나지 않았을 때, 그녀는 온몸의 방어력을 한꺼번에 빼앗겨버린 듯했다. 눈물부터 났다. 그리고 모든 걸 체념해야만 했다. 더 이상 힘이 남아 있지 않았다. 몸 안에는 힘이 한 점도 남아 있지 않은 듯했다.

잠깐 동안이었다. 군인이 하는 섹스란 그랬다. 그동안 억제해온 성욕은 금방 정액을 쏟아내는 것으로 끝이 났다. 하지만 희자에겐 멀고도 긴 시간이 흘러버린 것처럼 느껴졌다. 자신이 낯선 남자한테서 당했다는 두려움과 앞으로의 자신에 대한 생각으로 어지러웠다.

지금 희자는 종태의 옆에 앉아 있으면서도 아직까지도 낮의 두려움이 가시질 않았다. 어디선가 그 군인이 숨어 있다가 불쑥 나타날 것만 같았다. 그래서 종태를 죽이고 다시 겁탈할 것만 같은 생각이 들었다. 희자는 종태의 손을 꼬옥 붙잡았다. 그의 손을 놓고 싶지 않았다.

종태는 바다에서 조금 떨어진 산기슭에다 차를 세웠다. 주위에는 소나무들이 성큼 서 있었다. 저번에 양양 읍내를 갔다가 돌아오면서 섰던 자리였다.

"바다가 보여요? 저기……."

종태는 바다가 있는 쪽을 손가락으로 가리켰다.

"네."

희자는 고개를 끄덕였다. 그리고는 종태의 품 안으로 달려들었다.

"이젠 저 혼자 두고 어딜 가지 말아요."

희자의 그 말에 종태는 껴안으면서 물었다.

"왜? 겁나? 혼자 있으니까 무서웠어?"

"예. 무서웠어요. 외따로 떨어진 집이라…… 당신이 돌아오기만을 기다렸는걸요. 너무 지루하고, 보고 싶었어요."

그녀는 마치 울 것처럼 얼굴을 파묻었다. 그의 손이 희자의 등을 덮으며 어루만지기 시작했다.

"괜찮아. 바로 옆에 동네가 있는데 뭘. 그렇게 생각하니까 그렇지. 알았어요. 다음부턴 꼭 내 옆에서 따라다녀요. 나도 당신과 같이 어딜 나가는 게 좋아. 같이 시장도 보고, 먹을 것들도 사 먹고…… 그게 좋은 거지 뭐."

그는 그러면서 하얗게 웃었다.

종태는 그녀의 얼굴을 포근히 감싸 쥐었다. 그리고는 천천히 입술을 갖다댔다. 그러다가 다시 그녀의 젖가슴으로 손이 내려왔다. 둥근 젖가슴이 팽팽하게 일어나는 것을 느끼며 희자는 가느다란 목소리를 냈다.

"사랑해요……."

이번엔 희자가 그를 껴안았고, 그의 입술이 다시 덮어왔다. 혀와 혀끼리의 애탐이 있었고, 그들은 오래도록 상대방의 혀를 핥아대었다. 아무리 핥았어도 모자랄 것만 같은 때에, 종태는 그녀의 옷가지들을 하나하나씩 벗겨 내렸다.

나중에 하얀 팬티만 남겨놓고 다 벗겨 내렸을 때, 그는 입술로 희자의 온몸을 핥아나가기 시작했다. 젖가슴에서부터 아랫배 쪽으로 내려온 혀는 다시 그녀의 사타구니를 더듬다가 팬티의 고무줄을 들추고는 그 속으로 혀를 밀어 넣었다.

검은 숲이 혀끝에 만져졌다. 그리고 곧이어 가냘픈 계곡의 보드라운 살결이 만졌고, 그 속으로 혀를 밀어 넣은 그는 계곡을 따라 아래 위를 오르내리며 음순을 건드리기 시작했다. 미끄러운 감촉의 혀가 느껴지자, 희자는 참을 수 없는 그리움의 몸짓으로 그를 거세게 끌어안았다.

"아!……."

그녀는 몸을 활처럼 뒤로 휘면서 온몸을 비틀었다. 그리고 종태의 혀가 닿은 부분을 높이 쳐들었다. 팽팽하게 일어선 아랫배와 그 밑의 불두덩은 뜨거움 그 자체였다.

종태는 부지런히 그곳을 핥아나갔다. 계곡뿐만 아니라, 그

옆의 허벅지 안쪽도 같이 더듬어 나갔다. 희자는 미칠 듯한 몸짓으로 떨어대다가는 종태의 머리칼을 거머쥐었다.

"사랑해요."

"나도……."

종태는 그 말만을 하고는 다시 입술을 갖다댔다. 계곡에선 이미 많은 양의 물이 흘러내려 입가를 충분히 적시고 있었다.

종태는 동작을 계속하면서 한 손으로 바지를 끌어내리고는 옆자리로 갔다. 그녀의 몸 위에 몸을 내리면서 거센 뿌리를 그곳에다 맞추었다. 미끄러운 듯이 쉽게 들어간 뿌리는 들어가는 순간부터 거세게 움직이기 시작했다.

금방 밑에서 물소리가 났다. 철벅거리는 소리였다. 그 소리는 마치 파도가 해안선에 닿았을 때, 내는 소리 같았다. 종태는 그 소리를 들으면서 희자의 아래쪽을 거세게 밀어붙였다. 한 번씩 공격할 때마다 희자의 몸이 위로 붕 뜨는 것처럼 솟구치는 것 같았다가 내려앉았다. 그러고 나면 희자는 정신이 아득해졌다. 무언가 자신의 몸속을 깊숙이 후벼팠다가 빠져나가는 황홀함에 저절로 잇소리를 냈다.

"으, 으……."

그 소리는 참으려고 하면 할수록 더욱 기승을 부리며 밖으로 튀어나왔다. 희자는 입술에 힘을 주며 가능하면 소리를 내지 않으려고 그랬다. 안으로 참는 것이 더 기분 좋았다.

종태의 얼굴이 달빛을 받아 번들거렸다. 그리고 간간히 소슬한 봄바람이 불어오는 듯했다. 어디선가 짐승의 울음소리가 들려왔다.

종태는 희자의 두 다리를 거두어서는 자신의 어깨 위로 올렸다. 그리고 다시 공격해오기 시작했다. 좀 더 오므려진 희자의 엉덩이에 그의 앞부분이 찰싹 달라붙을 때마다 물소리를 냈다. 이번에는 좀 더 깊이 들어오는 것 같았다. 그리고 종태의 고환이 달랑거리며 회음부 부분을 칠 때마다 희자는 자지러질 것만 같았다.

"아, 아아!……."

희자는 더 이상 참지 못하고 그를 꽈악 끌어안았다. 그리고는 가쁜 숨을 몰아쉬었다. 그가 이쯤에서 멈추고서 꼬옥 끌어안아 줬으면 하는 마음뿐이었다. 희자는 그를 끌어안으려고 애를 썼고, 종태는 더욱 마지막 안간힘을 쏟아 붓고 있는 중이었다.

그는 일 초에도 여러 번씩의 왕복운동을 격렬하게 하면서 마지막 운동을 하고 있었다. 거세게 밀어붙이는 통에 희자의 몸뚱이가 들썩거려졌다. 희자는 정신이 없었다. 그렇도록 거센 치받음 때문에 단 일 초의 마음의 여유도 없을 정도였다. 남자들은 대개 그랬다. 마지막 사정에 임박해서는 정신없이 치받아 대는 것이었다.

"어, 헉!……."

종태의 입에서 외마디 소리 같은 말이 튀어나왔다. 그리곤 안간힘을 쓰며 희자를 끌어안으며 아랫부분을 꽈악 밀어 넣는 것이었다. 최대한 밀어 넣느라 그런지 희자의 어깨를 억세게 붙잡는 바람에 가슴께가 다 아플 지경이었다.

희자는 눈을 감았다. 그의 뜨거운 정액이 몸속으로 들어오는 걸 고스란히 느꼈다. 그것은 또 다른 쾌감이었다. 울컥거리며 들어오고 있는 정액의 양이 꽤나 많은 것처럼 느껴졌다.

희자는 두 다리에 힘을 주며 정액이 흘러내리지 않도록 했다. 그의 뿌리가 서서히 줄어드는 것을 느끼며 그녀는 종태의 가슴을 끌어안았다.

"사랑해요. 사랑해요……."

희자의 눈에서는 눈물이 내비치기 시작했다. 갑자기 튀어나오는 물기였다. 쾌감에서라기보다는 안타까운 사랑에 대한 눈물이랄 수 있었다. 자신의 몸속엔 지금 종태의 것이 아닌, 다른 남자의 정액이 거기 남아 있을 것이라고 생각하니 더욱 그랬다.

"사랑해……."

종태는 오늘따라 더욱 애절하게 나오는 희자를 끌어안으며 나직이 말했다. 그녀의 감겨진 눈꺼풀 위에다 혀를 갖다 대서는 핥아주었다. 그리고 볼과 콧날까지도 핥아주었다. 그녀의 얼굴에 번져 나와 있는 물기를 말끔히 씻어내 주었다.

"……."

그녀의 가슴이 조금씩 할딱거리며 흐느끼기 시작했다. 그러면서 점점 더 종태의 품 안으로 파고드는 것이 무언가 마음이 답답한 듯했다. 종태는 갑자기 두려움을 느꼈다. 오늘따라 희자의 그러는 모습이 안타까워졌던 것이다.

"왜 그래? 어디 아파? 아니면…… 내가 뭐 잘못한 게 있나?"

종태는 다소 불안한 눈빛으로 그녀를 내려다보고 있었다. 그녀의 눈에서는 쉴 새 없이 물기가 솟아나오고 있는 중이었다.

"아녜요. 아녜요. 그냥……."

희자는 도리질을 하며 종태의 가슴에 깊숙이 안겨왔다. 그녀는 얼굴을 파묻은 채로 파들거리고만 있었다.

"……."

종태는 그녀를 안은 팔에 더욱 힘을 주며 그녀를 껴안아 주었다. 어딘지 모르게 불안해 보이는 그녀였다. 종태는 그녀를 껴안은 채로 바다 쪽을 바라보았다. 검은 파도가 밀려오는 것처럼 느껴졌다.

모든 게 감미롭게만 느껴졌다. 파도소리도 그랬고, 바람소리 또한 그랬다. 웃통을 벗어 내린 살갗에 와 닿는 미적지근한 바람결이 부드럽게 느껴지고 있었다. 이미 땀이 식어내리고 있는 중이었다.

"애기가 생겼으면 좋겠어."

종태는 느닷없이 그런 말을 꺼냈다.

"……."

희자는 말이 없었다. 그의 줄어든 남성이 빠져나가는 것을 느끼며 그대로 누워 있었다. 종태가 얼른 티슈를 뽑아 그녀의 밑에 갖다 대주었다. 그제서야 그녀는 티슈를 받아 닦아내기 시작했다.

꽤 많은 양의 정액이 흘러나왔다. 희자는 그것을 받아내면서 다소 슬퍼졌다. 그 정액 속에는 종태의 것뿐만 아니라, 군인의 것도 약간 섞여 있을지도 모른다고 생각하니 마음이 저려오기 시작했다.

자신의 몸이 딴 사람에 의해 더럽혀져 있다는 것을 모르고 있는 종태에게 사실대로 말하고 싶은 충동이 일어났다. 그래서 용서를 빌고 나서, 마음의 무거운 허물을 훌훌 털어내 버리고 오직 그이만을 위해서 살아가고 싶었다. 언제까지나 자신을 기만하면서 살아가고 싶진 않았다. 희자는 자신을 그토록이나 믿고 있는 종태를 속이면서 살아가고 싶은 마음은 추호도 없었다.

그를 쳐다보고 있으면 어느새 마음속에서부터 고백할만한 용기가 사라지고 마는 것이었다. 도저히 자신의 입으로는 직접 그런 말을 꺼낼 수가 없었다. 설사 그가 눈치를 챘다고 하더라도 그랬다. 낱낱이 그에게 고백한다는 건 도저히 할 수 없을 것만 같았다.

그가 달빛을 올려다보며 담배를 피우고 있는 동안, 그녀는 수없이 망설여졌다. 그런 일을 당했다는 걸 말해야 하는 자신이 비참하게 생각되어졌다.

"……?"

그가 이상하다는 듯이 희자를 쳐다보았다. 희자는 얼른 시선을 외면하며 그의 손을 붙잡았다. 그의 손이 따스했다. 그녀는 길게 한숨을 내쉬고는 마악 말을 꺼내려고 그랬다.

"왜 그래요? 기분이 안 좋은 거 같아?"

그가 먼저 그런 말을 꺼냈다. 그 바람에 그녀는 얼른 말을 입속으로 가두어버렸다.

"아뇨. 그냥…… 그래요."

그녀의 목소리는 약간 풀이 죽어 있었다. 기분이 좋다고도 할 수 없었고, 그리 나쁘다고도 할 수 없었다. 그저 막막한 듯이 말을 꺼냈을 뿐이었다.

"갈까?"

그가 자세를 바로 하며 핸들을 잡았다.

"네. 가요."

희자는 차라리 잘됐다 싶었다. 목구멍에까지 올라왔던 말을 참았던 것이 잘한 일인 것처럼 여겨졌다.

종태는 헤드라이트를 켜고는 밤길을 달리기 시작했다. 한적한 길가에 나와 놀고 있던 토끼나 다람쥐들이 환한 불빛을 받으며 달아나는 게 보였다. 차는 산길을 돌아 바다 쪽이 바라보이는 곳으로 달려갔다.

그곳에서부터는 줄곧 해안선을 따라 가는 찻길이었다. 달빛에 드러난 바다는 처연하도록 맑아 보였다. 간간이 군인들이 비추는 서치라이트 불빛이 바다 위를 훑으며 지나갔고, 백사장을 내리비추는 서치라이트 불빛에 하얀 파도와 고운 모래들의 아름다운 모습들이 다 드러나 보였다.

어촌은 적막하기 그지없었다. 집집마다 전등불을 밝혀 놓았지만, 사람의 그림자조차 보이지 않았다. 개들이 짖는 소리만이 공허하게 울릴 뿐이었다. 그러나 그것도 잠깐이었다. 개 짖는 소리는 이내 파도 소리에 묻혀 어디론가 종적을 감춰버린 듯했다.

종태는 어촌 동네를 한 바퀴 돌아서는 집이 있는 데로 달렸다. 마당으로 들어서자, 환한 불빛이 마당 가득 채워져 있다가 우르르 쏟아져 나오는 듯했다. 차는 곧 마당 한복판에 세워졌다.

"자, 내려요."

종태는 얼른 차에서 내려 희자의 문을 열어 주었다. 희자는 종태의 손을 잡고서 안길 듯이 해서 내렸다.

그들은 거실로 들어갔다. 희자가 과일을 준비하는 동안, 종태는 TV를 켰다. TV에서는 마침 9시 뉴스가 흘러나오고 있었다. 뉴스의 초점은 국내 마약 밀매 조직이 대거 소탕되었다는 소식과 함께 외국과의 연계성을 중점적으로 보도하는 내용이었다. 뉴스에서는 오래 전부터 동남아를 거점으로 하는 조직과의 국내 연계를 우려하는 것으로, 이미 국내에서는 상당히 많은 마약 조직들이 외국과 손을 잡고 국내로 반입해오고 있다고 발표하고 있었다.

옛날에는 그래도 일본이 주 거래선이었지만, 요즘엔 점차 동남아 쪽으로 시장이 변해가고 있다는 건 종태도 이미 알고 있는 바였다. 일본의 엔화가 치솟으면서 일본과의 거래선이 끊어지고 있는 반면에 상대적으로 한국화의 가치가 높은 동남아 쪽의 마약이 흘러 들어오고 있는 건 사실이었다.

동남아라면 태국, 필리핀, 홍콩이 주 거래선이었다. 가장 안전하기로는 홍콩이었지만 홍콩도 마약값이 결코 싸진 않았다. 그래서 주로 거래하는 곳으로는 태국과 필리핀이었다. 그곳엔 천지에 널려 있는 것이 바로 마약이었다. 그곳 사람들은 마약을 마약이라고 생각하지 않을 정도로 쉽게 구할 수 있는 물건이었다.

종태는 뉴스를 보면서 아직도 마약으로 한 몫 보는 조직들이 암암리에 활약하고 있을 거라고 생각하니 실로 예전의 감회가 앞서지 않을 수 없었다. 자신도 얼마 전까지만 해도 마약에 손을 대본 적이 있었지 않았던가. 마약이란 황금알을 낳는 거위와도 같았다. 한 번 마약에 빠져 본 사람이라면 마약의 환상적인 효능을 알 수 있고, 마약을 밀매한다면 그 차익이 얼마나 큰 것인지 알 수 있을 것이었다.

마약은 부르는 게 값이었다.

일정한 시세가 있긴 했지만, 조금만 공급이 달리도록 해놓고서 물건을 조금만 풀면 그 값은 그야말로 천정부지로 치솟았다. 그때는 정말 부르는 게 값이었다. 마약에 한 번 빠진 사람들은 마약이 없으면 하루를 지탱하지 못할 정도로 모든 주위 환경이 산만해지고, 자신의 존재 의식에까지도 회의가 들게 마련이었다. 마치 자살이라도 하고 싶은 강렬한 충동을 느낄 정도로 극심한 불안감에 휩싸이게 되었다.

처음 하루 정도쯤 마약을 투약하지 못하면, 손발이 떨리고, 가슴이 두근거려지며, 눈알이 자꾸만 불안스럽게 휘돌아가는 등, 초조감이 절로 일어나서 일이 손에 잡히지 않을 정도지만, 하루 더 지나게 되면 그 불안감은 더해서 마치 지명 수배자라도 된 듯한 초조감으로 견딜 수 없게 되었다. 그때쯤이면 어떠한 짓이라도 해서 마약을 손에 넣을 수만 있다면 다 할 수 있을 것처럼 결연의 자세를 가지게 되는데, 자살과 극도의 나약함을 동시에 가지게 될 때이다.

가장 극심한 나약함이란 자살 충동에 가깝도록 자신이 무능해 보이고, 초라해 보이기까지 하는 비참함이었다. 그쯤에서 자살하고픈 충동과 무슨 짓이라도 저지르고 싶은 도발적인 충동이 동시에 상승 동반하는 시기라고 볼 수 있었다. 마약이란 인간성을 가장 철저하게 피폐시키기도 하지만, 마약을 투약했을 때엔 정반대의 현상이 일어나기도 했다.

그냥 가만히 앉아 있어도 하늘을 훨훨 날아가는 듯한 착각에 빠질 수도 있으며, 어느 배우 탤런트가 마음에 든다고 생각한다면 그 배우나 탤런트가 자신의 옆에 와서 어딘가를 주무르는 듯한 나른한 쾌감에 빠질 수도 있었다. 마약이란 생각하기에 따라서 마음먹은 그대로 상상이 되는 그런 환각 작용이 강했다.

가령, 어떤 여자를 품에 안으면서 이 여자가 요즘 최고로 잘 나가는 어느 탤런트라고 생각한다면 그대로 그 탤런트처럼 보여졌고, 요즘 제일 잘 나가는 어느 여배우라고 생각한다면 그 여자의 웃음까지도, 몸짓까지도, 심지어는 그 여자가 자신에게 하는 서비스까지도 마치 그 여배우의 손짓과 교성인 것처럼 착각이 드는 것이었다.

그리고 마약을 투약하게 되면, 아무리 섹스를 해도 사정이 되지 않을 뿐만 아니라, 지칠 줄을 모르는 게 또한 마약이었다. 그래서 연예인들이나, 장안에서 내노라 하고 소위 잘 나간다는 축들이 마약에 쉽게 접근하는 것도 이러한 섹스 파티를 최대한 즐기려고 하는 것이었다.

마약을 한 상태에서 섹스를 한다면 최상의 극치점에서 내려올 줄 모르고서 계속 할 수 있을 뿐만 아니라, 전혀 피곤하지 않다는 것도 그랬고, 이 세상의 어느 누구보다도 예쁘고 가냘픈 여자를 자신이 농락하고 있다는 환상에 젖어들도록 했다.

주로 하우스를 하는 도박쟁이들이 마약을 복용하는 경우도 이런 케이스였다. 가장 최상의 컨디션에서 하는 도박이란 게임에서 이길 수 있을 뿐만 아니라, 몇 날 며칠을 밤을 지새워도 눈꺼풀 한 번 내려오지 않을 정도로 정신이 맑아짐과 동시에 우선은 몸이 지칠 줄 모르는 것이었다.

마약이란 정신이 맑아지게 하려면 최상으로 맑아질 수도 있었고, 정신이 환락으로 빠져들게 하면 극도로 환상에 빠져들게 하는 것이었다. 그만큼 환각 작용이 강했다. 사람의 모든 기능이 자율적인 기능에 맡겨지는 게 아니라, 모두 마약의 작용에 의해서 내맡겨지는 것이었다.

지금 TV에서는 마약의 위험한 효능에 대해서 철저하게 분석되고 있었다. 실제로 마약을 복용해 온 사람의 뒷모습이 모자이크해서 인터뷰가 나오고 있었다. 그리고 아나운서는 다시 여러 사람의 마약 복용 사례를 제시하면서 인류 최악의 적이라고 단호히 설명하고 있었다.

마약은 인류의 적입니다, 라는 구호가 적힌 피켓을 든 예전의 마약 복용자들이 거리에 나서서 홍보물을 나눠주는 모습도 보여주고 있었다. 그리고 서울 지검의 마약 수사과장의 우리나라에서의 위험한 마약 수위를 설명하면서 검찰에서도 강력하게 대처할 것이라는 논지의 대담 설명이 있었다.

종태는 마약의 검은 돈맛을 아는 사람들이 있는 한, 우리나라에서의 마약 근절은 어려울 것이란 생각이 들었다. 마약을 만들 수 있는 제조책들이 감옥에 들어갔거나, 이미 출소한 뒤라 해도 그들은 영원히 마약을 만드는 일에서 손을 씻을 수는 없는 일이었다. 그만큼 돈의 유혹이 심한 곳이 바로 마약을 만드는 일이었다. 필로폰을 한 봉지만 만들어내도 그것은 곧바로 수 십 억원의 현금이나 마찬가지였다.

제조책들은 대개 수사의 초점이 되었으므로 이동 중에 제조하거나, 아니면 외딴 산골 깊숙이 들어가서 헌 움막에 기거하면서 몰래 만들어내기 때문에 제조 과정에서 붙잡힐 염려 같은 건 없었다. 대한민국에서 어디를 가나 다 산속이요, 헌 집들이 폐가처럼 버려져 있는 곳이 한두 군데가 아니었다. 그런 곳에 가서 한 며칠 동안만 만들어내면 곧바로 필로폰이 되는 것이다.

그리고 더욱 감쪽같이 위장하기 위해서는 덮개가 달린 트럭(탑차)을 한 대 사서 트럭 지붕에다 커다란 환풍기를 달고서 경부고속도로를 몇 번씩이나 왕복하면서 차 안에서만 만들 수 있는 방법도 있었다. 그것은 들킬 염려가 전혀 없는 방법이었다. 복잡한 고속도로에서 불심검문을 받을 염려는 하등 없는 일이었다.

그리고 필로폰을 제조하는 과정에서 나오는 고약한 냄새를 맡고 수사관들도 없었다. 달리는 차 안에서 내뿜어버리기 때문에 자연 연기가 되어 날아가 버리는 탓에 그 누구도 의심할 여지가 없었다.

아니면 무인도로 들어가서 낚시를 하러 가는 것처럼 위장해서 몇 날 며칠 동안을 만들어서 육지로 나올 수도 있었다. 방법이란 여러 가지가 있을 수 있었다. 대한민국의 땅덩어리가 좁은 것 같지만 숨으려고 하면 숨을 데가 어디 한두 군데가 아니었다. 그리고 그만큼 수사관들도 확보되어 있지 못했다. 마음만 먹으면 언제든지 만들 수 있는 것이 바로 마약이었다.

종태는 조직을 굳건하게 세우려면 우선은 자금이 있어야 된다는 것을 알고 있었다. 자금이 남아돌게 되면 자연히 주먹잽이들과 칼잽이들이 따르게 마련이었다. 그들에게 필요한 의식주들을 충분히 제공해주고, 살생과 같은 일을 하는 중대한 몫에 따라 후하게 자금만 내려 보내주게 되면 그들은 철저하게 신봉하게 되어 있었다. 결국은 자금으로 사람을 신뢰케 만들고, 자금으로 어깨들을 끌어모으는 것이라고 생각했다.

종태는 지금 몇몇 뽕 제조책들을 머리에 떠올려보았다. 모두가 하나같이 쉰을 바라보는 나이였지만 그들의 기술이란 세계에 내놓아도 하나도 손색이 없을 정도의 고급 기술자들이었다.

종태는 영등포 구치소에 수감되기 전, 인천에 원정 가서 피비린내 나는 칼싸움을 벌인 적이 있는, 히로뽕 밀매 조직의 보스인 황 노인이 생각났다. 자신에게 거액의 자금을 쥐어주며 인천 앞바다에서의 물건 인수 작전에 호위를 해달라고 부탁했던 노인이었다. 그때, 종태는 그들을 안전하게 지켜주느라 상대의 적인 깔치에게 칼침을 놓아 아킬레스건을 잘라냈던 기억이 났다.

그 노인은 직접 히로뽕을 만들기도 했지만, 가끔 쉴 때면 홍콩이나 대만 등지에서 히로뽕을 밀매해서 국내에 뿌린 장본인이었다.

그리고 40대 후반으로 머리가 벗겨진 청산가리가 기억났다.

청산가리는 그의 별명으로 서울대 공대 화학과를 중퇴하고, 여고에서 화학 선생을 하다가 담임이었던 그의 반 여제자와 성관계를 가졌다가 그것이 물의가 되어 목이 잘리고부터 히로뽕 제조책으로 돌아선 사람이었다. 얼마나 정교하게 제조를 했는지 거의 불순물을 찾아볼 수 없을 정도로 완벽한 히로뽕을 만들어낸다고 해서 붙여진 별명이었다.

그리고 칠면조가 있었다.

칠면조는 한양대 약대 출신의 약사로서, 동대문에서 제법 큰 약국을 경영하다가 약사법 위반으로 구속되면서 감방 안에서 그 유명한 히로뽕 제조책이었던 김영량을 만나게 되면서부터 그의 일생이 뒤바뀌어버린 사람이었다.

앞의 청산가리가 순수한 히로뽕만 만들어내는 위인이라면,

뒤의 칠면조는 히로뽕을 개조해서 약간 다른 성분의 약효를 만들어내는 데 귀신이라고 불릴 만큼 다양한 히로뽕을 만들어냈다. 화공 약품을 섞는 비율에 따라 성적인 쾌감만 불러일으키는 히로뽕과, 아픔을 지연시키는 암의 말기 환자들 치료용 히로뽕과, 상상력만을 무한히 불러일으키는 약효의 히로뽕을 만드는 덴 귀신이었다.

그리고 부산 갈매기를 떠올릴 수 있었다.

원래 원양 어선을 탔던 뱃놈으로 칼잽이부터 시작한 그였다. 선상에서 사람을 죽이고 일본으로 밀항했다가 일본에서 히로뽕 기술을 배워 국내로 들어온 유학파였다. 일본의 조직에서도 칼잽이로 이름을 날렸던 그가 돈맛을 알고부터 히로뽕 기술을 익힌 것이었다.

그리고 대구의 자갈마당이 또 있다.

그는 원래 대구의 자갈마당이라는 유명한 공창가의 포주로서 창녀들에게 빚을 지우기 위해 히로뽕을 대어주다가 히로뽕 제조 기술을 배운 사람이었다. 대구에서는 그가 만든 히로뽕이 떨어지면 히로뽕 값이 금값이라는 소문이 날 정도로 부산이나 서울에서 수입해 와야만 할 정도로 막강한 조직력을 갖춘 제조책이었다. 포주라는 직업은 그의 신분을 속이는 데에, 또 경찰들에게 환심을 사기 위해서 필요한 돈 봉투를 집어주는 것으로 적당한 얼굴이 되었었지만 언론에 한 번 제조책이라는 게 밝혀지면서부터 잠적해버린 인물이었다.

그들은 대개 백억 대에 가까운 재산을 소유하고 있으면서도 끝끝내 히로뽕 제조의 검은 돈의 유혹을 뿌리치진 못했다. 그만큼 그들은 조직세계에서는 확고한 나름대로의 위치를 확보하고 있었고, 주먹잽이들과 칼잽이들의 보호를 받고 있었다. 그것은 곧 공존공생의 원칙이 적용되고 있어서 언제든지 필요할 때, 주먹과 칼을 빌려 쓸 수 있는 유리한 이점이 되기도 했다.

사람이 살아가는 데에 있어 살다가 어떠한 일을 당할지도 모르는 판국에 그런 무시무시한 폭력조직과 알고 지낸다는 것은 자신이 곤경에 처했을 때에 힘을 빌릴 수 있는 끈이 될 수도 있었다. 돈이 많은 사람은 신변의 안전을 위해서 그런 조직의 힘이 필요했고, 법과 관공서에 저촉이 되는 사업체를 갖고 있는 사람도 때에 따라선 그들을 협박할 필요성이 있거나, 은근히 자신 주위의 힘이 막강하다는 것을 과시할 필요가 있었을 때는 더욱 그들의 힘이 필요했던 것이다.

사업을 하는 사람치고 법에 저촉되지 않는 경우가 없었고, 관공서나 주위 신생 조직과의 마찰이 없을 수가 없었다. 그럴 때마다 유용하게 써먹을 수 있는 것이 바로 폭력조직으로 자신을 뒷받침하고 있다는 무언의 압력이었다.

폭력조직이란 우리 사회에서 파고들지 않은 곳이 없었다.

소위 연예계라는 곳도 그랬다. 그들 연예인들을 마음대로 부릴 수 있는 곳이 바로 조직세계였다. 광고 회사나 기업체에서 연예인이나 CF 모델, 탤런트들을 이용하려면 우선 적당한 액수의 돈부터 제시해야 그들이 움직이겠지만, 폭력조직은 돈도 필요 없이 곧바로 칼과 주먹으로 당당히 나오는 것이었다. 연예인들이 폭력조직에 약한 것은 그들이 납치를 하거나, 살상 따위의 폭력적인 힘으로 나올 경우에는 치명적인 손상을 입게 되는 약점이 있기 때문이었다.

그래서 연예인들은 폭력조직에서 요구를 해오는 일이라면 마지못해서라도 기꺼이 협조하는 경우가 많았다. 연예계와 폭력조직 간의 협착은 공존공생의 관계일 수도 있었다. 처음부터 무보수로 얼굴을 팔아주는 연예인이지만, 어떤 경우에는 폭력조직으로부터 오히려 금전적이거나, 조직의 힘으로 밀어붙이는 강압적인 힘을 빌려서 갑자기 뜨는 대스타가 되는 경우도 종종 있었다.

폭력조직이란 그랬다. 연예인을 키우기 위해선 조직을 가동시켜 피디나 연출자를 협박해서 슬쩍 띄울 수도 있고, 방송 관계자를 움직여 스타를 만들어내기도 했다. 말하자면 매니저와 같은 역할도 자임하는 경우도 있었다. 그런 경우, 대부분의 스타는 조직의 보스와 육체적인 관계를 가지는 것도 당연한 일이었다.

조직이란 돈과 향락이 있는 곳이라면 어디든지 물불을 안 가리고 덤벼들었다. 심지어는 정치적인 야망으로 정치권에서 움직이는 조직도 있었다. 정치권의 일을 돕고, 정치권으로 진출하는 경우가 바로 그런 케이스였다.

그러니 조직이란 실로 무서운 존재였다. 돈과 칼과 주먹으로 치고 들어오는 그들에게 생목숨을 내어놓고 혼자 청정하기란 어려웠다. 그들은 주로 돈으로 협박하다가, 그것도 안 통하면 칼과 주먹으로 협상을 벌이곤 했다. 목숨을 내어놓을 것인가, 아니면 자신들의 일에 협조할 것인가 하는 문제였다. 대개 그런 경우엔 검은돈도 받아쥐고, 폭력조직도 거느릴 수 있는 양자이득의 논리를 택하는 것이 사람들의 보편적인 생각이었다.

연예인이 썩었다면, 정치권 또한 썩었다고 하지 않을 수 없었다. 조직은 그러한 썩은 구멍을 알아차리고 치고 들어가서 자신들의 위치를 확보하는 것이 조직을 키우는 원동력이 되기도 했다. 굵직한 연예인과 파워가 있는 정치권 인사를 가까이 하고 지낸다는 것은 실로 커다란 뒷심이 될 수가 있었던 것이다.

이때까지 조직이 파고들지 못했던 부분이란 법조계뿐이었다. 법을 집행하는 검찰과 판사는 일개 돌대가리와도 같은 조직과는 흥정의 대상이 될 수 없었다. 그리고 우선 법조계와 조직이 연관되어 지지 않는 첫째 이유가, 조직을 알아봐야 하등 도움이 되지 않는다는 것이었다. 오히려 그들은 잡아들이는 데에 있어 힘만 들 뿐이었다.

종태는 지난날의 그 어려웠고 험난했던 시절들을 회상하고 있었다. 칼부림이 치는 싸움터에서 살아남기 위해서 자신이 먼저 칼을 들이밀어 상대방의 목을 겨누어야 했고, 필요에 따라선 상대 적의 아킬레스건을 끊어놓거나, 저엉 죽여야 마땅했을 때엔 서슴없이 칼을 꽂았던 자신이었다.

단 1초만 여유를 보여도 상대방의 칼에 죽어야 하는 조직 간의 싸움에서 이기기 위해 수없이 피나는 훈련을 해야 했고, 정확하게 단 한 칼에 상대 적을 쓰러뜨리기 위해 몸부림쳤던 그였다.

지금 TV를 보고 있으면서 종태는 지난날의 기억들이 한 편의 영화처럼 돌아가고 있음을 알 수 있었다.

"뭐해요?"

희자가 커피와 과일들을 꺼내와서 옆자리에 앉았다.

"으응, 그냥 보고 있어. 뉴스……."

종태는 얼버무렸다. 그녀가 내민 쟁반에 담긴 커피잔을 집어 들었다. 커피와 과일을 먹으면서 TV를 지켜보고 있었다.

"저거…… 다른 방송으로 돌려요."

희자는 그가 마약에 관계된 프로를 보고 있다는 것이 마음에 걸리는 모양이었다.

"왜? 하하. 내가 또 저런 데에 관심을 가질까봐?"

종태가 웃었다.

"아니, 그런 건 아니지만…… 저런 거 싫어요."

희자는 눈을 흘기면서 뾰로통하게 말했다. 그가 그런 프로를 눈여겨보고 있다는 것만 해도 싫은 마음이었다. 아직까지도 희자는 종태가 옛날의 폭력조직을 그리워하고 있지나 않을까 하는 우려가 앞섰다.

"괜찮아. 그냥 보는 거니깐…… 당신이 옆에 있는데 내가 어딜 가겠어요? 난 단지 당신만 있으면 돼요. 이렇게 행복하니까."

종태는 그러면서 희자의 어깨를 잡아당겨 끌어안는 시늉을 했다. 희자는 그의 가슴에 안기면서 속삭였다.

"당신, 앞으로 저런 거 안 본다고 약속해요. 다신 저런 데에 눈길조차 주지도 말고요. 알았죠?"

희자의 그 말에 그는 고개를 끄덕였다.

"으응, 그러지 뭐. 요즘 서울에서는 어떤 일이 일어나고 있나 해서 보는 것뿐이야. 관심도 없는걸 뭐."

종태가 진심으로 한 말 같았다.

"네, 그래요. 저도 당신만 곁에 있으면 돼요. 이게 저의 행복인 걸요."

그러면서 희자는 종태의 팔을 풀어냈다. 다시 커피를 마시면서 과일들을 먹기 시작했다.

밤은 금방 깊어졌다. 외딴 별장집은 바다가 들려주는 파도소리에 금세 잠이라도 들 것처럼 고즈넉하기만 했다.

"……."

희자는 잠자리에 들어서도 파도소리를 엿듣고 있었다. 옆에서는 종태가 가는 숨소리를 내며 잠들어 있었다.

그의 손이 희자의 한 손을 붙잡고 있었다. 그는 꼭 잠들 때에도 희자의 손을 놓지 않고 있었다. 그러다가 어렴풋이 잠이 깰 때쯤이면, 그는 희자의 알몸을 끌어안곤 했다. 캄캄한 밤중에 더듬거리며 옷을 내리는 그의 손길을 느끼며 희자는 그를 받아들이곤 했다.

하루에도 두 번 정도 섹스를 해야만 직성이 풀리는 그였다. 처음 초저녁에 잠자리에 들었을 때, 한 번 하고나서 새벽쯤에 다시 그가 건드려왔다. 그가 건드리는 것도 나른한 행복인 것처럼 느껴졌다.

그러나 오늘은 그럴 기분이 아니었다. 만일 그가 잠결에 다시 또 어루만져 온다면 그녀는 마음이 내키지 않을 것만 같았다. 그녀는 누워 있으면서 점점 의식이 또렷해져 왔다. 이미 잠은 달아난 지 오래 전이었다. 파도소리가 점점 더 가까운 곳에서 들려오는 듯했다. 해송 나뭇가지를 뒤흔드는 바닷바람의 소리까지도 들릴 만했다.

그녀는 창가를 통해 들어오고 있는 달빛을 바라보며 깊은 생각에 잠겼다. 자신에게 다가오고 있는 또 하나의 시련의 실체가 어렴풋이 느껴지는 것이었다. 정말 무서운 생각이었다. 무엇인가 자신을 향해 다가오고 있는 것이 자신의 행복을 송두리째 빼앗아가고 말 것이라는 불길한 생각이 들었다.

"……."

그녀는 아랫입술을 얕게 깨물면서 눈을 감았다. 불안한 생각을 털어버리려고 애썼지만 찰거머리 같이 달라붙은 그것은 쉽게 떨어질 것 같지 않았다.

그녀는 텅 빈 듯한 머릿속에 오로지 그런 불길한 생각만이 가득 차 있는 것만 같았다. 호사다마라는 말뜻이 기억났다. 비로소 뒤늦게서야 가까스로 되찾은 행복에 누군가가 시기를 하고서 깊은 어둠의 구멍 속에 숨어 그녀 자신이 쓰러지기를 바라고 있는 듯한 착각이 들었다.

왜 이리 불안할까…….

그녀는 몸을 뒤척이면서도 종태의 손을 놓지 않았다. 잠든 종태의 옆얼굴을 보고 있노라면 다소 마음이 진정되었다. 그러나 그것도 잠시였다. 무심하게 잠든 종태의 등 뒤로 슬그머니 무엇인가가 나타나서 소리도 없이 자신을 낚아채갈 것만 같은 두려움이 일었다.

바닷바람이 창문을 흔드는지 덜컹거리는 소리가 들렸다. 그리고 나뭇잎이 이리저리 쓸려 다니는지 마당에서는 저벅거리는 발자국 소리가 들리는 것도 같았다. 그럴수록 그녀는 더욱 몸을 웅그리며 종태의 가슴 속으로 파고들었다.

종태의 맨살이 만져졌다. 마치 굵은 나무 등걸의 튼튼한 껍질처럼 단단한 맨살이었다. 그녀는 아무 생각도 하지 않고 종태의 맨살을 어루만지는 데에만 열중했다. 운동으로 잘 단련된 이 사람의 뜨거운 가슴이 자신을 지켜줄 것이라고 생각하면서도 한편으론 불안을 떨어낼 수가 없었다. 막연한 미지에의 불안 같은 것이었다.

어렵사리 되찾은 행복일수록 더욱 불안한 법이었다.

그녀는 오래도록 잠을 설치다가 새벽녘에서야 겨우 잠이 들었다. 새벽에 배가 나가는 소리를 들으면서 어렴풋이 잠이 들었다. 잠결에 여러 번 창문이 흔들리는 소리가 들릴 때마다 그녀는 자신도 모르게 몸을 웅그리며 종태에게로 더욱 가까이 다가갔다.

아침을 먹고 났을 때였다. 종태는 무엇이 그리 기분이 좋은지 바깥에 나갔다가 들어와서는 희자한테 불쑥 말하는 것이었다. 그의 손에는 바닷가에서 잡은 듯한 작은 물고기가 들려져 있었다. 아마 어젯밤의 거센 풍랑에 밀려 백사장으로 떠밀려나온 물고기 같았다.

"이거 잡았어. 쥐치야. 쥐치 알아?"

그는 가자미처럼 넙적하게 생긴 작은 물고기를 들어보였다.

아직 살아 있는 듯했다. 주둥이를 빼끔거리며 눈을 깜박이는 것이었다.

"아뇨. 그게 쥐치예요?"

희자는 쥐치라는 물고기가 있었는지조차도 모르고 있었다. 신기한 듯이 바라보자, 종태는 꼬리를 잡은 손을 흔들어 보이며,

"쥐포 먹어봤지."

"네."

"이게 쥐포 만드는 고기라고요. 꼭 가자미처럼 생겼지?"

종태는 재미있다는 듯이 쥐치를 들여다보고 있었다.

"아, 네. 그런데 어디서 잡았어요?"

"으응, 바닷가에 나갔더니 이놈이 글쎄 모래사장에서 팔딱거리고 있잖아. 그래서 잡아왔지. 당신한테 보여주려고."

"에이, 불쌍해. 어서 물속에다 넣어주고 와요. 그러고 있으면 죽잖아요?"

희자는 얼굴을 찡그려 보였다.

"하하, 그럴까? 여러 놈이면 매운탕이라도 끓여 먹을 수 있을 건데. 한 놈만 잡혔으니 매운탕은 안 되겠지?"

종태는 그러면서 쥐치를 들고는 밖으로 나가는 것이었다. 장난끼가 있는 그가 그러는 것이 싫지 않았다. 희자는 설거지를 대충 끝내놓고는 밖으로 나왔다. 바닷가의 모래밭에 종태가 혼

자 서 있는 게 보였다.

먼 바다를 향해 돌아서 있는 그를 향해 희자는 걸어갔다. 그녀가 다가가는 것도 모른 채, 종태는 망연히 서서 먼 바다 쪽을 바라보고 있었다. 수평선 너머로 가물거리는 배들이 떠 있는 게 보였다.

희자는 살금살금 다가가서 그의 어깨를 꽉 붙잡으며 놀래키었다.

"꺅!"

하고 어깨를 치자,

"어? 언제 왔어?"

종태는 별로 놀란 기색도 없이 물었다. 아마 깊은 생각에 잠겼다가 마악 빠져 나오는 중인 모양이었다.

"지금요. 설거지 끝내놓고 나오는 거예요. 왜 안 오나 해서 나와봤어요."

희자는 그러면서 그의 옆으로 가서 섰다. 그리고는 그의 손을 붙잡았다. 그제서야 종태는 희자의 작은 손을 거머잡는 것이었다.

"무슨 생각을 하고 있었어요?"

희자가 빤히 쳐다보며 물었다.

"응, 으응…… 아무것도 아냐. 그냥 바다를 보고 있었어. 바다가 너무 넓어서…… 바라보고 있으면 마음이 점점 밑으로 가라앉는 기분이라서…….”

그 말을 하면서 종태는 웃음을 지어보였다. 잔잔한 웃음이었다. 그 웃음 속에는 아직 버리지 못한 옛날에의 향수 같은 것이 묻어 있는 것만 같았다.

“서울 생각이 나서요?”

“아니…….”

종태는 세게 도리질을 하면서 희자의 어깨 위로 손을 얹었다.

“그런 것 같던데요 뭘. 그렇죠?”

“아냐. 그냥 멍하니 바라보고 있었어. 가끔 서울 생각이 날 때도 있긴 하지만…… 이젠 다 잊었는 걸. 희자가 바로 옆에 있잖아. 난 이곳에 살면서 모든 걸 잊기로 마음먹었잖아.”

“…….”

희자는 더 이상 그의 마음을 건드리고 싶지 않았다. 설사 그가 다시 옛날의 생활을 추억한다고 하더라도 그녀 자신이 먼저 그 일들에 대한 말은 꺼내지 않으리라고 마음먹고 있었다.

“어젠 피곤했죠?”

“왜?”

종태가 그녀를 쳐다보았다.

“그냥요. 새벽녘에 나를 안 깨우길래요. 후훗.”

그 말을 하면서 희자는 약간 얼굴을 붉혔다.

"아, 그렇지. 피곤했는가 봐. 곤하게 잤는 거 같은데?"

종태가 도리어 희자한테 되묻는 것이었다.

"맞아요. 내가 잠이 안 와서 당신 가슴을 만졌는데도 그냥 자더라고요. 그냥 뒀죠 뭐."

그러면서 희자는 그의 팔을 둘러 자신의 허리에 갖다댔다. 자연스럽게 허리를 두른 종태는 그녀를 조금 끌어안았다.

"어젠 피곤했어. 여러 번 했잖아. 그래서 그런가 봐."

종태 역시 웃음을 띠었다.

그들은 서로의 얼굴을 쳐다보며 도란도란 바닷가를 거닐었다. 아침결의 맑은 공기가 폐부 깊숙이 들어오는 것 같았다. 바람기마저 잔잔해진 듯했다. 따사로운 햇빛이 수면 위에서 반사되어 백사장을 하얗게 표백시키고 있었다.

"오늘 병원에 갈까?"

그가 문득 그 말을 했다.

"……?"

희자는 그를 쳐다보기만 했을 뿐이었다.

"검사 받으러 한 번 가봐야지?"

그의 말이었다. 그 말을 듣는 순간, 희자는 가슴이 철렁 내려앉는 기분이었다. 마치 무엇인가를 숨기려다가 들킨 것처럼 마음이 화끈거려졌다. 괜히 그에게 미안한 기분이었다.

"벌써 가요?"

"그럼. 가봐야지. 잠깐 읍내에 들렀다가, 다른 것들도 좀 사고…… 검사 받고 오면 되지 뭘."

그는 마치 아이를 기다리는 아빠의 심정인 것처럼 밝게 말을 했다.

"……."

그녀는 멀리 바다 쪽을 바라보았다.

"왜? 마음이 내키지 않아?"

그가 부드럽게 물어왔다.

"아뇨. 그게 아니라……."

"그럼, 나가. 양양에 나가서 고아원에도 들러보고, 양로원에도 들러볼 때가 됐잖아. 바람이라도 쐬고 들어오자고."

그의 말에 희자는 더 이상 머뭇거릴 수가 없었다.

"그래요, 그럼……."

종태와 희자는 바닷가를 산책하고 들어와서 간단히 차려 입고선 차에 올랐다. 동네를 가로질러 나가면서 보니까 동네 아낙들이 양지 바른 곳이 옹기종기 모여 앉아 그물을 손질하고 있는 게 보였다.

아낙들이 아는 체를 하며 잠깐 일손을 멈추고 손을 흔들어주는 것이었다. 희자도 역시 손을 흔들며 아는 체를 했다. 햇빛에 검게 그을린 그들의 얼굴엔 수심 하나 없을 정도로 순박해 보이는 얼굴들이었다.

웃을 때엔 검게 탄 얼굴에 비해 하얀 이빨만이 유독 햇빛에 빛나 보였다. 손을 흔드느라 들어 올린 팔도 온통 검었다. 아무렇게나 편하게 퍼질러 앉아 있는 그들에게선 조그마한 근심거리조차도 찾아볼 수 없을 정도였다.

"저 사람들 차암 행복해 보여요. 그렇죠?"

희자는 멀어져가는 그들의 모습을 보며 그런 말을 했다.

"그렇지. 이런 깊은 어촌에 파묻혀 살고 있으니까 그렇겠지. 아직 때가 안 묻은 거겠지. 맨날 바다만 쳐다보며 살아왔을 테니까."

종태는 기분 좋게 그런 말을 했다.

"우리도 여기서 오래 살게 되면 저렇게들 될까요? 어떻게 될 거 같아요?"

희자는 그 말을 하면서 환하게 웃어보였다.

"그럼. 우리도 별 수 있나. 점점 저들과 같이 되겠지 뭐. 나도 고기잡이배나 한 번 타볼까? 어때?"

"됐어요. 왜 또 고기잡이배를 탔으면 해요? 심심해서요?"

"아니, 그냥…… 바다에 나가서 고기를 잡다가 보면 세상을 사는 재미 같은 것도 있을 거 같아서 그래."

"난 당신이 배를 타는 건 싫어요. 그러다가 혹시 못 돌아오면 어떻게 해요? 나 혼자 집에 있는 건 싫어요. 무서워서요."

"무서워?"

종태는 소름이 돋는 듯이 몸을 움츠린 희자를 보며 활짝 웃었다.

"그래요. 무서워서 싫어요. 당신이 곁에 없으면 무서워요."

희자는 다시 바다 쪽을 바라보았다. 푸른 물이 넘실대는 게 보였다. 하얀 갈매기들이 떼를 지어 바다 위를 날고 있었다. 푸르름과 흰색의 조화가 아름다웠다. 그리고 연한 갈색 빛으로 물든 모래사장이 부드럽게 느껴졌다.

비포장도로여서 짚차는 울퉁불퉁 거리며 달려갔다. 뽀얀 먼지를 만드는 차 뒤쪽의 모습은 마치 옛날 시골길을 연상시켰다. 논과 밭이 있는 길을 조금 더 달리면 곧 양양 읍내에 닿았다.

읍내로 들어서면서 종태가 먼저 물었다.

"어디 가서 뭘 좀 먹을까? 배 안 고파?"

"아뇨. 아직은. 당신 배고파요?"

"아니. 당신이 뭐 좀 먹고 싶은 게 있을까봐서 물어본 거지."

"전 됐어요."

희자는 웃어보였다.

"그럼, 검사부터 받으러 갈까? 아니면, 고아원하고 양로원부터 들렀다가 나중에 갈까?"

종태가 다시 물었다.

"고아원부터 가요. 애들이 보고 싶어요."

희자의 말에 종태는 고개를 끄덕이고는 차를 슈퍼가 있는 쪽으로 몰았다. 길가에다 차를 세우고는 희자 쪽의 문을 열어 주었다. 희자가 내리고 나자, 그는 그녀의 손을 붙잡은 채로 슈퍼로 들어갔다. 두 사람은 슈퍼 안에서 이것저것들을 고르기 시작했다.

종태가 커다란 플라스틱 바구니를 들고 있었고, 희자는 걸어가면서 아이들에게 줄 과자들을 골라 집어넣었다. 종태도 맛있는 것들을 골라서 집어넣었다. 금방 바구니가 가득 찼다. 종태는 카운터 쪽에다 꽉 찬 바구니를 갖다놓고는 다시 빈 바구니를 들고 왔다.

종태는 희자가 골라서 집어넣는 것을 보며 바구니를 들고 따라가고 있었다. 아이들이 좋아하는 것이란 거의 과자들이었다. 알록달록하게 포장된 과자들과 새로 나온 초콜릿, 그리고 알사탕이 든 봉지들을 집어넣었다. 같은 종류의 과자를 여러 개 집어넣어야만 했다. 아이들에게 골고루 나눠주려면 최소한 같은 과자일지라도 대 여섯 봉지는 집어넣어야 했다.

두 번째 바구니가 가득해졌을 때, 종태는 다시 카운터 있는 데로 갖다놓고선 다시 빈 바구니를 들고 왔다. 이번엔 아이들에게 짜파게티를 만들어줄 요량으로 짜장 라면을 아예 한 박스를 카운터로 갖다놓았다. 그리고 다시 과자들을 고르기 시작했다.

희자는 아이들에게 줄 과자를 고르면서 무척 기분이 좋아졌다. 언제나 그랬지만 아이들에게 잘 먹이고, 잘 입히는 것이 그녀의 의무라도 되는 것처럼 마음이 가벼워지는 것이었다. 희자는 아이들에게 애착이 갔다. 비록 자신이 낳은 건 아니지만, 버림을 받아 외딴 곳에서 생활하고 있는 그들에게 조그마한 빛이라도 되어주고 싶은 것이 그녀의 순수한 마음이었다.

희자는 돈이 풍족해서 남들 보라는 듯이 선행을 베푸는 것이 아니라, 그녀는 진실로 그들 아이들이 불쌍해서 못 견딜 만큼 사랑의 정이 가는 것일 뿐이었다. 고아원에서부터 햇빛을 받지 못하고 자라나게 되면, 혹시라도 종태와 같이 삐뚤어진 사람이 되지 않을까 하는 마음이기도 했다.

아이들은 자란 환경에 의해서 성격이 형성되고, 인생관이 굳어져버리는 것이라고 믿고 있었다. 희자는 자신이 아직도 교도소에 있어야 할 몸인데도 불구하고 일찍 가출옥을 한 것이 마치 가난하고 소외된 자들에 대한 빚을 갚는다는 마음이었다.

"다 찼어. 갖다두고 새 걸로 가지고 올게."

종태는 꽉 찬 바구니를 들고 카운터로 갔다. 그리고 새것으로 다시 들고왔다.

"이젠 됐고. 양로원에 갈 물건들을 고르지."

종태의 말에 희자는 주로 노인네들이 좋아 할 알사탕이라던가, 비스켓 종류들을 많이 집어넣었다. 노인들은 이빨이 시원치 못했으므로 사탕을 물고 있거나, 부드러운 과자들을 좋아했다.

그리고 과일들을 사서 집어넣었다. 그들은 곧 고아원과 양로원으로 가져갈 먹을 것들이 충분하다고 생각되자, 계산대 앞으로 가져가서 값을 치르고는 차에다 옮겨 실었다.

고아원의 마당으로 들어서자, 마당에서 놀고 있던 아이들이 하던 놀이를 그만두고 우르르 몰려들었다.

"아자씨, 안녕."

"아짐마, 안녕."

아이들은 훌쩍이던 코를 드르륵 들이마시며 먼지가 묻은 손등으로 코를 닦아냈다. 그리고는 유난히 까만 눈동자를 빛내며 차 주위로 모여 들었다.

"그래. 잘 있었니? 아유, 손 좀 봐."

희자는 그 중에서도 유난히 어리고 가냘프게 생긴 소희를 번쩍 안아 들어 올렸다. 그리고는 손수건을 꺼낼 틈도 없이 얼른 손바닥으로 코와 입 언저리를 닦아내주었다. 그러면서 희자는 소희의 볼에 입을 맞추었다.

"나, 언니들하고 오빠야들하고 놀았다."

소희는 아까까지 놀았던 땅바닥을 손가락으로 가리켰다. 땅바닥에는 아이들이 갖고 놀다만 플라스틱 장난감들이 이리저리 흩어져 있었다.

"뭐하고 놀았니? 우리, 소희야."

희자는 소희의 헝클어진 머리카락을 쓸어주었다.

"으응, 소꿉놀이 했어."

"그래? 소희는 뭐했는데?"

"으응, 난 아가야, 했어."

"그래, 어이구, 예뻐라."

희자는 마치 자신의 아이라도 되는 것처럼 소희의 뺨에 얼굴을 비벼댔다. 그동안에 종태와 남자 아이들과 여자 아이들이 봉지에 든 먹을 것들을 원장실로 옮기고 있었다.

"이야, 굉장히 많다! 그치!"

"와! 먹을 거 많다!"

아이들은 저마다 즐거운 듯이 재잘거리며 먹을 것들을 옮기고 있었다. 희자는 한 손에 소희를 안은 채로, 다른 한 손에는 과자 봉지 하나를 들고서 원장실로 들어갔다.

"어서 오세요."

원장은 마악 일어서려던 참이었다. 종태와 아이들이 물건들을 나르는 것을 보고 일을 끝내고서 밖으로 나오려던 참이었던 모양이었다.

"네. 그동안 안녕하시죠?"

희자는 소파로 가서 앉으면서 말했다.

"네. 많이 사오셨군요. 아이들이 좋아라 하는 것 같은데."

그러면서 원장이 웃어보였다.

"네, 조금요."

희자는 소희를 안은 채로 종태와 아이들이 들락거리는 것을 지켜보고 있었다. 종태가 물건들을 다 꺼내왔는지 손바닥을 탁탁 털며 소파로 와서 앉았다.

"어서 오세요. 힘드시죠?"

원장이 소파에 앉으면서 말했다.

"뭘요."

종태는 미스 김이 끓여 내온 커피잔을 들며 말을 했다.

아이들은 감히 원장실로 들어오지를 못하고서 바깥에 모여서 저희들끼리 킬킬거리고 있었다. 먹을 게 많이 왔다고 좋아하는 모양이었다.

원장이 아이들에게 눈살을 찌푸려 보이자, 아이들은 금세 조용해지며 슬금슬금 뒤로 물러나는 기색들이었다. 그렇지만 아이들은 쉽게 물러가지 않았다. 조금 열려진 문으로 얼굴을 서로 내밀려고 다투는 중이었다.

"너희들, 저리 가지 못해! 가서 놀아. 나중에 선생님이 나눠줄 테니까!"

원장의 말은 다소 엄하게 들려왔다. 그러자, 아이들은 콩알 튀듯이 우르르 달아나는 소리가 들렸다.

원장이 다시 안경을 고쳐 쓰면서 너그러운 웃음을 띠며 말했다.

"요새 아이들이 저래요. 말을 잘 안 들어요. 그래서 호통을 쳐야 그제서 겨우 말을 들어요."

"……."

희자는 안고 있는 소희를 내려다보았다. 소희는 지금 희자의 품에 안겨 있으면서 원장의 눈치를 살피는 듯했다. 작고 까만 눈동자가 연신 원장과 희자를 번갈아 쳐다보는 것이었다.

희자는 그런 소희를 더욱 껴안아 주었다. 그 애의 작고 여린 손을 꼬옥 쥐어주었다. 소희가 자꾸 원장한테서 불안해하는 것을 보는 희자의 마음이 아팠다. 마음 같아서는 소희를 데려다가 키워보고 싶은 생각이 들기도 했지만 막상 실행으로 옮길 수는 없는 일이었다.

"요즘 경기가 안 좋아서 그러는지 외부에서의 도움도 줄어가고…… 군이나 도에서도 지원이 옛날 같지 않아서요."

"아, 네."

종태는 원장의 말에 수긍이 간다는 뜻으로 대답했다. 원장은 또 궁색한 살림살이에 대한 이야기를 꺼내는 것이었다. 으레 종태와 희자가 오면 꺼내는 말이 그것이었다. 그런 말을 할 때의 원장은 실로 고아원을 아끼는 불우시설의 원장으로써 안타까워하는 듯한 표정이었다.

원장은 늘 그랬다. 외부에서 들어오는 방문객들에게 그런 말을 함으로써 조금이라도 더 많은 액수의 기부금을 받아내려는 의도에서였다. 밑져야 본전이라는 생각으로 원장은 수시로 틈을 봐가며 그런 말을 꺼내곤 했다.

종태와 희자는 한참동안 원장의 그런 넋두리를 듣고 있으면서 일일이 고개를 끄덕이며 수긍한다는 표시를 했다. 그래야만 원장의 마음을 편하게 해줄 수 있을 것만 같았다.

"저, 이만…… 아이들에게 과자나 나눠주고 갈까 하는데요."

종태가 먼저 그런 말을 꺼냈다. 그래야만 원장의 넋두리에서 벗어날 수가 있었다.

"아, 네. 그러세요. 나 참…… 내가 너무 떠들었나 봐요. 호호호."

그럴 때엔 원장도 스스로 미안해하는 것이었다. 종태와 희자는 소희를 안고서 아이들 방으로 들어갔다. 사무실에서 내준 과자 봉지들을 들고 들어갔다. 원장은 아이들에게 한꺼번에 너무 많은 과자를 주게 되면, 아이들이 저녁을 안 먹는다고 하면서 일정량의 과자만 내주는 것이었다.

"야, 잘 있었냐?"

종태의 인사말에 아이들은 기다렸다는 듯이 종태와 희자에게 매달리면서 칭얼대기 시작했다.

"와! 먹을 거 가져왔어요?"

"이거 전부 다 우리 방에 다 줄 거예요?"

아이들은 소란스러웠다. 과자에 달라붙는 놈이 있었고, 종태와 희자의 어깨를 붙잡고 늘어지는 애들도 있었다. 대개 아이들은 희자의 옷자락이나 손을 붙잡으려고 하면서 그쪽으로 몰리고 있었다.

희자는 아이들이 자신한테 매달리면서 마구 떠미는 통에 제대로 앉아 있을 수가 없었지만, 그래도 기분이 좋았다. 종태는 얼른 과자들을 나눠주기 시작했다.

"자, 이거 받아라. 아줌마 너무 그러면 못써요. 아줌마 아파요."

종태의 말에도 아이들은 아랑곳하지 않았다. 서로 희자를 끌어안으려고 실랑이 몸싸움을 하고 있었다.

"자, 받아. 이리로 와야지."

종태는 그럴수록 얼른 과자들을 나누어 주었다. 그래야만 아이들이 진정될 것 같았다. 역시 과자의 효과가 나타났다. 과자를 받은 아이들은 금세 조용해졌다. 먼저 과자를 받은 아이들은 앉아서 과자를 먹는 데에 열중하고 있었다.

어느 정도 방안이 조용해지자, 희자는 소희만을 껴안고 있을 수 있게 되었다. 소희에게 과자를 넣어주며 희자는 종태를 바라보았다. 종태가 씨익 웃어보이다가 희자에게로 가까이 다가와서 앉았다.

종태는 소희의 뺨을 어루만지며 말했다.

"맛있어?"

"응."

소희는 고개를 끄덕이며 희자를 올려보고 있었다. 희자는 종태를 바라보며 빙긋 웃어보였다.

"소희는 참 예뻐. 그렇죠?"

희자의 말에,

"으응, 우리 소희가 젤 이쁜 걸."

종태는 다시 소희의 머리를 쓰다듬어 주었다. 소희는 잠시나마 행복한 듯한 표정이었다. 입을 오물거리며 과자를 맛있게 먹고 있는 모습이 앙증맞도록 귀여웠다.

"소희, 엄마 생각나?"

희자의 물음에 소희는 빤히 쳐다보다가 고개를 세게 흔들었다.

"엄마, 몰라?"

다시 물었을 때, 소희는 고개를 아래위로 끄덕이면서 종태를 바라봤다. 종태는 소희의 그런 모습을 바라보면서 고아들의 비애를 보는 것만 같아 마음이 절로 찡해졌다.

희자는 종태를 바라보다가 다시 소희한테 질문을 했다.

"소희를 누가 낳아줬지? 그거 알아?"

"……."

그 말에 소희는 옆으로 고개를 세게 흔들었다. 입에 든 과자를 먹느라고 고개짓으로 말을 하는 거였다.

"정말 몰라? 엄마가 생각 안 나?"

"응."

소희는 맞다는 듯이 다시 고개를 끄덕였다.

"……."

소희는 아무것도 모르는 채, 그저 아이들과 어울려 같이 사는 걸로만 알고 있는 듯했다. 그저 아줌마와 아저씨가 와서 과자를 주는 게 기분 좋은 일인 것으로만 알고 있는 듯했다.

"……."

"……."

희자와 종태는 서로 소희의 한쪽 손을 붙잡은 채로 소희만을 바라보고 있었다. 소희는 이 고아원에서 가장 나이어린 아이였다. 채 두 살이 되었을까 말까한 나이였다.

조그만 것이 울지도 않을 듯이 보였다. 그저 큰 아이들 틈바구니에서 같이 노는 것이 좋은 듯이 보였다. 희자의 앞쪽에 앉아서 가만히 있는 것뿐이었다. 칭얼거리거나, 부모 정을 못 느껴서 희자한테 달라붙는 것도 아이었다.

희자는 이렇게 어린 소희를 바라볼 때마다 소희를 낳은 엄마를 생각해보곤 했다. 어떤 이유로 해서 소희를 낳게 되었는지. 그리고 왜 이런 곳에 버리지 않으면 안 되었는지 궁금해지는 것이었다. 아무리 사정이 있었다손 치더라도 어린 생명을 내버린 여자의 심정을 할 수가 없었다.

다른 아이들도 역시 마찬가지일 것이라고 생각되었다. 다소 거친 듯한 말투, 아이들끼리만 있는 곳이라서 그런지 제멋대로인 그 아이들을 볼 때마다 희자의 마음속에는 그런 생각들이 들곤 했다. 아이들은 다소 무례한 듯했다. 기분이 내키면 내키는 대로, 좋으면 좋은 대로, 싫으면 싫은 대로 곧바로 행동으로 옮기는 아이들의 모습은 마치 어른들을 닮아가는 것만 같아서 마음이 아팠다.

고아원에서 제멋대로 큰 애들이 잘 될 거라는 보장은 없었다. 잘 되기보다는 잘못될 확률이 더 높았다. 돈만 밝히는 원장, 그리고 그 원장 밑의 여선생들도 아이들에게 지쳤는지 더 이상 아이들에게 관심을 갖지 않았다. 그럭저럭 일한 것만큼의 매달 월급만 받으면 그만인 것처럼 무관심하기만 했다.

아이들에게 누구 하나 정성어린 보살핌과 가르침이란 있을 수 없는 곳이었다. 고아원도 일종의 영리 단체가 돼 버린 것이다. 사회가 내버린 아이들을 데려다가 자신의 영욕을 채우려는 사람들의 교묘한 상술에 의해 정부에서는 지원금을 내려보내고 있을 뿐이었다.

희자는 고아원에 올 때마다 슬픈 마음이 들었다. 마치 제 자신이 낳아서 버린 아이들을 찾아온 것마냥 마음이 그리 밝지 못했다. 어떻게든 그런 아이들에게 인생의 살아가는 보람 같은 걸 심어주고 싶었지만, 마음만 그랬을 뿐이었다.

이 사회는 밝은 구석이 있는가 하면, 어두운 구석들이 더 많았다. 삶에 찌들어버린 인생들의 집합소 같은 곳이 바로 구치소나 교도소였다. 그곳에서는 인생의 맨 밑바닥 바퀴벌레들이 오글거리며 살고 있는 곳이라고 해도 과언이 아니었다. 물론 희자도 그곳을 다녀와서 알고 있었지만, 다시는 갈 데가 아니라는 것을 실감하고 있는 터였다.

그런데…… 아직 미처 피어나지 않은 꽃봉오리에 불과한 이 어린 것들이 벌써부터 이런 고아원 시설에서 방치되어 길러진다는 건 어쩌면 구치소나 교도소에 있는 인생들보다도 더 구차했으면 했지, 더 나을 건 하나도 없을 거라고 생각되었다.

왜냐하면, 구치소나 교도소라는 곳은 이미 성인이 된 어른들의 집합소였지만 고아원이란 덴 아직까지 채 피어보지도 못한 꽃망울에 불과했던 것이다. 그런 어린 나이에 이런 고아원에서 커야 한다는 것은 곧, 태어나자마자부터 시작된 절망이랄 수 있었다.

어차피 인간이란 환경의 영향을 받게 마련이었다. 설사 그렇지 않은 사람이 있다고 하더라도, 대다수의 사람들은 거의 주위의 영향을 받는 것이었다. 희자는 그게 더 안타까웠다. 자신은 조직 생활로 잔뼈가 굵은 종태의 아내가 되었지만, 아직은 꽃봉오리에 지나지 않는 고아원의 어린아이들이 커서 나중에 사회의 문제아가 되는 건 원치 않았다.

희자와 종태는 다른 방을 다 돌고 나서 그곳을 떠날 때까지도 소희를 내려놓지 않았다. 희자가 팔이 아프면, 대신 종태가 소희를 앉아줬다. 그리고 그들이 각 방을 다 돌고 나서 차에 오를 때서야 소희를 떼어놓을 수가 있었다.

소희는 까만 눈망울을 굴리며 종태와 희자가 그곳을 떠난다는 것이 못내 서운한 모양이었다. 손가락을 빨면서 커다란 눈망울만 굴리면서 쳐다볼 때엔 차마 발길이 떨어지지 않는 그들이었다.

"소희야. 들어가. 다음에 다시 올게. 알았지?"

희자는 어서 안으로 들어가라는 듯이 손짓을 해보였지만 소희는 그 자리에 꼼짝도 하지 않고 서 있기만 했다. 소희의 동그란 얼굴이 겁먹은 표정이었다.

"빨리 들어가. 나중에 소희보러 또 올게. 얼른."

희자의 말에 소희는 곧 울음을 터뜨릴 것 같았다.

"……?"

희자는 종태를 쳐다보았다. 종태 역시 무어라 말을 할 처지가 못 되어서 희자를 바라만 볼 뿐이었다.

"어쩌죠? 안 들어가네."

희자는 난처한 듯이 말했다.

"그냥 갈까? 그러면, 우리가 가고 나면 방으로 들어가겠지."

종태의 말은 다소 냉정했다. 그러나 그도 어쩔 수 없는 노릇이었다.

"그냥 어떻게 가요? 그러면 마구 울 텐데……."

할 수 없었다. 희자는 다시 차에서 내려 소희한테로 다가갔다. 그리고는 소희의 앞에 무릎을 꿇고는 나직이 타이르는 것이었다.

"소희야. 착하지? 아저씨랑 아줌마는 담에 또 올 거야. 우리 소희 보러 꼭 올 테니까 말 들어. 응?"

희자는 소희의 뽀얀 얼굴을 매만져주며 토닥였다. 소희의 검은 눈망울이 더욱 겁을 집어먹은 듯이 불안하게 떨리는 것 같았다.

"……."

희자는 난처했다. 그냥 이대로 두고 갈 수도 없어 종태를 바라봤다.

"……."

종태는 희자의 그러는 모습을 처음부터 지켜보면서 죽 말이 없었다. 그도 어떻게 할 수 없었던 것이다.

"잠깐만 기다려요. 소희를 방에다 데려다주고 나올게요."

희자는 얼른 그렇게 말하고는 소희를 데리고 안으로 들어갔다. 희자의 말은 잘 듣는지 소희는 아무 말 없이 따라가는 것이었다.

"……."

종태는 말없이 차에 앉아 있었다. 희자의 그런 모습을 보면 절로 마음이 숙연해졌다. 마치 여자의 숙명인 듯한, 아이를 낳고 길러야 하는 여자의 일생을 들여다보는 것만 같았다. 그냥 여자로써 있는 것과는 전혀 다른 모성애가 결부된 여자의 모습은 가슴 뭉클한 감동을 던져주는 것이었다.

종태는 그랬다. 비록 조직세계에 몸담고 있으면서도 아녀자가 어린아이를 안고 있는 걸 보면 남다른 생각이 들곤 했다. 갓난아이로 인해서 여자가 더 위대해 보이고, 비로소 여성스러워 보이는 것이었다.

그런 것에 비하면, 술집에 나오는 젊은 영계들은 여자도 아니라는 생각이 들었다. 그저 한낱 정액받이에 지나지 않는 그런 영계들과는 부랄에 꽉 찬 정액을 털어내는 것만으로 만족하는 정도였다. 고급 술집에 나오는 젊은 여대생들의 몸매는 눈으로 보기엔 화려했고, 어디에 내놓아도 빠질 데가 없었지만 종태에게는 단지 정액을 쏟아붓는 곳일 뿐이었다.

종태는 그랬다. 보통 다른 사람들은 영계들에게 팁을 십만 원 정도를 준다면, 종태는 더블로 꽂아주었다. 그것도 영계의 팬티 속, 가느다란 틈새가 벌어진 곳에다 정확히 수표 두 장을 꽂아주었다. 빳빳한 수표 두 장을 반으로 접어 그곳에다 꽂아주면, 처음엔 영계도 몸을 움찔거렸다.

빳빳한 종이의 감촉이 클리토리스를 건드린 까닭일 것이었다.

그 다음에 마음에 들어 밖으로 데리고 나가는 것은 문제가 아니었다. 언제든지 마음만 먹으면 데리고 나가 하룻밤을 잘 수 있었다. 영계들은 빼어난 몸매에 비해 테크닉은 영 젬병이었다. 마치 물 위에 뜬 맥주병 같이 시시하거나, 아예 혼자 신음소리를 질러내면서 버둥거리다가 곧 물이 말라버리는 것이었다.

여자의 물이 마른다는 것은 곧 섹스를 더 이상 불가능하도록 만들었다. 바싹 마른 몸매의 영계들이 그랬다. 처음엔 금방 달아오르지만, 조금 시간이 지나면 금방 물이 말라가는 것이었다. 그때부터는 종태의 기분도 안 좋았지만, 우선은 뿌리가 아팠다.

마른 질벽을 쑤셔대는 것은 곧 힘겨운 마찰이었다. 그런 영계와 섹스를 한 날은 한참동안 뿌리가 얼얼할 정도였다. 가끔 그러는 것도 남자로선 괜찮은 기분이었지만 오래도록 아픈 것은 기분이 그리 좋은 게 아니었다. 그리고 남자의 정액을 너무 자주 뽑아낸다는 것은 주먹을 쓰는 세계에서는 곧 금물이었다.

남자의 정력을 그런 곳으로 자주 쓴다는 건 몸을 날렵하지 못하게 했고, 그만큼 체력의 소모가 크도록 했다. 여자에 빠진다는 것은 몸을 나태하게 만들었고, 정신마저 나약하게 만들었기 때문에 종태는 가급적이면 섹스를 자제하는 편이었다.

그러나 젊은 혈기에 전혀 섹스를 안 할 수는 없는 일이었다. 그는 가끔 몸이 찌뿌둥해질 정도로 몸에 꽉 차 있는 듯한 때에라야만 영계를 불러냈다. 그랬으므로 종태에게 있어서의 영계란 그저 한낱 정액을 배출하는 구멍에 지나지 않았다.

그러나 아이가 딸린 여자를 보면 영계와는 전혀 다른 또 다른 쾌감과 정감이 일어나는 것이었다. 확실히 암컷이란 새끼를 낳고, 기르는 존재임에는 틀림이 없었다.

한참 만에 희자가 걸어나오는 게 보였다.

그녀는 차가 있는 데로 걸어오면서 뒤쪽을 돌아보는 것이었다. 아마 소희가 따라나오지 않을까 해서 그러는 모양이었다.

"왜? 따라나오려고 그래요?"

종태가 물었다.

그녀는 차에 올라서는 웃으며 말했다.

"네, 내 손을 붙잡고 안 놔주는 거예요. 그래서 조금 껴안아 주다가 나왔어요."

"……."

종태는 다시금 가슴이 뭉클해졌다.

"가요."

희자의 말에 그는 브레이크를 떼면서 서서히 액셀러레이터를 밟았다. 차는 곧 마당을 가로질러 정문을 빠져나갔다.

다시 읍내로 나왔다가 양로원으로 갔다.

양로원은 그래도 마음이 편했다. 어른들이라서 그런지 점잖았고, 종태와 희자가 대접하기에도 편했다. 먹을 것들을 쟁반에 담아 갖고 들어가면, 노인들은 마치 아들이나 며느리가 들어온 듯이 반갑게 맞는 것이었다.

황 노인은 묵묵히 먹기만 하고 있었다. 가끔 종태를 뚫어지게 쳐다보다가 슬그머니 시선을 다른 곳으로 옮겨갈 뿐이었다.

"……?"

종태는 그 노인에게서 이상하게도 친근감을 느끼고 있었다. 말이 없으면서도 무언가 생각하는 듯한 그런 얼굴 표정이었다. 그리고 종태의 일거수일투족을 쳐다보는 것만 같았다.

황 노인은 가만히 앉아 있으면서도 어딘지 모르게 날 선 듯한 날카로움을 뿜고 있는 듯했다. 여느 다른 노인들과는 사뭇 다른 분위기를 읽을 수 있었다. 노인들이 종태와 희자에게 질문을 하고, 종태가 그 질문에 대답할 때마다 황 노인은 씹던 것을 멈추고 유심히 듣고 있는 것 같았다.

"……."

종태는 황 노인 앞의 바구니에다 먹을 것들을 더 갖다놓았다.

"됐네. 뭘 이렇게……."

황 노인은 손사래를 치려다가 그만 접어넣는 것이었다. 노인들 서너 명 앞에 커다란 대바구니 쟁반 하나를 갖다놓았던 것이다. 황 노인 앞의 쟁반이 다 비워지지 않은 상태에서 종태가 먹을 것들을 더 갖다놓자, 황 노인은 거북살스럽게 손사래를 치려다가 만 것이었다.

"많이 드십시오."

그러면서 종태는 황 노인을 똑바로 쳐다봤다.

"……."

황 노인 역시 종태를 똑바로 쳐다보는 것이었다. 두 사람의 시선이 잠시 허공에서 만났다.

역시 뭔가 다른 분이구나…….

종태는 마음속으로 그런 생각을 했다. 어딘지 모르게 비범한 구석이 엿보이는 듯했다. 몸집이 단단한 것 하며, 앉아 있는 자세가 그랬다. 그저 예사롭지 않아 보이는 그런 냄새를 맡을 수가 있었다.

희자는 계속 먹을 것들을 빈 바구니에 담아주느라 왔다 갔다 하고 있었다. 그리고 바깥으로 나가 다른 방에도 둘러보느라 한 곳에 앉아 있질 못했다.

희자가 방으로 들어오면서 종태에게 말했다.

"다른 방에 계시는 아버님들이 당신 좀 보고 싶대요."

하고 말했다.

"나?"

종태가 되묻자,

"네. 왜 나만 먹을 걸 갖고 들어오느냐, 하시면서 당신도 좀 오래요."

희자는 그러면서 웃었다.

노인들은 그랬다. 희자와 종태가 정기적으로 먹을 것들을 사오니까 기분이 좋아서 하는 말이라는 걸 알 수 있었다. 희자는 노인네들에게 아버님, 어머님이라고 불렀고, 종태 역시 그들 노인들을 아버님, 어머님이라고 부르게 되었다.

"……."

종태가 계속 황 노인을 바라보고만 있자, 황 노인이 슬쩍 보다가 종태의 눈과 딱 마주치고 말았다.

"다른 방에도 가보지 그래. 다들 노인네들이 자네 보고싶어하는 것 같군 그래."

라고 말하는 것이었다.

그저 지나가는 말 같았지만 종태가 듣기에는 다소 위엄기가 들어 있는 듯한 말이었다.

"네, 그럼 잠시만,……."

종태는 일어나면서 고개를 숙여보이고는 다른 방으로 갔다.

"여어, 자네 왔능가? 자네 색시는 자꾸 먹을 걸 갖고 오는데, 자네가 보여야지? 그래서 우리가 자넬 불렀네."

"어서 오게. 그래, 몸은 괜찮은가?"

"이렇게 먹을 걸 많이 가지고 오니까 반갑네이, 그래."

노인들은 그저 한 마디라도 거들어야겠다는 듯이 인사치레를 하고 나왔다. 어떤 노인은 종태의 손을 붙잡으며 손등을 쓸기도 했다.

"요즘 보기 드문 차암 똑똑한 양반이야. 얼굴을 보니깐 내 아들처럼 잘 생겼어."

"그럼, 요즘 젊은 것들이 이렇게 안 하제. 지 애비 에미도 안 찾아본다니께."

"고럼, 고럼!"

노인들은 저마다 칭찬을 하나씩 늘어놓기에 바빴다.

그럴수록 종태는 더욱 미안해졌다. 괜히 이런 공치사나 받으려고 이런 일을 하는 것 같은 죄스러움이 앞섰다. 종태 자신의 어머님은 구치소에 있을 때, 돌아가신 것이 천추의 한이 되었던 것이다. 그래서 노인들만 보면 유달리 마음이 갔던 것이었는데, 이런 공치사를 듣고 보니 더욱 낯이 붉어지는 것이었다.

"별 말씀을요. 저도 어머님 한 분이 외국에 나가 있을 때, 돌아가셨는 걸요……."

종태가 그 말을 하자,

"저런! 그랬구나! 그래서 부모한테 한이 맺힌 게로구먼!"

노인들은 안 됐다는 듯이 혀를 찼다.

"그래서 이런 좋을 하는 게로구먼!"

"……."

종태는 할 말이 없었다. 이렇게 한다고 해서 돌아가신 어머니에 대한 보답이 될 순 없었다. 그게 더 마음이 아팠다.

노인들은 다시 먹는 것에 신경을 쓰며 노인네들끼리의 대화에 몰두하는 것이었다. 그제서야 종태는 슬그머니 일어났다. 그리고는 인사를 건넸다.

"어르신들. 전 이제 나가볼랍니다. 몸 건강들 하시구요."

하고 고개를 숙여 인사를 건네자,

"응, 어여 나가봐야지. 색시도 고맙고, 고마우이."

"……."

종태는 밖으로 나왔다. 희자가 있는 방으로 들어가려다가 바깥뜰로 나왔다. 뜰에 서서 담배를 꺼냈다. 불을 붙이고는 깊게 몇 모금 빨아들였다가 천천히 내뱉었다. 가슴에 남아 있던 울적함들이 서서히 풀려 나가는 듯했다.

종태는 어머니를 생각할 적마다 마음이 아팠다. 일찍 아버지를 여의고, 자식들을 기르느라 온갖 풍상을 다 겪으면서도 꿋꿋이 살아오신 분이 아니던가. 종태는 그 어린 시절의 가난을 결코 잊어버릴 수가 없었다. 그래서 더욱 이를 악물고 조직의 세계를 휘저어댔는지 모른다. 그만큼 종태는 감정에 치우치지 않으려고 노력했다.

오로지 돈과 조직만을 위해서 살아온 그 자신이었다. 돈은 종태가 어렸을 적의 찌든 가난이 싫어서 더욱 그랬고, 조직을 키우는 데에도 그만한 돈이 있어야만 했다. 돈이 없는 조직이란 있을 수 없는 일이었다. 자본주의 사회에서, 그것도 막강한 이권을 낚아채려면 우선은 대외적으로 내보일만한 자본이 있어야만 했다. 몸과 칼로써만 해결할 일이 있었고, 돈과 칼과 주먹이 합세해야만 얻어낼 수 있는 일이 있었다.

종태의 지론은 철두철미했다. 조직세계에서도 조직을 잘 꾸려 나가려면 그만큼 지능화되어야 하고, 자본력을 갖추어야만 했고, 물불을 가리지 않는 유능한 조직원들이 있어야만 한다고 믿었다. 그 세 가지 중에서 어느 한 가지라도 충족되지 않으면 그 조직은 곧 무너지기 쉽다고 생각하고 있었다.

유능한 조직원을 만드는 건 순전히 종태의 마음먹기에 달린 것이었다. 강인하게 키워서 어떠한 일에서라도 뒤로 물러서지 않는 살신의 승부욕을 길러놓으면 그 조직은 절대 흔들리지 않았다.

종태가 심혈을 기울여 조직을 만드는 데만 정신을 쏟아부었던 것도 다 그 때문이었다. 그래서 결국 창호의 살인 누명을 뒤집어쓰고 스스로 영등포 구치소에 들어간 것이었는데, 수감 중에 결국 어머니가 돌아가신 것이었다. 어머니의 임종을 지켜보지 못했던 종태로서는 뒤늦은 후회가 앞섰지만 할 수 없었다.

이제 희자를 만나 새로운 생활로 접어선 지금, 종태는 이제 옛날로의 회귀란 있을 수 없는 일이었다. 그녀와 함께 있는 것이 좋았고, 다시 새로운 삶을 찾은 것이 더 보람 있고 유익한 생활인 것 같았다. 그래서 종태는 행복이 먼 데 있는 것이 아니라, 아주 가까운 곳에 있는 거라고 믿었다.

종태는 하늘을 올려다보았다. 푸른 하늘이 거기 있었다. 바람 한 점 없을 것 같은 고요한 날씨였다. 바닷가라서 그런지 맑은 날은 유난히 청명하게 보이는 것이었고, 흐린 날은 더욱 흐려 보이는 것이 특징이었다. 자외선이 많아서일까. 그는 다시 담배 한 개비를 더 꺼내서 피우면서 기다리다가 희자가 있는 방으로 들어갔다.

"뭣 좀 많이 드셨습니까?"

종태는 황 노인을 보며 물었다. 어른들은 아직까지도 과자들을 먹느라 입을 오물거리고 있었다.

"응, 많이 먹었네. 매번 올 때마다 이렇게 많이 사가지고 오면 힘들지 않나?"

황 노인의 다소 무거운 말이었다.

"……."

종태는 황 노인을 쳐다보았다.

"……."

황 노인 역시 종태를 쳐다보고만 있었다.

두 사람의 시선이 잠깐 머무른 듯했지만, 그거 꽤나 긴 시간인 것처럼 느껴졌다. 그 짧은 몇 분간에 그들은 이미 서로를 알고 있는 듯이 친밀해져 있었다. 동병상련이랄까. 어쩌면 같은 인생줄을 거머쥐고 살아왔던 운명이 같았던 남자의 만남이었는지도 몰랐다.

종태는 이번의 황 노인의 말에서 따뜻함을 느낌과 동시에 그가 어떤 인물이라는 것을 대번에 알 수 있었다. 종태의 과거를 알고서 그렇게 함부로 말을 놓으면서 말을 할 수 있다는 것은 조직세계에서는 선배의 경우에만 허용되는 그런 말투였기 때문이었다.

종태는 머뭇거렸다. 일어서려다가 말고 다시 주저앉아 황 노인을 쳐다보고 있었다. 희자가 옆으로 와서 앉았다.

"보기가 좋구만. 자네도 이젠 완전히 손을 씻었는가 보이."

"……?"

종태는 더욱 놀랐다. 황 노인이 스스럼없이 그런 말을 내뱉었다는 것이 그랬다. 이미 종태에 대해서는 어느 정도 알고 있다는 듯이 말하는 것 같았다.

"둘이 그렇게 앉아 있으니까 보기가 좋네. 여기서 가까운 곳에 사는가?"

다시 황 노인이 물어왔다.

"네. 수산폽니다. 바닷가 별장입니다."

종태는 머리를 숙일 듯이, 대답했다. 그러자, 황 노인이 다시 질문해왔다. 이번엔 다소 굳어진 얼굴로 묻는 것이었다.

"그럼 언제 한 번 놀러가도 되겠나? 수산포라면 읍에서 가깝지. 별장이라고?"

"네, 그 동네엔 별장집이 우리 집밖엔 없습니다. 한 번 오십시오. 기다리겠습니다."

종태는 고맙다는 듯이 머리를 숙였다가 들었다.

"고마우이. 사는 것도 볼 겸해서…… 언제 한 번 들르겠네."

그 말을 하면서 황 노인은 알 듯, 모를 듯한 웃음을 흘리면서 종태를 똑바로 쳐다봤다.

"그럼 저희들은 이만…… 몸 건강히들 계십시오."

종태가 인사를 하자, 노인네들은 저마다 한 마디씩 인사들을 건네오는 것이었다. 희자도 일어서면서 인사를 올리고는 밖으로 걸어 나왔다.

짚차가 있는 데로 걸어나오면서 희자가 물었다. 아까 황 노인과의 대화가 궁금했던 모양이었다.

"그 노인 어른과는 아시는 분이세요?"

"아니."

종태의 대답이 그랬다.

"그런데 그 어른의 말은, 꼭 당신을 아는 것처럼 말을 해요?"

"……."

종태는 대답이 없었다. 차에 올라서 시동을 걸고는 조금 있다가 출발할 때까지도 종태의 얼굴은 무언가 생각하는 듯한 표정이었다.

"어디로 가요?"

희자가 물었다.

"응? 으응……."

종태는 그녀가 무얼 물었는지 알 수 없었다. 그래서 그녀를 쳐다보았다. 잠깐 딴 생각에 잠겨 있었던 것이었다.

"그냥 집으로 가요."

희자의 말이었다. 그녀는 곧장 집으로 갔으면 싶었다.

"병원에 들렀다가 가야지. 또 나오기가 그렇잖아요? 왜? 피곤해서 그래요?"

종태는 희자를 돌아보았다. 희자의 얼굴이 다소 창백한 듯했다. 피곤기가 얼굴에 나타나 있었다.

"……."

종태는 말없이 집 쪽으로 차를 몰았다. 읍내를 마악 벗어나기 시작할 즈음에 그는 희자를 돌아보며 말했다.

"우리, 어디 가서 식사나 하고 들어갈까? 당신이랑 같이 오붓하게 밥 한 끼도 못 먹었네?"

그의 말에 희자는 웃어보였다.

"그냥 가요. 괜히 길거리에서 밥을 사먹는 건 낭비예요. 다음에 해요. 오늘은 좀 피곤해서요."

"그럴까?……."

종태는 일부러 씨익 웃어보이고는 차를 몰기 시작했다.

길가에는 허름한 식당들과 슈퍼들이 보였고, 느슨하게 길을 걷고 있는 사람들의 모습이 매우 한가롭게 보였다. 벌써 날씨가 따뜻해서인지 골목길에다 마루를 펴놓은 채, 앉아서 나물이나 생선 따위를 다듬고 있는 여자들의 모습도 보였다.

차는 곧 읍내를 벗어나기 시작했다. 수산포로 들어가는 비포장도로가 나타났다. 짚차 뒤에는 금방 뽀얀 먼지들이 군무를 만들어내기 시작하고 있었다. 멀어지는 양양 읍내의 모습이 먼지에 갇혀 잘 보이지 않게 되었다.

희자는 길가에 심어놓은 나무들이 푸른 초록을 머금고 서 있는 것이 보기 좋았다. 마악 새 잎이 돋아나서 푸릇푸릇해지는 연한 빛깔이 생동감을 불어넣고 있는 듯했다. 겨울 내내 말랐던 길가의 풀들도 파릇파릇해지는 중이었다.

벌써 먼 산에도 연초록빛이 완연하게 드러나고 있었다. 아직까지도 멀리 바라보이는 오봉산 꼭대기에는 잔설이 남아 있었다. 낮엔 제법 따스했지만 오봉산에는 하얀 눈이 그대로 남아있어서 마치 초여름과 겨울이 동시에 존재하는 것처럼 보여졌다.

"저번에 영등포 구치소에 있을 때, 교회당에 설교하러 들어온 유 목사님이 생각나요?"

종태의 느닷없는 질문에 희자는 얼른 돌아봤다.

"그 목사님 생각이 나는군."

종태가 지나가는 말처럼 중얼거렸다.

"왜요? 유영빈 목사님인가 뭔가 하는 분요?"

"으응, 이름을 아네? 그 목사님이 그때, 그랬지? 그 목사도 고아원에서 자라 조직 폭력배에 들어갔다가 기구한 운명이라선지 얼굴도 몰랐던 형과 칼싸움을 벌렸다고 그랬잖아? 형제들이 뿔뿔이 흩어져서 고아원에서 자라면서 서로를 모르고 자랐던 거지. 그래서 처음엔 형제인 줄도 서로 칼을 들었다가…… 나중에 형이란 걸 알게 되었다고 그랬잖아?"

"네."

희자는 생각난 듯이 대답했다.

"그 목사님의 설교가 참 재미있었지. 키가 작고 덩치가 조그마한 게…… 형제들끼리의 전과를 다 합치면 30범은 넘을 거라고……."

"네, 알아요. 여사에도 집회하러 들어왔어요."

"그 목사의 간증 중에 전두환 대통령이 삼청교육대를 만들어서 폭력배로 동해안으로 붙잡혀 와서 죽을 고생을 했다고 그랬어. 한겨울에도 먹을 것을 주먹만큼만 주고는 언 땅을 파서 참호를 만들게 하고, 통신 케이블을 묻는 작업을 했다고 그랬어. 나중엔 삼청교육대 내에서 폭동이 일어나서 주동자로 몰리면서 군법에서 사형을 선고받았다고 했지."

"네. 그랬어요. 그래서 우리 여사에서도 그 말씀 듣고서 눈물

바다가 되었어요. 얼마나 고생을 심하게 하셨던지…… 나중엔 배가 고파서 갓 낳은 새끼 쥐라도 잡아서 서로 먹으려고 싸웠다고 그랬어요."

"맞아. 그 목사님이야. 그 목사님이 삼청교육대로 붙잡혀 와서 모진 고생을 했다는 곳이 바로 이곳이야. 동해안 경비 사령부라고 했어. 여기 바닷가는 다 동해안 경비 사령부 소속이야. 아마 그 목사님은 매일 곡괭이를 메고, 이곳을 헤매고 다녔을 거야. 지금 그런 생각이 얼핏 드는군."

"……."

희자는 가만히 있었다.

"그땐 정말이지, 삼청교육대라면 사회 패륜아라고 해서 군인들이 인간 이하의 취급을 하며 마치 동물처럼 다뤘을 때야. 어떤 나라건, 법이 한 번 그렇게 정해지면 꼼짝 못하는 거지. 폭력이라는 것이 그래. 어떻게 보면 살기 위해서 칼을 들고, 주먹을 휘두르는 건데, 나쁘게 보면 끝이 없게 마련이지. 대만 같은 나라도 옛날엔 주먹잽이들을 숙청하면서 외딴 섬으로 보내버렸다는 거야. 우리나라에서도 대만을 보고 그렇게 했는지는 모르겠지만, 삼청교육대에 집어넣어 이가 갈리도록 모진 훈련을 시키고, 죽어나가는 사람이 많을 정도로 혹사를 시켰지만 어디 그게 인간 개조가 되느냔 말이야, 내 말은. 그 목사님이 그랬어. 인간 개조는 고문이나 혹독한 유격 훈련으로도 될 수 없다고 그랬어. 그건 나도 인정해. 나라도 그런 모진 훈련을 받았으면 더 이를 갈면서 훈련을 견뎌냈을 거야."

"……."

희자는 운전을 하고 있는 종태를 쳐다보았다.

"그 목사님도 그랬어. 인가 개조는 그런 육체적인 훈련을 통해서만이 가능한 게 아니고, 인간 본성이 바뀌어져야 한다고 그랬지. 결국 그 목사님은 그 안에 있을 때, 성경 한 구절이 씨앗이 돼서 목사가 되었지만……."

"네, 맞아요. 하나님 말씀 때문에 그 목사님이 회개를 했다고 그랬어요."

"그래. 결국 나고 깊은 감명을 받았지만. 그래서 나도 당신과 만나 이런 데서 살고 있는 거야."

"……?"

희자는 그를 쳐다보았다. 그가 담배를 꺼내 불을 붙이며 길가로 차를 세웠다. 그리고는 다시 말하기 시작했다.

"난 이제서야 사람이 살아가는 재미가 뭔 줄 알겠어. 돈과, 명예보다도 인간답게 사는 것이 더 좋다는 걸 알았어."

"네, 고마워요."

희자는 그의 말이 그렇게도 고마울 수가 없었다. 그의 오른손을 붙잡고는 쓰다듬어 주었다. 그녀는 마음이 기뻤다. 그가 이렇게도 마음이 착했다는 것이 고마울 따름이었다. 비록 그가 속으로는 설사 딴 마음을 먹는다고 하더라도 희자는 그리 염려될 게 없었다. 아직까지도 그는 완전한 기독교인이 된 건 아니었다.

그가 정말 인간답게 살아가는 것이 그녀의 바람이기도 했다. 그녀는 그에게 있어 그리 서둘지 않았다. 어느 땐가는 신실한 신앙인으로 돌아오리라고 믿고 있었다.

그러나 한편으론 그녀의 마음이 무거워졌다.

자신이 당한 그 치욕의 덩어리를 결코 잊어버릴 수가 없었다. 자신의 몸 어딘가에 아직도 남아 있을 그 흔적이 말끔히 지워졌으면 싶었다. 마음에도 얼룩이 진 것만 같았다. 그녀는 그것만 생각하면 몸이 졸아드는 기분이었다.

"……."

그는 멀리 산을 바라보고 있었다. 마치 무언가를 생각하고 있는 듯했다.

"……."

희자는 그의 얼굴을 바라보다가 길가의 밭으로 눈길을 주었다. 파릇파릇한 봄채소들이 싹을 내고 있는 게 보였다. 밭둑에도 쑥나물이 자라 있는 게 보였다. 마음 같아서는 잠깐 내려서 쑥이라도 뜯어보고 싶은 마음이었다. 그러나 그런 마음이 아니었다.

"아까…… 그 황 노인…… 어딘가 모르게 냄새가 나는 것 같

아. 그런 거 못 느꼈어요?"

종태가 갑자기 그런 말을 꺼냈다.

"어떤?……."

"모르겠어. 아직은 확실히…… 그렇지만 내 짐작이 맞을 거야. 아마 오래 전에 조직세계에 몸을 담고 있었던 사람 같았어."

"그래요?"

희자는 놀라운 듯이 눈을 동그랗게 떴다.

"근데 왜 이런 구석진 곳에 와 있는지 모르겠어. 무슨 사정이 있는 것 같아. 내 생각엔 그래."

그는 자못 심각한 듯한 얼굴 표정이었다.

"……."

희자는 그를 쳐다보았다. 그는 이제 더 이상 말을 하지 않았다. 담배를 꺼내 한 대를 피우는 동안에 한 마디도 없다가,

"이제 갈까?"

"……."

희자가 고개를 끄덕이자, 그는 곧 차를 출발시켰다. 다시 먼지가 일어나기 시작했다. 차는 곧 산길을 넘어 바다가 보이는 데로 나왔다. 넓은 바다가 시야에 가득 들어왔다.

조용한 어촌의 모습이 보이고, 배들이 바다에 나가 있는 게 보였다. 동네로 들어오면서 아직까지도 그물을 잔손질하는 아

낙네들의 모습이 그대로 있었다. 종태는 차를 천천히 몰아 그들 옆으로 다가갔다.

"오늘은 늦게 들어오네. 양양 나갔수?"

이장댁이 일하다 말고 물어왔다. 다른 아낙들도 아는 체를 하며 일손을 잠시 쉬는 것이었다.

"네. 뭐 좀 드리고 갈까요?"

종태의 말에 희자는 얼른 차에 있던 먹을 것들을 꺼내 차에서 내렸다. 그리고는 아낙네들에게 건네주었다.

"아유, 뭘 이렇게 주고 가누? 둘이 맛있는 거 사먹고 들어오는 길이구먼."

"그렇게 다니니까 보기가 좋아. 꼭 잉꼬 같네."

아낙들은 한 마디씩 말을 거들었다.

"이 사람이 가끔 고아원엘 들려요. 그래서 거기 갔다고 오는 길입니다. 양로원에도 가고요."

종태는 기분 좋은 듯이 그 말을 했다.

"아이구, 그래요? 좋은 일 하시네. 새댁이 그런 좋은 일 하니까 더 보기가 좋네 그랴."

"좋은 일도 돈이 있어야 하제요. 우리 같이 가난하믄 고것이 맘에 있어도 못 하제. 우선 먹고 사는 게 급하디, 안 그래요?"

아낙들은 저마다 희자의 칭찬에 열을 올리다가 누군가가 먼저 물고기를 바가지에 담아 건네왔다.

"이거 집에 가져가서 매운탕 해먹으면 좋구마. 어여 가져가."

그러자, 다른 아낙들도 좀 전에 물고기를 전해준 것과는 다른 물고기로 바구니에 담아 건네주는 것이었다.

"먹고 남는 것은 새끼에 꼬여서 걸어놓고 말리면 되는 기라. 그러면 나중에 천천히 한두 마리씩 빼내서 찌개 끓여 먹어도 좋고."

아낙들은 인심이 후했다. 저번에 희자네 집에 들렀을 때, 받은 대접을 이런 식으로 갚는 것이었다. 일종의 마음의 표시였다.

"고마워요. 근데 너무 많은데……."

희자의 말에 아낙들은 만족한 웃음을 띠며 말했다.

"가서 말려요. 햇빛에 말려 두었다가 나중에 매운탕꺼리로 쓰면 돼요. 아니면 한두 마리씩 꺼내서 구워 먹어도 되고."

어촌의 아낙들은 친절했다. 희자는 몇 바가지나 되는 고기들을 커다란 비닐에 담아주는 그들에게 고맙다는 인사를 보냈다. 그리고는 차에 오르면서 말했다.

"담에 우리 집에 또 놀러오세요. 맛있는 거 대접할게요."

그리고는 그곳을 떠났다. 동네를 가로질러 곧장 가면 바닷가쪽의 백사장이 끝나는 곳에 별장이 있었다. 동네에서부터는 좁은 길이었다. 차 한 대가 지나갈 정도로 좁았다.

길가 오른쪽에는 작은 밭뙈기들이 줄지어 있었고, 길 왼편으로는 백사장이 연결돼 있었다. 종태는 왼쪽으로 핸들을 틀면서 집 쪽으로 방향을 틀었다.

그때였다.

집 안에서 나오는 군인 한 명이 있었다. 군인은 짚차 소리를 듣고 황급히 바깥으로 나오는 것인지 무척 당황스럽게 걸음을 옮기면서 차 쪽을 힐끔 보는 것이었다.

"……!"

희자는 그 군인을 보는 순간, 온몸이 순식간에 얼어붙는 것 같았다. 바로 그때, 그 군인이 틀림없었다. 오른쪽 어깨에는 K2 소총을 걸치고 있었고, 손에는 전깃줄들이 들려져 있었다.

빵빵.

종태는 크락숀을 눌렀지만 군인은 뒤도 돌아보지 않은 채, 백사장 쪽으로 걸어가는 것이었다.

빵빵.

종태는 다시 크락숀을 눌렀다. 이번에도 역시 군인은 아무런 대꾸도 없이 마냥 백사장을 가로질러 초소가 있는 쪽으로 걸어가는 것이었다.

"왜 우리 집에 왔지?"

종태는 이상하다는 듯이 중얼거렸다.

"……."

희자는 백사장 쪽을 바라보는 것이 두려웠다. 일부러 집 안 쪽으로 시선을 고정시키고 있었다.

혹시 그가 종태 혼자 양양으로 나간 줄 알고 온 게 아닐까?

그런 생각을 하자, 머리끝이 쭈뼛 일어서는 거였다. 희자는 목 안이 칼칼해지면서 갑자기 현기증이 일어났다. 분명히 그럴 것이라고 생각되었다. 희자 혼자 있을 거라고 생각하고 다시 들어왔던 게 분명할 것 같았다.

"통신병 같은데…… 삐삐선을 고치러 나왔나?"

종태는 혼자 중얼거리면서 집 안으로 차를 몰았다. 그때까지 희자는 머리가 아팠다. 분명히 그 군인이 맞을 거라는 생각 때문에 그랬다. 다시 집 안으로 들어왔다는 것이 못내 불안하기만 했다.

희자는 집 안으로 들어와서도 혹시 그가 어딘가에 숨어 있을 것만 생각이 들었다. 거실 바닥엔 발자국 하나 없었지만 분명히 그 군인이 들어왔을 거라는 생각이 들었다.

"……."

희자는 거실 소파에 앉아 이마에 손을 갖다댔다. 꼼짝도 하기가 싫었다. 종태는 그러는 그녀를 보고 염려스러운 듯이 물었다.

"어디 아파? 머리?"

"……네."

희자는 대답을 하고는 눈을 감았다. 종태가 옆에 있었지만, 불안했던 것은, 그가 군인이었으므로 총을 들고 있다는 사실이었다. 혹시라도 그 군인이 들어왔다가 집 안에서 종태와 맞닥뜨리기라도 한다면 어떠한 일이 일어날지도 모르는 일이었다. 설사 그러한 일은 없겠지만 그러한 추측도 가능한 일이었다.

"그럼 들어가서 쉬어. 좀 자고 나면 괜찮아질 거야."

그렇지만 희자는 움직이지 않았다. 방 안에 들어가는 것도 겁이 났다. 그녀 스스로 문을 열고 방 안으로 들어가는 것도 불안하기만 했다.

"문 좀 열고, 이부자리 좀 펴 주실래요?"

"그렇게 아파?"

종태는 염려스러운 눈빛으로 그녀를 쳐다보고 있었다. 희자는 고개를 끄덕이고는 다시 눈을 감았다.

종태가 방 안으로 들어가서 이부자리를 펴는 소리가 들렸다. 그리고 곧 거실로 나오면서 말했다.

"다 깔아놨어. 들어와."

종태의 말에 그녀는 억지로 일어나서 거실문을 잠그고는 방 안으로 들어갔다.

"대낮인데 뭘 그렇게 거실문도 잠궈? 그냥 놔두지."

"그래도요……."

희자는 이부자리 속으로 들어가 누우면서 곧 눈을 감았다.

아까 봤던 그 군인의 모습이 영 사라지질 않았다. 황급히 달아나는 모습이 분명히 그때 그 군인인 것 같았다.

그렇게 생각하자, 희자는 누워 있는 것조차도 불편하기만 했다. 다시 슬그머니 들어와서 힐끔거리며 방 안을 살필 것만 같았다. 비록 거실문을 잠궈뒀지만 믿을 수 없었다.

"……."

종태가 옆에서 머뭇거리며 거실로 나가지 않는 것이 마음에 걸렸다. 그녀는 이불을 머리끝까지 뒤집어쓰고는 꼼짝도 하지 않았다.

"약 좀 지어올까? 많이 아프면?"

"아뇨. 됐어요. 그냥 집에 있어요."

"……?"

종태는 그녀가 오늘따라 갑자기 불안해하는 것이 이상했다. 그러나 더 이상의 어떠한 생각은 하지 않았다. 아까 본 군인의 모습에서 불안을 느낀 것이라고 단정짓고 있었다.

종태는 책상에 앉아 성경책을 뒤적이고 있었다. 별로 할 일이 없었으므로 성경이나 볼 생각이었다. 희자가 잠을 자는 데 방해가 될 것 같아서 조심스럽게 책장을 넘기고 있었다.

"……."

희자는 이불을 머리끝까지 뒤집어썼지만 잠이 오지 않았다. 자꾸만 정신이 맑아지면서 불안감만 더해가는 것이었다. 불안했다. 그 군인이 집 주위를 어슬렁거리면서 집 안의 동정을 살필 것만 같았다.

"밖에 한 번 나가봐요."

"왜?"

종태가 성경책을 덮으면서 말했다.

"그냥요. 괜히 불안해지는 게…… 그래서요."

"그 군인이 아직 있을까봐서? 내가 나가서 쫓아내 버리지, 그럼."

종태는 희자가 불안해하는 것이 바로 그 군인이라는 것을 알아차린 듯, 그렇게 말을 했다.

"아녜요. 괜히 신경이 쓰여서 그래요. 그러다가 괜히 싸우기라도 하면 어쩔려고 그래요?"

희자는 이불을 제치며 그 말을 했다. 희자의 얼굴빛이 아직도 불안한 기색이 역력했는지 종태는 그녀를 바라보며 활짝 웃어보였다.

"나라를 지키는 군인이 뭐가 무서워? 아마 통신망을 살피러 나왔다가 한 번 들어와 본 거겠지.

그러면서 그는 일어나 바깥으로 나가는 것이었다. 그가 거실문을 여는 소리가 드르륵 하고 들렸다. 그리고 밖으로 나가는 소리가 났다. 희자는 누워 있다가 벌떡 일어나 방 안의 창문으로 다가갔다. 그리고 창문을 열어젖힌 채, 바깥을 내다보았다.

그가 두리번거리며 집 바깥을 살피는 게 보였다. 거기엔 군인의 모습이 보이지 않았다. 그가 창문 쪽을 올려다보다가 희자가 내려다보고 있는 걸을 알고는 씨익 웃었다.

"누가 있다고 그래? 아무도 없잖아? 나오기만 해봐라. 내가 가만 안 놔둘 테니까."

그는 활짝 웃고 있었다.

그녀는 창문 사이로 얼굴을 내밀어 바깥 바다를 쳐다봤다. 오후의 스러지는 햇빛을 받은 바다는 점점 흑청색으로 변해가고 있었다. 부드러운 빛깔의 느슨한 분위기가 바다 위를 감싸고 있었다.

그럴 때가 가장 아름다운 것이었다. 오후의 햇빛이 마악 스러지려고 할 때. 바로 그때가 가장 정감있는 바다일 때였다. 따스한 기운이 녹아 있는 듯한, 마악 저녁이 오려는 듯한 그런 달가운 시간대였다. 그런 시간의 바다는 무언가 깊은 생각을 품은 듯한 사색의 바다였고, 먼 기억의 시간들까지도 기억나게 하는 그런 회상의 바다였다.

"……."

희자는 실눈을 뜨고 바다를 바라보았다. 은은한 바닷바람이 바다에서부터 뭍으로 올라오고 있었다. 해풍이었다. 그러다가 밤이 되면서부터 산에서부터 내려온 차가운 바람이 반대로 바다 쪽을 향해서 불기 시작하는 것이었다.

"잠이 안 와?"

종태가 밑에서 물어왔다.

"아뇨. 바다를 보고 있어요. 자꾸만 나른해지려고 그래요. 근데 바다가 좋은걸요."

"그럼 자요. 난 바다를 한 바퀴 돌고 들어올 테니까."

종태는 그 말을 남기고는 후적후적 바다를 향해 걸어가는 것이었다. 누렇게 변하기 시작하는 백사장을 걸어가는 그의 뒷모습이 늠름하게 보여졌다. 희자는 그가 어디까지 걸어가는가를 지켜보고 섰다가 그가 바닷가의 조그만 바윗돌이 있는 데에 가서 멈추는 것을 보고는 창문을 닫았다.

"……."

희자는 잠이 오지 않았다. 그가 바깥에 있어 그리 무섭지는 않았으나 왠지 불안한 걸 떨칠 수가 없었다. 어디선가 그 군인이 종태를 지켜보고 있을 것만 같았다. 만에 하나라도 그럴 리야 없겠지만, 혹시 군인이 종태를 겨냥해서 총을 쏘기라도 한다면? 하는 생각이 불현듯 스치는 것이었다.

"……?"

그녀는 잠이 오질 않았다. 점점 더 정신이 맑아졌다. 자꾸만 불길한 쪽으로 생각의 가닥이 잡혀지는 것이었다. 그녀는 지금 이를 악물고서 나쁜 생각들을 물리치려고 애썼지만 그럴수록 더 생각만 복잡해지는 것이었다.

나중에 종태가 돌아왔을 때까지도 그녀는 잠들지 못했다. 그녀는 종태의 인기척을 듣고 일어났다. 이미 거실에까지 어둠살이 밀려들고 있는 저녁 시간이었다.

"저녁 준비할까요?"

"응, 그러지. 바닷가에서 한참 걸었더니 배가 고픈데."

"네, 알았어요."

그녀는 차라리 잘 됐다 싶었다. 잠이 오지 않았으므로 저녁이나 준비하는 게 더 나을 것 같았다. 그녀는 동네에서 얻어온 생선을 굽고, 매운탕을 만들어서 저녁상을 준비했다. 그 시간만큼은 모든 걸 잊어버릴 수가 있었다. 간간이 그 악몽 같았던 순간들이 안 떠오르는 건 아니었지만 그나마 잊어버릴 수 있는 시간이었다.

저녁을 먹으면서 그가 말을 꺼냈다.

"어때? 내일쯤 병원에 나가서 진찰을 받아보면 어때요?"

"무슨?"

희자는 자신의 몸이 아프다는 것 때문에 그러는 줄로만 알았다.

"산부인과 가서 진찰을 할 때가 됐잖아? 저번에 의사가 다음 달에 오라고 하지 않았나?"

종태는 생선의 살을 바르면서 물었다. 종태의 눈을 똑바로 쳐다본 그녀는 가슴이 철렁 내려앉았다. 그녀는 애써 그런 표정을 참아내면서 태연하게 말했다.

"그건 아직 안 급하잖아요? 좀 더 있다 가도 돼요."

그녀는 종태의 생선을 젓가락으로 살을 발라 그의 밥그릇에 다 얹어 주었다.

"그냥 먹어. 내가 발라서 먹을 테니까. 당신, 요즘 몸이 안 좋은 것 같아서 그래. 아이 갖는 것도 신경을 써야지. 너무 무관심하면 그게 병이 될 수도 있는 거야."

그는 너무나도 친절하게 말을 건네왔다. 그녀는 하마터면 눈시울이 붉어질 뻔했다. 애써 그것을 참으면서 밥숟갈을 들고 있었다. 아낙들이 준 생선은 고소했다. 그리고 매운탕 역시 맛있었다.

종태는 모처럼만에 밥 한 공기를 다 비우는 것이었다.

"내일 가. 그래야 잊어버리지."

"……."

그녀는 더 이상 말을 할 수가 없었다. 고개를 끄덕이고는 천천히 밥그릇을 다 비워냈다. 그가 거실에 앉아 TV를 보는 동안, 그녀는 설거지를 하느라 싱크대 앞에 서 있었다. 희자는 설거지를 하면서도 자꾸만 불안해졌다.

왠지 모르게 산부인과엔 가기가 싫었다. 혹시라도 그 군인의 정액이라도 나올까봐 내심 두려운 것이었다. 그녀는 자신도 모르게 한숨이 새어나왔다. 그녀는 오래도록 설거지를 하면서 싱크대 앞에 서 있었다.

"……."

그녀는 하던 설거지를 멈추고서 종태를 돌아보았다. 종태는 TV를 보면서 아예 희자를 잊은 듯했다. 희자는 다소 마음이 놓였다. 그렇지만 빨리 설거지를 끝내놓고 그에게로 가까이 다가가기가 겁이 났다.

'왜 이럴까?'

그녀는 찬 물에 손을 담그면서 그런 생각을 했다. 어느 순간에 갑자기 두려워지는 듯한 기분이었다. 사실 그가 옆에 있다는 것만으로도 믿음직스러웠으나, 그렇지 않을 때도 있다는 걸 깨닫고는 새삼 놀라지 않을 수가 없었다. 부부간의 정이 단 한 번의 실수로 인해 멀어질 수도 있다는 것을 실감하지 않을 수가 없었다.

그녀는 저녁을 물리고 나서 내내 마음이 무거웠다.

그가 TV를 다 보고 나서 잠자리에 들면서 그녀를 끌어안았지만 희자는 썩 마음이 내키지가 않았다. 마음이 딱딱하게 굳어 있는 것처럼 냉랭해졌다. 마치 몸도 마음도 다 같이 차가워진 듯한 기분만 들 뿐이었다.

그는 밤마다 그녀와 하지 않고서는 잠들지 못하는 성미였다. 양양으로 온 이래로 하룻밤도 빠지지 않을 만큼 성실하게 나왔던 그였다. 희자는 그의 그러는 것도 다 사랑이라고 생각했다.

그러나 오늘만은 그게 아니었다. 아직도 그녀는 마음이 달구어지지 않고 있었다.

"음…… 당신, 오늘 많이 피곤한가 보구나."

그는 그런 말을 했다. 그가 하던 애무를 멈추고서 한 말이었다.

"……."

희자는 이렇다 할 말이 없었다. 그대로 잠자코 누워 있었다. 그의 손이 다시 젖가슴을 어루만졌다. 전에는 안 그랬던 젖가슴이었다. 그런데 오늘은 젖가슴에서도 아무런 감흥이 일어나지 않는 것이었다.

"……."

그는 한참동안 젖가슴을 어루만졌지만 희자한테서 아무런 반응이 없자, 난처한 듯이 잠깐 손을 멈추었다가 그녀의 옷을 벗기기 시작했다.

"아……."

희자는 짧은 소릴 냈다. 그건 희열에 찬 목소리가 아니라, 그만둘 줄 알았던 그가 다시 대시해오는 데에 대한 소리였다.

"오늘 못 참겠어. 당신 좀 달궈야겠어."

그는 그러면서 희자의 옷을 다 벗기고는 아래쪽으로 내려갔다. 발가락 끝에서부터 혀끝을 움직이면서 올라오는 동안, 희자는 서서히 문이 열려지는 걸 느꼈다. 매일 밤마다 일어났던 반사 작용에 의한 것이었는지도 모른다.

그녀는 등을 조금씩 휘면서 그의 혀끝 움직임에 따라 반응하고 있었다. 그가 계곡 언저리에서 한참 머물렀다. 허벅지 안쪽을 핥으면서 아주 느리게 계곡 쪽으로 다가왔을 때, 그제서야 그녀는 서서히 달아올랐다. 관능 때문이었을까? 아니면 습관이었을까? 그녀는 그의 혀가 미끄러지듯이 오르내리는 걸 느끼면서 점점 더 깊은 곳으로 추락하는 느낌이었다. 짜릿하고, 아린 듯하기도 하고, 간질거리는 것이, 말할 수 없도록 스멀거리는 기분이 밑에서부터 느껴졌다.

"아아……."

그녀는 다리를 활짝 벌리면서 그의 얼굴을 더 깊숙이 받아들였다. 그녀의 몸은 이제 더 이상 머뭇거릴 여유가 없었다. 마음도 역시 그랬다. 그가 안타깝게 그러는 것이 조급하게만 생각되어졌다.

그는 다시 혀끝과 손을 이용해서 그녀의 아래쪽 계곡과 젖가슴을 동시에 어루만지고 있었다. 전혀 색다른 느낌이 위와 아래쪽에서 동시에 일어나고 있었다. 위쪽이 부드럽다면, 아래쪽은 더 짜릿했고, 아래쪽이 깊은 황홀이라면, 위쪽은 더 무거운 쾌감이었다. 시간이 지나면 지날수록 위쪽과 아래쪽의 구분이 모호해졌다.

그녀의 몸은 오로지 한 곳으로만 달려가고 있었다.

그의 몸이 서서히 결합되어지면서 튼튼한 뿌리가 거세게 들어왔을 때, 그녀는 절로 입이 벌어졌다.

"아!……."

그녀는 목마른 탄성이 나옴과 동시에 그는 마구 움직이기 시작했다. 이미 충분한 물이 흘러나와 있었으므로 그가 움직일 때마다 살갗과 살갗이 닿는 물소리를 냈다. 거친 물소리였다. 그녀는 위로 치받아 올라가면서 흔들렸다. 그가 한 번씩 위로 치받을 적마다 그녀의 계곡은 그의 튼튼한 뿌리로 인해 마구 파헤쳐지는 듯했다.

그녀는 그의 등을 붙잡았지만, 그는 멈추질 않았다. 가끔 그러고 싶었을 뿐이었다. 그럴수록 그는 더욱 거세게 밀어붙였다. 그녀는 위로 올라가면서도 그를 놓아주지 않았다. 그리고 그도 따라 올라오면서 자꾸만 밀어붙였다. 굵고 튼튼한 뿌리는 계곡을 꽉 막아버릴 듯이 자꾸만 채워 넣으려고 그러는 것이었다.

"하아……."

그녀는 숨이 가빴다. 그가 쉬지도 않고 거세게 밀어붙이는 통에 숨 돌릴 겨를조차도 없어졌다. 마치 꽃밭에서 무수한 나비들이 화르르 날아오르는 듯한 기분이었다. 그리고 마치 그 기분은 땅 밑으로 무수히 꺼지고 싶은 나락의 느낌이었다. 그녀는 마른침을 끌어모으며 겨우 목 안으로 삼켰다.

그는 오늘따라 길게만 느껴졌다.

무서운 해일이 바다 쪽에서 마구 달려오는 것 같았다. 바다 밑을 뒤엎는 듯한 굉음소리를 내며 그는 자꾸만 뭍으로 기어오르려 하고 있었다. 그리고 그는 뭍에 올랐다고 느껴지는 순간에 다시 파도처럼 멀어졌다가 다시 몰려들고 있었다.

그녀는 간간이 그 군인의 모습이 눈앞에서 어른거려 불안한 쾌감이 덧칠되어 나타나곤 했다. 그것은 확실히 또 다른 불안이어서 그녀는 자꾸만 종태의 알몸을 부둥켜안았다.

“아아!…….”

드디어 종태는 온몸을 비틀며 사정을 하는 듯했다. 몸이 딱딱하게 굳어지면서 뿌리를 힘껏 밀어댔다. 그리고 이때까지의 모든 힘을 모아 거세게 움직였다. 마치 널빤지로 찰싹찰싹 때리는 듯한 거센 소리를 냈다.

그리고 그가 널브러졌다. 그리곤 조용해졌다.

그가 한참 후에 다시 스멀거리며 일어났다.

그의 혀가 젖가슴에 와 닿았다. 그리고 입술을 훔치며 나직하게 속삭이는 것이었다.

“사랑해…….”

“…….”

그녀는 기쁨이 가득 차서 말을 꺼낼 수조차 없었다. 할딱거리는 그녀의 목덜미를 핥으며 그가 두 번째 속삭임을 들려왔다.

"아아! 사랑해."

"……."

그녀는 이번에도 말을 할 수가 없었다. 갑자기 가슴 속에 먹구름이 잔뜩 끼어버린 것처럼 어두워지는 것이었다. 그리고 달아나던 군인의 뒷모습이 떠올랐다. 그녀는 소름을 느끼며 그를 거세게 끌어안았다. 그것밖엔 달리 할 수가 없었다.